"태양에 바래면 역사가 되고
월광에 물들면 신화가 된다."

산하 6

이병주

한길사

이병주전집 편집위원

권영민 문학평론가·서울대 교수
김상훈 시인·민족시가연구소 이사장
김윤식 문학평론가·서울대 명예교수
김인환 문학평론가·고려대 교수
김종회 문학평론가·경희대 교수
이광훈 경향신문 논설위원
이문열 소설가
임헌영 문학평론가·중앙대 교수

산하 6

지은이·이병주
펴낸이·김언호
펴낸곳·(주)도서출판 한길사

등록·1976년 12월 24일 제74호
주소·10881 경기도 파주시 광인사길 37
　　　www.hangilsa.co.kr
　　　E-mail: hangilsa@hangilsa.co.kr
전화·031-955-2000~3　팩스·031-955-2005

출력·지에스테크 | 인쇄·현문인쇄 | 제본·현문인쇄

제1판 제1쇄 2006년　4월 20일
제1판 제2쇄 2017년 10월 30일

값 12,000원
ISBN 89-356-5936-3　04810
ISBN 89-356-5921-5　(세트)

잘못된 책은 구입하신 서점에서 바꿔드립니다.

이 도서의 국립중앙도서관 출판시도서목록(CIP)은 e-CIP 홈페이지
(http://www.nl.go.kr/cip.php)에서 이용하실 수 있습니다.
(CIP제어번호: CIP2006000765)

1권　　1부 배신의 일월
　　　　서장
　　　　운명의 출발
　　　　날마다 좋은 날

2권　　역사의 고빗길
　　　　굴절의 색채

　　　　2부 얼룩진 승리
　　　　허망한 도주

3권　　허허실실
　　　　악의의 선풍 1
　　　　악의의 선풍 2

4권　　명암의 고빗길

　　　　3부 승자와 패자
　　　　어설픈 막간 1
　　　　어설픈 막간 2

5권　　별 하나 떨어지고
　　　　운명의 고빗길
　　　　권력의 회화

산하 6권　　4부 배신의 종언
　　　　갈수록 산 | 9
　　　　허상과 실상 | 179

7권　　얼룩진 무지개
　　　　모략의 덫
　　　　종장

행간에 묻힌 해방공간의 조명 • 이광훈
작가연보

4부 배신의 종언

갈수록 산

1

제2대 국회의원 선거 일자가 5월 30일로 결정되었다.

그때를 전후해서 별의별 사람들이 다 이종문의 사무실에 드나들었다. 선거자금을 얻으러 오는 사람들이다.

"이 사장, 귀찮으니 선거가 끝날 때까지만 사무실에 나오지 말아요."

성철주가 이렇게 충고했지만

"귀찮을 것 없습니다. 되려 재미가 있는디."

하고 이종문은 버텨 앉아 있었다.

아닌 게 아니라 얼마 안 되는 선거자금을 얻어내려고 갖가지 아양을 떠는 꼴은 다소의 인내심만 있으면 들어두고 보아둘 만한 것이었다.

모두들 예외 없이 당선엔 절대적인 자신이 있다고 했다. 그러고서 어떤 사람은 일장 연설을 하고 어떤 사람은 애원하는 전법을 쓰기도 한다.

"여보시오 이 사장, 이 대장부의 포부를 들어보소. 일제 36년 동안의 그 쓰라린 고통을 회상하고 다신 그러한 국치를 되풀이하지 않기 위해서 나는 사육신, 생육신의 정성을 다하겠소. 저 북한 공산당을 몰아내고 북으론 백두산에서 남으론 한라산까지 이 강토에 복이 비처럼 쏟아지게 하리다. 내가 나가면 절대로 당선될 자신이 있소. 우리 고을엔 우리 친척이 700호나 살고 있소. 매호 세 표로 치고 고스란히 2,100표, 그 2,100표가 새끼를 네 배 다섯 배는 칠 것이니 이거야말로 땅 짚고 헤엄치기요. 여보시오 이 사장, 얼마 안 되는 자금이 없어서 이 사내대장부의 포부를 펼 수가 없다면 이것 억울해서 사람 살겠소."

이럴 때 이종문의 태도는 능글능글하다.

"억울하다마다요. 꼭 당선이 되셔야죠. 내 힘대로 도우리다."

"아아, 고맙소. 아마 이 사장 같으신 분은 하늘 아랜 없을 것이오. 내 결초보은 하리다."

"결초보은은 그만두시오. 당선만 하면 됩니다."

그리고 미리 준비해둔 봉투를 내민다. 봉투엔 1만 원씩이 들어 있다. 그런 봉투를 100개쯤 준비하고 있는 터이다.

대개의 경우 봉투를 받으면 그냥 나가는데 그 가운덴 뜯어보는 사람이 있다. 뜯어보곤 실망한다.

"이 사장, 이건."

"내 힘대로 다한 겁니다."

"그러나 단돈 1만 원 갖고는……."

"그건 댁의 사정이고 내 사정 또한 안 있겠소? 당신처럼 자신이 있고 포부가 있는 사람이 앞으로 1,000명은 더 올지 모르는데 그분들을 허행시키지 않으려면 아무리 내게 태산 같은 돈더미가 있기로서니 그 이상은 곤란하오."

하고 종문은 잘라 말한다.

개중엔 특별한 사람도 있다.

"이번 국회의원 선거에 나가볼려고 하는데 이 사장과 의논해보려고 왔소."

"무슨 의논을 하시려는 겁니까?"

"나가기만 하면 맡어놓은 당상인데……."

"그럼 나가시죠, 뭐."

"그런데 문제가 있소."

"뭣이오?"

"돈이 들겠다, 이 말씀이오."

"돈이 드는 것하고 나하고 무슨……."

"이 사장이 자금을 대주면 나갈 것이고 안 대주면 안 나갈 것이고 ……. 만사는 이 사장에게 달렸소."

"어떻게 그런 생각을 하시게 되었습니까?"

"적어도 이 사장쯤은 사람 볼 줄 알 거라 생각한 거죠."

"고마운 말씀이긴 한데."

"뭐니뭐니해도 돈보다는 사람이 낫지 않겠소?"

"그렇겠죠."

"그 허잘것없는 돈으로 영웅 하나 만들 수 있는데 그걸 주저할 이 사장은 아니겠죠?"

"국회의원이 되면 영웅이 되는 겁니까?"

"그건 사람 나름이오. 나는 영웅이 될 거요."

"영웅이 돼갖고 우쩔까요."

"날 괄시하던 놈들 앞에 가서 한번 으스대보고, 장안 명기 불러다놓고 신나게 놀아도 보고 이래저래 할 일이 안 많겠소."

"그만한 포부가 있으면 나 아니라도 자금 댈 사람 있을 것이니 딴 데로 가보소."

"이 사장 말고 그만한 배짱 있는 인물이 어디에 또 있겠소?"

"내게도 그런 배짱 없다고 하면 어떻게 할끼요."

"없으면 할 수 없는 거지 별 일 있겠소. 국회의원이란 게 없을 때도 살았으니까. 그러나 이 사장은 그런 사람이 아닐 거요. ……그런디 나는 뻔뻔스러운 게 자본인데요."

그 사람은 아무렇지 않게 이런 말을 했다. 이종문은 드디어 웃음을 터뜨리고 말았다. 그리고 다시 물었다.

"그만큼 뻔뻔스럽게 되기도 힘드는 일인디 우떻게 그리 되었소?"

"일제 시대 순사시험에 거푸 열 번쯤 떨어지고 나니까 안 뻔뻔스러울라고 해도 그렇게 됩디다."

"일제 때 순사가 되었더라면 친일파로 몰릴낀디 떨어져서 다행이었소."

"천만에요. 난 순사가 되었어도 친일파는 안 되었을 것이오."

"그건 어째서?"

"하두 우리 면 순사가 면민을 못살게 굴어서 그놈 콧대 꺾어놓을려고 순사가 될려고 했거던요. 그런데 일본놈들 용하게 압디다. 열 번 시험을 봐도 떨어뜨리는 걸 보니까요."

그때 옆에 있던 성철주가 끼어들었다.

"일제 때 순사시험 열 번 보아 떨어진 사람이 대한민국 국회의원이 될 수 있는 자격이 있다고 생각하우?"

"자격이 있는지 없는진 몰라도 순사시험 열 번 떨어진 사람이 국회의원이 되었다고 하면 그것 신나는 일 아니겠소."

이 말이 이종문의 마음에 들었다. 비로소 고향과 이름을 물었다. 경북 문경의 고민식이라고 했다. 종문은 봉투 다섯 장을 꺼내 그에게 주었다.

"이거 얼맙니까요."

"얼마든 얼마 아니든 국회의원 희망자에게 한 장씩밖엔 안 주는 걸 당신한테 다섯 장 주는기요."

그 자리에서 뜯어보고 5만 원임을 알자

"100만 원은 있어야 하는데 이것 갖곤……."

하며 그 사나이는 우물우물했다.

"당신이 아무리 뻔뻔스럽다고 해도요, 우리 회사 사원 한 달치 월급 이상은 줄 수 없는기라요."

이종문은 딱 잘라 말했다.

고민식이란 사나이가 나가고 난 뒤, 성철주가 투덜댔다.

"이 사장, 제발 그 쓸개 빠진 짓 좀 마슈. 어중이 떠중이헌데 1만 원씩 주는 것도 뭣한데 그놈에게 5만 원이나 주다니 그게 될 말이우?"

"앗따 성 동지, 보리 밥티 갖고 잉어 낚는단 소리 못 들었소. 그렇게 깔아놓으몬 한두 마리 낚이는 잉어가 있을끼거만."

"돈 1만 원 받았다고 고마워할 놈 있을 줄 아슈?"

"저편에선 고마워 안 해도 이편에서 그리 만들낀께 두고 보이소."

"무슨 재간으로 그렇게 만들 거유?"

"앗따 글쎄, 두고 보란께요."

하루는 고향에서 어떤 사람이 이종문을 찾아왔다.

응접실에 들어서자, 저편에선

"야, 이거 이종문 사장님 아닙니꺼. 내 문치상이오."

하고 반기며 손을 잡았다. 그런데 종문으로선 면식이 있는 것 같기도 하면서도 잘 아는 사람은 아니었다.

"상촌 문 참봉 모르겠는기요."

문치상이란 사나이가 깨우쳐주었다. 그제야 이종문이

"그라몬 문 참봉 작은아들이구만."

하고 아는 척을 했다.

"그런디 참봉 아들 같은 양반이 이 노름꾼을 우찌 찾아왔소?"

"이 사장 되게 성공했다는 소리를 익히 들었소. 그래서……."

"성공이 또 뭐요. 그럭저럭 밥술 안 굶고 사는 형편인디……. 그러나저러나 잘 왔소."

문치상은 권하는 대로 자리에 앉더니 담배를 피워 물고 점잖게 입을 열었다.

"사실은 이번 국회위원 선거에 한번 나서볼라꼬."

"잘 생각했소."

"사실 지금 제헌 국회의원으로 있는 그 사람 말요. 무식하거던. 그런 사람 또 나왔다간 우리 고을 수치 아닌가배. 그래 친구들도 권하고 해서…… 사실 내키진 않지만……."

"내키지 않는 걸 뭣 땜에 할라쿠요? 정승도 제 하기 싫으몬 안 한다 쿠는긴디……."

"우찌 내 생각만 하고 살 수 있겠소. 군민들이 자꾸 원하는디 딱 잡아뗄 수가 있어야재. 그래 사실은 결심한기라."

"결심을 했으몬 해보소."

"그런디 의논이 있소."

"뭣인디요?"

"자금이 모자라는기라. 사실은 그래서 올라온긴디."

"사실이 그렇다면 말해보이소."

이종문은 문치상이 입버릇처럼 말하는 그 '사실은' 하는 말이 귀에 거슬려 이렇게 말했다.

"사실 자금이 약간찮게 들 것 같애."

"군민 전부가 권하는디 자금 들 것 있소?"

"흰떡이라고 해서 고물이 안 들 수 있소?"

"흰떡 고물쯤이면 국회의원 나가라고 권하는 사람들보구 좀 내라쿠 몬 될끼 아니오."

"그게 어디 그렇게 되오."

"그보다도 우리 군에서 누구누구 나온답디까."

"제헌의원 최씨는 물론 나오고, 양조장하는 정한직, 수리조합장하던 임가, 왜놈 농장장하던 김무형, 중서면의 함 진사 아들, 그리고 젊은 놈들도 두세 명……."

"그럭저럭 열 명쯤 되는구만."

"열다섯이라 전부."

"애국하겠다는 사람이 열다섯이나 우리 군에서 나온다고 하니 대단하구마."

"못에 잉어가 뛰니까 사랑방 목침이 뛴다는 격이지. 한심하기 짝이 없는기라."

이종문이 속으로 웃었다. 자기도 목침인 주제에 그런 소릴 하느냐 싶어서였다. 그러나 그런 내색은 않고 정색을 하며 물었다.

"그래 자금은 얼마나 필요하오?"

"200만 원이 있어야 할 것 같애."

"200만 원 있으면 절대 자신이 있소?"

"있고말고요. 우선 우리 면이 크지 않소. 우리 면의 표는 줄잡아 8할은 차지할 수 있을끼고, 게다가 우리 집안이 군내에 깔려 있고…… 중서면의 함가는 조금 강적이지만 그자는 일제 때 면장 노릇한 놈 아닌가배. 일본 유카다 입고 나막신 신고 황국신민 서사 외우던 놈이 글쎄 독립된 나라의 국회의원이 되겠다고 나서니, 참……."

이종문은 할 말이 있었다. 그렇게 말하는 문치상은 부자의 아들로 일본의 대학에 다녔는가 말았는가 하고 돌아와선 읍내에 기생 소가를 두고 매일처럼 군수와 일인서장과 어울려 술이나 마시고 지냈던 사람이다. 그에 비하면 중서면 면장을 했다는 함가라는 사람은 친일은 했을망정 야무지고 총명한 편이다.

"200만 원 갖고 자신이 있다면 다 된 거나 마찬가지 아닙니까."

빈정대는 티 없이 종문이 말했다.

"그런데 그 돈을 시골서 구할라카니까 어디 쉬워야지."

"그 많은 논밭 얼마만을 팔아도 될낀디."

"농지개혁 했비렸는디 무슨 논밭이 있다쿠요."

"3정보는 남겼을 것 아니오?"

"그 정도야 있지만. 그러나 그걸 팔았다간 가족이 묵고 살끼 있겠소."

"틀림없이 당선된다쿠몬 그까짓 3정보쯤 한 해 동안에 도루 살 수 있을낀디 무엇이 걱정이오."

"하긴 그렇지만 그게 어디 쉽겠소. 선조로부터 물려받은 유산인디."

"그라몬 문형은 남의 돈 얻어갖고 국회 출마할라캤소?"

"얻는 건 아니지. 잠시 빌리자는기라. 당선되면 당장 갚아줄끼고 떨어지면 논을 팔아 갚을끼고……."

"그럼 됐네요. 문형 아는 사람도 많을낀께 한번 의논해보이소."

"내가 서울에 아는 사람이 있으면 얼마나 있겠소. 이 사장이 한번 생각해주소."

이종문은 헛허 하고 웃곤

"노름꾼 이종문이 문 참봉 아드님 봐줄 형편이 되겠소. 설사 돈이 있다캐도 그리는 내 못하겠소."

이렇게 잘라 말했는데도 문치상은 구구한 사정을 늘어놓았다. 비굴하다고까지 할 수 있는 그런 태도였다.

"그렇다면 내일 한 번 더 와주소."

이종문이 정성학을 내세울 생각을 하고 한 말이었다.

그날 밤 이종문이 정성학을 불러 다음과 같이 말했다.

"우리 면 상촌부락 문치상을 알지? 그 사람 국회의원 나가겠다고 나를 찾아와 자금 달라쿠더만. 내가 일제 때 노름을 하다가 주재소에 끌려가서 실컷 두들겨 맞은 일이 있었는데 그때 공교롭게도 그자가 주재소 안에 들어온기라. 두들겨 맞고 있는 우리를 힐끔 보더니 일본말로 뭐랬는지 알아? 저놈들은 죽을 만큼 때려줘야 한다는기라. 노가다 판에서 배운 일본말이지만 나는 그 정도의 말은 알아들을 수 있거던. 아까 왔을 땐 얼른 알아보지 못했는데 곰곰이 생각한께 그놈이라. 흠, 그땐 벌레만큼도 나를 생각하지 않았을낀디. 지금 무슨 낯짝으로 찾아왔을꼬 말이다. 그깐놈이 국회의원 된다쿠몬 나는 국회에 침을 뱉을끼라. 그런디 내일 그놈이 또 오거든 정 감사가 만나소. 꼭 돈이 필요하다쿠거들랑 논을 팔라고 하시오. 그렇게 하겠다쿠몬 정 감사가 따라 내려가서 토지매매 계약을 마치고 얼마든 그 값대로 돈을 주소. 단 1년 안으로 그 돈을 돌려주면 두말 않고 토지를 돌려준다는 각서쯤은 써줘도 좋소. 문 참봉이 농지개혁에서 빼놓은 논이면 보나마나 좋은 논일낑께 시세대로 사놓으몬 손해가 없을끼요."

이종문은 자기가 도와주고 싶은 사람 열 명의 이름을 써갖고 여승만 대통령을 찾아갔다. 그 명단에 조봉암·조병옥·장택상의 이름이 끼어 있었다. 이승만은 돋보기를 끼고 그 종이쪽지를 한참 동안 바라보고 있더니 물었다.

"조봉암이란 사람을 잘 아는가?"

"잘은 모릅니다."

"잘 알지도 못하는 사람을 위해서 돈을 써?"

"조봉암 씨를 돕고 있는 청년을 제가 잘 압니다. 그 청년을 위해서 성의를 보이고 싶습니다."

그 청년이 누구냐고 물으면 이름을 말하고 선전을 할 참이었는데 이승만은 다음 질문으로 넘어갔다.

"조병옥은 꼭 도와주고 싶은 게로구나."

"그렇습니다. 아부지를 위해 실컷 노력을 한 사람인데 지금 놀고 있으니 마음이 쓰입니다."

"조병옥이 어느 구에서 나선다고 하든가?"

"성북구에서 나간다고 합니다."

"그 구에서 나선 다른 사람은?"

"또 몇인가 있는 모양입디다만 그 가운데 조소앙이란 사람이 끼어 있다고 들었습니다."

"중경서 온 조소앙 말인가?"

"네."

이승만은 한참을 생각하더니

　　"그럼 조병옥은 낙선할 게 틀림없어."

하고 뚜벅 말했다.

　　"왜 그렇습니까?"

　　"국외에서 고생한 사람에게 동정이 모이겠지."

　　"그 사람은 정부수립에 반대한 사람 아닙니까?"

　　"그렇지."

　　"그럼 아부지에게 좋지 못한 사람이네요."

　　"그렇지도 않을 거야. 선거에 나서겠다는 걸 보니 생각을 고쳐먹은 거야."

　　"아부지는 두 사람 가운데 누가 되었으면 좋겠습니까?"

　　"그저 그렇고 그렇지. 허나 내 생각이야 어떻든 조소앙이 뽑힐 거야."

　　"만일 그런 위험이 있다면 조병옥 씨를 꼭 도와주고 싶습니다."

　　이 말엔 답하지 않고 이승만은 장택상의 이름을 가리켰다.

　　"이 사람은 어째서 도와주고 싶은가 말해보게."

　　"군정 때 신세를 많이 졌습니다."

　　이승만은 입맛을 다시더니

　　"선거에 자네가 관심 쓸 것 없다."

하고 단호하게 말했다. 그리고 의아해하는 이종문을 향해 빙그레 웃어 보이곤

　　"조봉암 · 조병옥 · 장택상 모두 자네보다 나은 사람이야. 부자인 점으로도 자네보단 나을 거야. 가난한 사람이면 또 모르되 돈 많은 사람 도와줄 필요 없어. 생색이 없는 짓이다. 꼭 도우고 싶으면……."

하고 한동안 말을 끊곤 멍청한 표정이 되었다. 그러다가 한참 만에야

갈수록 산 19

입을 열었다.

"자네 최근우란 사람 아는가?"

"예, 이름은 들었습니다."

최근우의 이름과 사람 됨됨이는 송남수를 통해서 들은 적이 있었다.

"정실하고 총명하고 그러면서도 강직하고 담대한 사람이지."

이종문은 귀를 기울였다.

"상해에 있을 때 나를 많이 도운 사람이다. 그 사람 구라파에서 공부하고 있었는데 내가 미국에서 장학금까지 마련해놓고 오라고 했는데도 오질 않았어. 그 까닭을 나는 알 수가 없어. 내가 귀국하자 곧 그 사람을 찾아 같이 일을 할려고 했더니 여운형에게 빠져버렸드먼. 그래도 나는 그 친구를 잊을 수가 없었어. 여운형이 죽은 뒤 몇 번 사람을 보냈지. 그런데두 무슨 일인지 찾아오질 않아."

"제가 한번 찾아가보겠습니다."

"그래도 좋지. 헌데 그 사람을 두고 모략이 많아. 만주에서 무슨 협화회 일을 보았다고 해서 친일파로 몰려는 사람도 있었어. 그러나 나는 그 사람을 잘 알아. 그 사람이 협화회 일을 보았다면 필시 무슨 곡절이 있었을 거다. 그 기관을 통해 독립운동을 도우려는 그런 목적이 있었을 거야. 절대로 친일헐 사람이 아니니까. 아닌 게 아니라 뒤에 조사를 시켜 알아봤더니 여운형이허구 건국동맹할려고 꾸민 수단이었더만. 또 어떤 사람은 그를 빨갱이라고 모략을 했지. 여운형허구 동사同事한 사람이니 빨갱이라고 할 만도 해. 그러나 그 사람은 빨갱이가 될 사람이 아냐. 내가 잘 알아."

이승만의 말은 넋두리처럼 계속되었다. 그 마디마디에서 이종문은 최근우에 대한 이승만의 애정을 엿볼 수가 있었다.

"나는 최근우의 애국하는 마음을 이해할 수가 있어. 그 포부도 나는 알고 있어. 그를 통해서 여운형의 세력을 흡수해서 민족진영으로 끌어넣을 수 있으면, 뭐니뭐니해도 나라의 장래를 위해 큰 도움이 될 것이구. 여운형이 가지고 있던 기반을 빨갱이들에게 빼앗기는 것도 아깝고 그대로 썩히는 것도 아깝고……. 그런 뜻에서도 최근우는 아쉬운 인물이다."

"꼭 그러시다면 그분을 활용할 방안을 생각하셔야 하지 않겠습니까."

"우선 최근우 하나만을 포섭해서 신임을 하면 그 세력에게 최근우가 감화를 미쳐 우리 힘이 되도록 만들 수가 있을 것이야. 자칫 잘못하면 또 어떤 모략이 생길지 모르니 신중하게 다루어야 하겠지만……."

이승만이 지그시 눈을 감더니 다시 눈을 뜨고

"종문이."

하고 불렀다.

"예."

"내일에라도 자네가 최근우를 한번 만나보도록 허게."

"예."

"그리고 국회의원에 출마하라고 권해보게."

"예."

"선거자금은 자네가 대주겠다고 하구……. 물론 뒤에서 내가 원조해주겠지만, 말은 그렇게 하라는 거다."

"예."

"내가 하라고 한다면 안 할지 모르니까 자네가 잘 권해보아."

"예."

"자네가 잘 아는 젊은 대학교수가 있다며? 그 사람의 조력을 구해서라도 한번 권해보게."

"예."

"일단 그 사람이 국회의원이 되면 그 사람을 시켜 정당을 하나 만들어보고 싶은 생각이야. 그렇게 해갖고 널리 민족세력을 키워보면 어떨까 해."

"한번 권해보겠습니다."

"만만친 않을 일이니 성의껏 해봐. 등록마감이 얼마 남지 않았으니 서둘러야 할 것이야. 승낙만 하면 곧 내게 통지를 허게. 자금 준비는 내가 해볼 테니까. 그러니 자네 돈을 헛되이 분산시키지 말어. 최근우가 출마를 승인하면 우선 그걸 그에게 줘."

"예, 알겠습니다."

그리고도 이승만은 최근우에 관한 얘길 계속했다. 그날 밤도 이승만은 프란체스카 여사의 재촉을 받고서야 이종문을 해방시켜주었다.

2

경무대에서 나오는 길로 종문이 동식을 찾아가 이승만의 의향을 전하고 선후책을 강구해보라고 했다.

"이 일은 송남수 씨에게 부탁해볼 수밖에 없는데요."
하면서도 동식은 난색을 표했다. 동식도 송남수를 통해 최근우 선생관 면식이 있었지만 정견으로나 성격으로 봐서 국회의원 선거에 나서길 승낙할 것 같진 않았다.

"하여간 송남수 씨에게 간곡히 부탁해봐요. 선거자금 걱정일랑 말구 나서기만 하면 된다고 권해보는기라. 그리고 빨리 서둘러야 해. 등록마감이 얼마 남지 않은 것 같으니 말이다."

이렇게 부탁을 해놓고 돌아온 이종문이 그 이튿날 동식으로부터 전화를 받았다. '송남수 씨는 자기 자신이 선거를 반대하고 있는데 어떻게 최근우 선생에게 그런 일을 권할 수 있겠느냐.'고 하더란 것이다.

"기도 안 먹히네."

하고 이종문이 투덜댔다.

"죽자하고 이 박사완 원수를 삼아보겠다는 말인 것 같은디 그래갖고 우찌 살긴지, 참 답답하고만."

"사람은 저마다 생각이 있는 것 아닙니까."

"그 생각이 답답하다 안쿠나. 너무 빡빡한 나무는 꺾어지는기라."

"그래도 도리가 없다는 걸 어떻게 합니까."

"하여간 최근우 씨의 얘기를 직접 들어본 건 아닌 것 아닌가. 이 교수, 내일 시간 좀 내라꼬. 나하고 같이 그 어른을 찾아보자."

"내가 간다고 해서 되겠습니까."

"부닥쳐보는기지. 별수 있나. 이판사판 아닌가배."

"그러나 안 될 줄 알면서 공연히 고생할 것 없잖습니까."

"이 교수도 이번 선거를 무시하나?"

"무시하진 않습니다."

"송남수 씨의 생각과 꼭 같나?"

"그렇지도 않습니다."

"이번 선거에 의미가 있다고 생각하재?"

"그럼요."

"그렇다면 내일 시간 좀 내줘. 집 주소도 알아갖고 내일 나헌테로 오라꼬."

"그렇게 하죠."

동식은 마지못해 이런 답을 한 것 같았다.

그 이튿날 오전 열한 시쯤에 종문과 동식은 회현동에 있는 최근우 선생의 집을 찾아갔다. 집은 외관부터가 초라해 보였다.

"이름난 정객의 집으로선 너무 빈약한디."

나지막한 대문을 쳐다보며 이종문이 중얼거렸다.

"이것도 선생님 집이 아니랍니다."

동식이 웃으며 말했다.

"뭐라꼬? 그라몬 최근우 씨가 셋집에 산단 말이가?"

"그렇답니다."

이종문은 최근우 씨가 출마하길 승낙만 하면 당장 오늘에라도 집을 하나 사주리라고 마음을 먹었다. 이승만 대통령이 그만큼 소중히 여기는 사람이라면 그쯤 해줘도 괜찮을 것이라고 짐작한 것이다.

초인종에 응해 대문을 열어준 사람은 17, 8세 되어 보이는 소녀였다. 이종문은 그 소녀의 청초하고 아름다운 모습에 놀랐다.

소녀는 찾아온 사람이 송남수와 잘 아는 사이라는 것을 확인하자 응접실로 쓰고 있는 듯한 방으로 안내했다. 질소質素한 방이긴 했으나 깨끗하고 아담하게 정돈되어 있는 것이 그 집의 가풍을 말하고 있는 것처럼 느껴졌다. 이윽고 최근우 씨가 나타났다.

"어, 이 교수가 웬일인고."

최근우 씨는 유순한 웃음을 띠며 악수를 하고 자리에 앉기를 권했다. 이어 이종문과의 초면 인사가 끝나자 동식이 말을 꺼냈다.

"선생님께서는 국회의원 선거에 출마하실 의향은 없으십니까?"

"국회의원?"

하더니 최근우 씨는 애매하게 웃으며

"갑자기 그거 무슨 말이지?"

하고 되물었다.

"이 사장께서 선생님을 대단히 존경하고 있습니다. 선생님 같은 분이 국회에 가셔야 한다고 믿고 있습니다. 그래서 뜻이 계시다면 선거자금 기타를 무조건 제공하겠다고 합니다."

"그것 참 고마우신 말씀이구려. 그런데 이 사장은 어떻게 그런 생각을 하셨소?"

"선생님 같은 어른이 국회에 나가셔서 국사를 돌봐야만 나랏일이 제대로 될 것 아닙니꺼."

"내가 그럴 사람이란 걸 어떻게 아셨느냔 말이오."

최근우 씨의 표정은 여전히 유순했으나 말투엔 찬바람이 이는 듯했다.

"그저 그렇게 알고 있습니더."

"내가 이때까지 무슨 일을 어떻게 했다는 걸 알고 있으세요?"

"예, 대강 들어서 알고 있습니더."

"누구헌테서 들었어요?"

"이승만 대통령으로부터 들었습니더."

"이승만 씨?"

최근우 씨의 얼굴에 긴장한 빛이 돌았다.

"예."

하는 종문의 답에 이어, 이동식이 이승만 박사와 이종문의 관계를 간단히 설명했다.

"으음."

최근우 씨는 잠시 말문을 닫고 이종문을 응시했다.

"대통령께선 선생님을 참으로 소중하게 여기고 계십니더. 선생님이 국회의원이 되면 얼마나 좋겠느냐는 말씀까지 있었습니다. 제가 선생님을 찾아뵌 온 것도 그 어른의 뜻입니다. 대통령께서 자기 말을 들먹이지 말고 권하라고 하셨는데 그만 실토를 하게 되었습니다."

"그렇게 이 박사께서 나를 생각해주신다니 고맙소. 그러나……."
하고 최근우 씨는 일단 말을 끊었다가 다시 시작했다.

"그러나 이 박사는 지금 위험한 길을 걷고 있소. 우리의 소원은 통일인데 이 박사는 그러한 백성의 소원을 짓밟아버렸소. 당신들은 아직 젊으니 먼 훗날까지 살 것이니까 두고 보시오. 통일은 영영 가망이 없소. 그 책임은 물론 공산당도 일반一半을 나눠가져야 하지만 이 박사의 책임도 크오. 그분과 나는 개인적으로 친한 사이요. 어떤 면에선 존경도 하고 있소. 그런데도 내가 그분과 동사同事하지 않는 것은 이 박사가 통일을 방해하는 정치노선을 걷고 있다는 것을 짐작한 때문이오."

"대통령께서도 통일을 해야 한다고 주야로 생각하고 계시는데요."
이종문은 한마디 끼어들었다.

"입으론 그렇게 말하고 있겠지. 그런데 행동으론 반대되는 짓을 하고 있지 않소. 그분의 통일정책은 북진통일이오. 생각해보시오. 소련과 중공이 저러고 있는데 북진통일이 가당키나 한 소리요? 북진통일을 해봐요. 당장에 동족상잔의 전쟁이 될 거요. 살과 뼈가 서로 부딪쳐 죽이고 죽고 하는 내란이 일어나고 말 거란 말요."

"북진통일은 그야말로 말뿐이지 어디 그렇게야 하겠습니꺼. 북진하면 3차대전이 발생할 위험이 있으니 안 하시겠다고 성명을 발표하신 적도 있지 않습니꺼."

"말뿐이란 것도 안 되는 일입니다. 그것이 공산당들로 하여금 전쟁 준비를 시키는 구실이 된다 이거요. 이승만 정권이 결정적으로 나쁘다는 것은 통일을 무망하게 했다는 점, 따라서 동족상잔 전쟁의 불씨를 만들고 있다는 점이오. 전쟁이 나면 어떻게 하나, 내가 밤낮으로 걱정하는 건 이거요."

"그 걱정을 국회에 가셔서 하게 되면 효과적일 수가 있지 않겠습니까."

동식도 한마디 거들었다.

"이 교수, 그 말이 진정이오?"

최근우 씨는 어이가 없다는 표정을 지었다.

"진정입니다. 선생님 같으신 분이 국회의 다수 의석을 차지하고 그 걱정을 국회의 걱정으로 뭉치면 재난을 미연에 방지할 수도 있지 않겠습니까."

동식이 진지하게 말했다.

"이 교수는 너무 순진해. 소위 제헌국회라는 것의 꼬락서니를 보지 않았소? 이 박사의 의사에 질질 끌려 맥도 추지 못하지 않습디까? 이번 국회도 결국 그 꼴을 면하지 못할 것이 빤해요. 게다가 지금 이 정권은 돌이킬 수 없는 상황에까지 가버렸소. 이 체제를 이냥 두곤 어떻게 할 수 없는 데까지 가버렸단 말요. 북진통일정책을 포기하게 할 수 있을 것 같애요? 그따위 소릴 하다간 귀신도 모르게 죽을 거요. 죽는 건 고사하고라도 이 마당에 다른 무슨 통일정책을 내세울 수 있겠냔 말요. 국회 프락치사건이란 것이 뭣인지 아시죠?"

"그러나 대한민국은 이미 기정사실화된 것이 아닙니까. 이러한 기정사실을 무시하곤 정치란 불가능한 것이 아닙니까. 단정에 반대했던 분들이 이번 선거엔 다수 참여하려고 하고 있는 것은 이 기정사실을 인정하고 조금이라도 나은 방향으로 시정해야겠다고 생각한 때문이 아니겠습니까."

"강도가 주인을 내쫓고 남의 집을 가로채고 앉아버렸다고 해서 그걸 기정사실로 인정할 수 있겠소?"

최근우 씨의 얼굴에 흥분의 빛이 보였다. 동식도 약간 흥분했다.

"좋든 나쁘든 국민의 8할 이상이 투표해서 만든 나라가 아닙니까. 자기의 소신관 어긋난다고 해도 그 사실만은 인정해야죠. 그게 민주주의 아니겠습니까."

"민주주의?"

최근우 씨는 웃었다. 그리고 되물었다.

"이 교수는 지금 민주주의를 하고 있는 것으로 보우?"

"지금 하고 있는 정치가 민주주의라는 것이 아니라 정권이 형성된 과정엔 민주주의가 있지 않았느냐, 하는 말입니다."

"민주주의 정치도 실천되지 못하는, 절차만의 민주주의는 소용이 없는 것이오. 가장 비민주주의적인 처사를 하기 위해 민주적 절차를 꾸민다는 것처럼 가공하고 저주스러운 것은 있을 수가 없소. 지금 이 박사가 하고 있는 짓이 바로 그것이란 말요."

"그런 지각을 가지신 분이 한 사람이라도 국회에 있다는 것이 중요한 일 아니겠습니까."

"한두 사람 끼어 뭣 하겠소?"

"소크라테스적인 의미는 있지 않겠습니까."

"오오라, 이 교수는 철학을 하시지. 그럼 소크라테스를 잘 알겠구먼. 나도 나름대로 이해하고 있소. 소크라테스는 아테네의 의회를 규탄하면서도 아테네의 법률엔 복종할 의사를 가지고 있었소. 그런데 나는 대한민국의 법률 자체에 회의를 느끼고 있소. 스스로 적극적으로 복종할 의사가 없는 법률에 얽매어 개죽음을 당하기 싫다는 얘기요. 이 나라에

선 소크라테스도 불가능하단 말이오."

"결국 국회의원 출마는 안 하시겠다는 말씀 아닙니까."

"동족상잔의 참극을 빚는 자들과 공범이 되긴 싫다는 거요."

"국회에서 반대하는 처지에 서시면 공범이 되진 않을 것 아닙니까."

"아니지. 그런 국회에 끼어 있다는 것만으로도 공범이 되는 거요. 동족상잔의 참극을 빚을 정권을 결과적으로 반대하지 못하리라는 것을 번연히 알면서도 그 속에 낀다는 것은, 일단 그 체제를 승인했다는 뜻만으로도 공범이 되는 겁니다. 나는 내 힘으로 동족상잔의 참극을 막지는 못할망정 공범은 되기 싫다, 이거요."

최근우 씨의 심정을 너무나 잘 알 것 같았다. 동식은

"그럼 그 얘긴 그만 합시다."

하고 석연찮게 웃었다.

"이 사장, 모처럼의 호의를 무시한 것 같아서 미안하오."

최근우 씨는 활달하게 웃었다.

"미안할 것까지야 없습니다만 섭섭합니다. 이 박사와 잘 지내시게 되면 얼마나 좋을까 하고 생각했었는데 선생님의 뜻이 그러시다면 할 수 없는 것 아닙니꺼."

하고 이종문도 웃었다. 아까 대문을 열어준 소녀가 찻잔을 날라왔다. 썩 맛있게 끓인 커피였다. 커피를 마시며 한담으로 옮아갔다.

"이 교수, 요즘 학생들의 동향은 어떻소?"

"한마디로 말해 대한민국의 체제를 인정하는 세력이 부쩍 늘었습니다. 물론 반대세력이 없지는 않지만 그 세력은 줄었어요."

"지하로 들어간 거지 준 것은 아닐 거요."

최근우 씨는 덤덤히 말을 계속했다.

"내겐 모든 일이 환히 눈에 보이는 것 같애. 엄청난 전쟁이 곧 일어날 것 같단 말야. 선거고 뭐고 그러니 시들하게 보여."

"전쟁이 나면 어떻게 되겠습니까?"

"한 3년 계속 되겠지. 국토는 쑥대밭처럼 될 테구, 수백 만이 죽을 거구. 그 비참을 상상하면 등골이 오싹할 지경이지."

"전쟁이 나면 어느 편이 이기겠습니까?"

동식이 진지하게 물었다.

"미국이 가만있지 않을 테니까 남한도 만만찮을 거고, 소련과 중공이 붙어 있으니 저편도 만만찮을 거니까 간단하게 승부가 나진 않겠지. 도로 아미타불이 고작이겠지."

"사람만 죽고 통일은 안 된다면 큰일 아닙니꺼."

종문이 우울하게 말했다.

"그러니까 이 박사의 정치가 나쁘다는 거요. 그렇게 되면 이 박사는 물러나야지. 설혹 북쪽 놈들이 전쟁을 시작했다고 해도 전쟁 책임의 반은 그 어른이 져야 할 테니까……."

"그 뒤가 큰 문제 아니겠습니까."

"혼란이 오겠지. 신탁 문제가 재연될지도 모르구……. 어느 단계에 가면 군인들이 정권을 잡게 될 거야. 조직적이고 강력한 힘으로는 군대가 유일할 테니까."

그러나 이런 말은 이종문의 이해를 넘어 있었다.

"어떻게 해서라도 전쟁은 방지해야 하지 않겠습니까. 무슨 방법이 없겠습니까?"

동식의 이러한 물음에 최근우 씨는

"내게 그럴 방법이 있으면 이렇게 앉아 있겠소?"

하고 쓸쓸하게 웃었다. 그러고는 최근우 씨와 동식 사이에 한참 동안 얘기가 오갔다.

최근우 씨는 어떻게 하든 스칸디나비아 반도의 나라를 닮은 체제를 채택해야 한다고 역설했다. 공산당을 막을 수 있는 명분과 실질을 갖추기 위해선 그 길밖엔 없다는 주장이었다.

이종문은 동식과 최근우 씨의 응수를 참을성 있게 듣고 있다가 점심 때가 되었다고 짐작했을 때 자리에서 일어섰다.

최근우 씨는 이종문과 악수를 나누며

"이 박사 만나거든 내가 한 말을 그대로 전해주시구려."
하고 구김살 없이 웃었다.

"말주변이 모자라서 도저히 그렇겐 전할 수가 없습니다. 사정이 허락하지 않아서 출마하지 않으시겠다고 하더란 말만 전하겠습니다."

종문이 이렇게 말하자, 최근우 씨는 정색을 하고 덧붙였다.

"아니오. 부디 이 말만은 전하시오. 최근우는 전쟁 걱정을 하고 있더라구요."

"알겠습니다. 그렇게 전하겠습니다."
하고 종문이 하직 인사를 했다. 최근우 씨는 대문 밖까지 따라나와 정중하게 전송했다.

"조금 독특한 어른이죠?"

최근우의 집이 보이지 않는 곳까지 와서 동식이 입을 열었다.

"참말로 이해할 수가 없어. 영웅도 여세출이라쿠는디 그렇게 빡빡해 갖고 우찌 살낀지 알다가도 모르겠다."

"잘 먹고 잘 입고 잘살 수만 있으면 지조 같은 것, 아예 문제도 않고 사는 사람도 있는 반면 저렇게 지조만을 지키고 사는 사람도 있답니다."

"지조가 뭔데?"

"그것 없인 인간이랄 수가 없는 그런 거죠."

"그러나 좋은 지식과 배경 갖고 세상과 담을 쌓고 살아 뭘 하노."

동식이 송남수로부터 들은 얘길 했다. 최근우 씨가 건국준비위원회의 총무부장직을 맡고 있었을 때의 일이다.

큰따님이 피아노를 배우고 있는데 집에 피아노가 없었다. 그런 걸 살 돈이 있을 까닭이 없었다. 그때 어떤 사람이 따님을 위해서 피아노를 한 대 선사했다. 그랬는데 최근우 씨는 그 피아노를 즉각 돌려보냈다. 건준의 총무부장이란 직함을 전제하지 않고선 그런 선물이 들어올 까닭이 없다고 생각한 그가, 그 선물에서 불순한 동기를 느낀 때문이었다고 짐작할 밖에 없다. 그 얘길 듣더니 이종문이 너털웃음을 웃었다.

"나허고는 별천지 사람이그마. 나는 공것이라고 보면 비상이라도 묵을라꼬 드는 놈인께."

"허기야 도둑질까지 해서라도 재물을 탐하는 사람이 있지 않습니까."

동식이 맞장구를 쳤다.

"그건 그렇고 모처럼의 뜻이 이루어지지 않아서 미안합니다."

"뭘, 덕택으로 돈 1,000만 원 남은 셈이 됐구마. 선거비도 선거비거니와 그 어른이 출마를 승낙해주기만 하면 당장 집을 하나 사드릴라 했거던."

"집 사준다고 받을 어른도 아닙니다. 약간 초라한 느낌이 없진 않지만 무슨 가풍 같은 게 느껴지지 않았어요?"

"아주 깨끗하더만. 정돈도 잘 돼 있고. 따님인가 본데 아주 고상하던데."

"한마디로 그게 청빈이란 겁니다."

"청빈?"

"불순해도 좋으니 부자가 되려고 덤비는 세상에 그런 청빈이 있다는 것도 갸륵하지 않습니까."

"나를 보고 빈정대는 말 같구마."

"천만에요. 최 선생 같은 분만으론 사회가 성립되지 않습니다."

"내 같은 놈도 있어야 된다, 그 말인가?"

"물론이죠."

"이러니까 난 이 교수가 좋아."

이런저런 말을 주고받으며 큰길가로 나왔다. 큰길을 건너 진고개를 걷게 되었다. 5월의 태양이 눈부신 거리로 사람들이 붐비며 지나가고 있었다.

이종문이 동식의 옆구리를 쿡 찔렀다.

"저 여자 봐."

바로 눈앞으로 연지색 두루마기에 명주 목도리를 단정하게 한, 보기에 기생인 듯한 여자가 지나가고 있었다.

"예쁘재."

종문이 속삭였다. 동식은 저런 건 '요염하다'고 해야지 '예쁘다'고 말할 경우가 아니란 말을 하고 싶었으나 그저 애매하게 웃기만 했다.

"하여간 이 근처엘 오면 미인을 많이 만날 수가 있어 좋아."

하고 두리번거리곤, 이종문이

"서울이란 덴 참으로 좋아. 미인도 많고 인심도 좋고."

하는 들뜬 소릴 했다.

"서울 인심 야박하다고 모두들 그러는데 이 사장께선 생각이 다르시네요."

"서울 인심이 야박하다꼬? 천만에, 내만 해도 그런기라. 불알 두 쪽 차고 서울 올라와갖고 넥타이 매고 가죽구두 신고 아스팔트 길을 활개치고 걸을 수 있을 뿐 아니라 요릿집에 가서 일류 명기 데리고 덩더쿵 놀 수가 있는디, 이만하면 서울 인심 좋다고 할 수 있지 않는가배."

"그건 이 사장의 형편에서겠죠."

"이 교수의 형편도 안 그렇나. 서울 와서 일등 마누라를 만났는데."

딴은 그렇다고 동식이 동의하지 않을 수 없었다. 그러나 동식의 표정은 밝지가 않았다.

"왜 그러지?"

하고 종문이 동식의 눈치를 살피며 물었다.

"최근우 선생의 얘기를 듣고 보니 괜히 우울하네요."

"전쟁이 난다는 얘기?"

"그렇습니다."

"앗다, 이 사람, 그런 걱정 말게. 모두가 같이 당하는 난리는 난리가 아닌기라. 혼자만 당하는기 난리지. 내 언젠가 그리 안쿠더나. 아, 시장하다. 어디 가서 밥이나 묵자."

두 사람은 근처의 음식점을 찾아들어 늦은 점심을 먹었다.

3

그날 밤 이종문이 경무대로 갔다. 이승만은 그날 무슨 일이 있었는지 몹시 기분이 나쁜 표정을 하고 있었다. 그래서 이종문은 인사만 하고

되돌아서려고 했다. 그랬더니 이승만이
"사람이 왜 그래. 나를 찾아왔으면 무슨 할 말이 있을 게 아닌가. 그런데 그냥 갈려고 하니 어떻게 된 일인가."
하고 상을 찌푸렸다.
"아부지 심기가 언짢으신 것 같아서 그만 갈라쿤깁니다."
이종문이 우물쭈물 대답했다.
"내 심기가 나쁜 걸 어떻게 알았지?"
"그저."
이종문이 뒤통수를 긁었다.
"심기가 나쁜 줄 알면 위로할 줄도 알아야 자식 된 도리가 아닌가."
이렇게 말할 땐 이승만의 표정이 누그러져 있었다.
"제가 드릴 말씀이 위로가 될 것 같지도 안 해서 그만……."
"무슨 말인데?"
"오늘 최근우 선생을 만났습니다."
"그래 뭐라고 하던가?"
"국회의원을 할 생각이 없다는 거였습니다."
"왜?"
"국회 걱정보다 남북간에 일어날 전쟁 걱정을 해야 할 것이란 말이었습니다."
"뭐라구?"
이승만의 표정이 단번에 굳어졌다.
"꼭 전쟁은 나고야 말 거란 얘기였습니다."
"그 사람 참으로 일낼 사람이구먼."
이승만은 불쾌한 듯 혀를 찼다. 그러고는 물었다.

"그 밖에 또 무슨 말을 하던가?"

종문은 최근우가 한 말을 모난 곳은 줄이고 간추려 말했다.

흠, 흠흠 하며 듣고 있더니 이승만이 신음하듯 중얼거렸다.

"볼일 다 본 사람이야, 그 사람. 앞으론 상관할 것 없어."

이승만이 입을 다물어버렸다. 깊은 생각에 잠겨드는 듯했다. 종문은 숨을 죽이고 앉아 있었다. 일어설 수도, 무슨 말을 꺼낼 수도 없는 거북한 시간이었다.

한참을 지나서야 이승만이 입을 열었다.

"자네 호랑이 얘기 들은 적이 있나?"

"호랑이 얘기사 흔하지 않습니까."

"그런 얘기가 아니구."

하더니, 이승만이 다음과 같은 얘길 했다.

"호랑일 잡으면, 한 사람은 그 가죽을 벗겨 팔아야겠다고 했지. 다른 한 사람은 불고기해먹고 싶다고 했고, 또 한 사람은 그 뼈를 모아다 팔겠다고 하고……. 이런 공론을 하고 있는데 누군가가 뒷산에 호랑이가 나타났다고 하니까 모두들 무서워서 각기 숨을 구멍을 찾더라는 얘기야."

종문이 그 말뜻을 알 수가 없어서 눈만 껌벅거리고 있었다.

"호랑이를 잡으면 어떻게 하겠다고만 했지 호랑일 잡을 생각은 안 했다, 이거야. 그래놓고 남이 잡은 호랑이는 호랑이가 아니다, 이거지. 독립을 해야 한다고 떠들기만 해놓고 독립을 할 생각은 안 할 뿐 아니라 방해만 하고 있는 그들을 내가 어떻게 상대할 수 있겠어. 그들이 생각하는 것은 빨리 전쟁이나 일어나갖고 이 대한민국이 망하는 꼴이지. 그대로 완전한 형태로 나라가 독립한 적은 없어. 어떤 형태건 독립의 바탕을 만들어놓고 차츰차츰 쌓아 올리는 거야. 미국이 오늘날은 50주지만 처음엔 13주였어. 13주부터 시작해서 오늘의 미국이 된 거거든. 남북한이 통일된 독립을 하자, 말이야 좋지. 그런데 공산당을 상대로 어떤 협상이 가능하단 말인가. 결과적으로 말해 남북한을 지금 단계에서 통일하자는 것은 절대로 독립하지 말자는 것이 아니면 빨갱이에게 모든 것을 주어버리자고 하는 것과 마찬가지란 말야. 나 이승만의 판단엔 틀림이 없어. 장래의 역사가 증명해줄 거야."

이승만의 안면신경은 심한 경련을 일으키고 있었다.

"아부지 진정하시지요."

이종문은 안절부절못했다.

"최근우란 놈 벌을 받을 거야. 여운형과 짜고 하룻밤 사이에 인민공화국을 만든 놈이 대한민국을 인정할 수 없다고? 말이 되는 소린가."

"대한민국을 인정하지 않는다는 말은 없었습니다."

이종문이 어물어물 말했다.

"국회의원 선거에 출마하지 않겠다는 것이 바로 그 의사표시 아닌가. 뿐만 아니라 나는 그들의 속셈을 다 알고 있어. 자기들 못 먹는 밥에 재나 뿌리자는 수작이 아닌가. 그러나 두고 보라구. 대한민국은 앞으로 융성할 거니까. 설혹 전쟁이 있어도 너끈히 그 시련을 극복하고 일어설 테니까."

이승만은 이종문을 향해서 말한다기보다 자기 자신의 마음을 다지듯 이렇게 말했다.

프란체스카 여사가 차분을 들고 들어왔다. 그런데 그 태도가 여느 때보다 조심스러웠다. 종문에게 말을 걸지 않고 웃음을 살짝 띤 눈인사를 보이는 것만으로도 알 수가 있었다. 남편의 심기가 대단히 나쁘다는 것을 알기 때문에 취하는 태도라고 보였다.

프란체스카 여사의 등장을 계기로 해서 이종문이 일어섰다.

"전 그럼 가보겠습니다."

이승만이 종문을 물끄러미 바라보더니 돌연 생각이 났던지 이렇게 물었다.

"자네 결혼을 한다더니 언제쯤 할 건가?"

"5월 30일에 하기로 했습니다."

"5월 30일? 그날은 선거날이 아닌가?"

"그렇습니다."

"왜 하필이면 그날을 택했는가?"

"남은 국회의원이 된다고 하는데 전 그날 신랑이라도 되어볼라고 합니다."

이승만이 빙그레 웃었다.

"국회의원보다야 신랑이 낫지."

이승만의 이런 농담이 프란체스카 여사에겐 적이 반가운 모양이었다. 얼굴에 생기가 돌았다.

"비서실에 장소를 알려요. 그날 꽃다발을 보낼 테니까요."

프란체스카의 말을 이승만이 이렇게 통역했다.

"감사합니다."

이종문은 깊숙이 머리를 숙여 절하고 그 방에서 나왔다.

그 길로 이종문은 숙직하고 있는 김 비서의 방에 들렀다.

"좀더 계셔서 각하의 말동무가 되어드리지 않고 벌써 나오십니까."

하는 김 비서의 얼굴은 밝지 않았다.

"심기가 좋지 않으신 것 같아 얼른 나왔구마."

"각하의 심기는 좋지 않습니다."
김 비서가 뚜벅 말했다.
"무슨 일이 있었소?"
종문이 의자에 걸터앉았다.
"곤란한 일이 생겼습니다."
"무슨 일인데?"
종문이 다급하게 물었다. 김 비서는 조금 생각하더니 다음과 같은 사실을 밝혔다. 38선을 지키고 있던 군인이 강원도에서 월북한 사건이 있었다는 것이다. 종문은 깜짝 놀랐다.
"그거 무슨 일이오?"
"말도 안 될 얘기죠."
"몇 명이나 넘어갔소?"
"송모란 중위가 주동이 되어 1개중대 병력이 넘어갔답니다."
"어떻게 그런 일이……."
"그 송 중위가 하는 사람은 원래 사상이 나빴던 모양입니다."
"그런 자를 왜 가만두었지?"
"그래서 국방장관과 참모총장이 각하의 호된 꾸지람을 당했죠."
"꾸지람만 갖고 될긴가?"
"사표를 제출했습니다."
"사표? 요놈의 국방장관 내가 가서 한바탕 해줘야겠구만."
이종문은 정말 울화가 터질 지경이었다. 큰소리나 탕탕 하고 군대를 그 꼴로 만들어 대통령의 심기를 상하게 했다고 생각하니 곁에 있다면 주먹으로 이마빼기를 갈겨놓고 싶은 충동이 있었다.
"흥분하시지 말고 우리 커피나 마십시다."

하고 사환이 갖다놓은 커피잔을 밀어놓으며 김 비서는 탄식했다.
"일의 성질이 그런 것이 돼놓으니 섣불리 각하를 위로할 수도 없구."
종문은 뜨거운 커피를 훌훌 불어 숭늉 마시듯 훌쩍 마셔버리고
"김 비서, 이런 판국에 전쟁이라도 나면 탈 아니오?"
하고 말했다.
"전쟁이야 나겠습니까만 하여간 국군의 기강은 문젭니다."
하고 김 비서는 38선을 지키고 있는 것을 기화로 군 상층부가 장사를 하는 사례까지 있다면서 우울한 표정을 했다.
"그런 일을 대통령께서 알고 있습니까?"
"각하의 심기가 걱정인데 어떻게 그런 일을 일일이 보고할 수 있겠소."
"여보, 김 비서 그거 무슨 소리요. 그런 중대한 문제를 덮어두면……."
"덮어두진 않죠. 관계기관에서 조사도 하고 탄로난 건 처벌도 하고 해서 단속이야 하죠."
"국군이 월북을 했다면 이편의 비밀이 자연 누설될 것 아니오."
"그야 물론이죠."
"그렇다면 그들이 우리 국군을 깔볼 게 아니겠소. 그런 내용을 알면 말이오."
"그런 염려도 없잖죠."
"김 비서!"
"예?"
"큰일 났소."
"뭐가요?"
이종문은 얼마 전 동식을 통해 들은 로푸심의 얘길 했다. 이북에선 전쟁 준비를 한창 서둘고 있다는 얘기를 한 것이다.

"우리 국방부나 군도 허수아비는 아니니 정작 놈들이 전쟁 준비를 하고 있다면 이편에서도 그만한 대비를 하고 있지 않겠습니까."

김 비서는 이종문의 흥분을 무마할 양으로 이렇게 말했다.

"그만한 대비를 하고 있는 놈들이 1개중대가 월북하도록 내버려둬? 난 아무래도 믿을 수가 없어. 그 채병덕인가 하는 참모총장, 살만 디룩디룩 쪄갖고 용맹이 있을 것 같지도 않더마. 그렇게 미련해놓은께 그런 사고도 생기는기라. 그런디 아부지의 마음은 알다가도 모르겠어. 그 신성모란 사람 말이오. 우쩐다고 그런 희미한 사람을 국방장관에 앉혔을까. 그런데다 또 국무총리 서리까지 시키다니. 아닌 게 아니라 오늘은 그 얘기 좀 할라캤는디 하두 아부지 심기가 나쁜 것 같아서 그만두었지만. 세상에 국군 1개중대를 호락호락 넘겨보내다니, 글쎄 그게 말이나 되는기라?"

"이 사장, 흥분하진 마세요. 우리 편에서 넘어간 건 유감스럽지만 저편으로부터도 이건순이란 비행사가 넘어오지 않았습니까. 비행기 한 대와 비행사 하나는 전력으로 보아 1개중대에 해당하는 겁니다. 그러니 그 사실을 갖고 너무 야단할 것도 없죠."

"김 비서, 무슨 말을 그렇게 하요. 넘어온 사람은 당연히 넘어온기고 넘어간 놈들은 배신한 놈들 아니오. 안 되겠어. 지금 당장 신 국방을 찾아가서 한바탕 해줘야겠다."

이종문이 털고 일어섰다. 김 비서의 간곡한 말이 있었다.

"신 국방 찾아가는 건 그만 두시오. 그분도 지금 골치가 아플 겁니다. 충분히 반성도 하고 있을 거구요."

"알았소. 김 비서 수고하시오."

하고 이종문은 경무대를 나섰다.

시계를 보니 아홉 시가 넘어 있었다. 신성모를 찾아가는 것은 쑥스럽다는 생각이 들었다. 맹렬히 술 생각이 났다. 술을 마시자면 술동무가 있어야 하는 법이다. 이종문은 운전사에게 차를 수송동으로 돌리라고 일렀다. 차가 수송동 합숙소에 이르기 직전, 공터에 많은 사람이 모여 있었다. 이종문이 거기서 내렸다.

선거운동원이 사람을 모아놓고 선거연설을 하고 있는 중이었다. 잠깐 서서 연설을 듣고 있노라니까 어설픈 웃음이 터져나올 판이었다.

"……평생을 민족과 조국을 위해 바치신 선생을 국회에 내보내기만 하면 이 나라에 서광이 찬연하게 비칠 것입니다. 그 결백한 성품으로 해서 불행한 사람을 좌시하지 않을 것이니 선생으로 인해 민주정치와 복지정치가 한꺼번에 이루어질 것은 명약관화한 일입니다. 여러분! 대한민국의 수도 하고도 그 중심인 종로구의 체면을 생각하셔야 합니다. 그러기 위해서도……."

어디선가 고함 소리가 터졌다.

"웃기지 마."

이것이 신호가 된 듯 와아 하는 야유의 소리가 일었다.

그래도 연사는 연설을 엮어나가고 있었다. 일제 때 독립운동을 한 경력을 설명하기도 하다가, 국회의원이 되기만 하면 국민 전부를 당장 부자로 만들 비방을 가진 분이라고 역설하기도 했다. 설령 대통령이 된다 해도 할 수 없는 일을 국회의원으로서 다 하겠다고 하니 아까 그 사람의 말마따나 정말 '웃기는' 일이 아닐 수 없었.

사람들 틈을 지나 합숙소 앞까지 갔더니 문창곡과 성철주가 길에 나와 있었다.

"거게서 뭣 합니까?"

이종문이 말을 걸었다.

"이 사장 웬일이오?"

성철주가 놀라며 물었다.

"경무대에서 나오는 길인데 술 생각이 나서 안 왔습니까."

"우리도 한잔 하러 갈려는 참인데……."

하고 문창곡이 웃는 얼굴을 보였다.

"한잔 하러 가실라쿠는데 연설 말씀 듣고 계셨다, 이거구마요. 그런디 저런기 연설이라쿠는깁니까. 자, 가십시다. 저런 연설 듣는 것보다 갈보 육자배기 듣는 게 훨씬 낫겠소."

이종문은 문창곡과 성철주를 데리고 청진동 빈대떡집으로 들어갔다. 그 집은 창곡과 철주의 단골집이어서 이종문도 가끔 드나들며 그 집의 충청도 아가씨를 놀려대곤 했다. 그 밤도 들어서자마자 이종문이 농을 걸었다.

"충청도에 가서 연설을 했는디 박수 소리는 서울 와서 들었다쿠더라."

충청도 아가씨는 덧니를 내보이며 씨익 웃었다. 빈대떡과 소주가 나오자 이종문이 충청도 아가씨 손목을 잡고 또 수선을 피웠다.

"충청도 사람은 이런다며? 손을 이렇게 잡아 틀면 그라면 아파여어, 좀더 세게 잡아 틀면 자꾸 그라면 뼈가 분질러진대여어, 그래도 잡아 틀어 뼈를 분질러놓으면 그것 봐유 뼈가 분질러진다고 안 합디여어."

충청도 아가씨는 종문에게 잡힌 손을 빼내어 입을 갖다댔다. 터져나오려는 웃음을 가리기 위해서였다.

"이것 보라꼬. 안 잡힌 손을 얼른 입에다 갖다대면 될 걸 하필이면 잡힌 손을 가지고 갈껀 뭣꼬."

이종문의 익살에 옆자리에 있는 사람까지 웃었다.

이종문의 충청도에 관한 농담은 다음다음으로 이어졌다.

방사房事를 하는데 충청도 여자는 '내 먼저 실례해유.' 한다느니, 대전역에 전송한 사돈의 인사가 끝났을 때는 기차가 용산역을 통과하고 있다느니…….

"그런데 노름할 때 객장을 치는 솜씨 하나는 빠르지. 그리고 또 빠른 게 있지……. 그러나 양반 입으로선 차마 할 수 없는 얘기고."

하며 종문이 또 좌중을 웃겼다.

"경무대 간 얘기나 하슈."

문창곡의 독촉을 받고 종문이 대강의 설명을 했다. 설명을 하는 도중 격한 어조가 되기도 했다.

"이 사장, 그런 일에 흥분 말고 우리 돈이나 법시다."

성철주가 한 말이었다.

"전쟁이 나면 돈 벌어 뭣 할깁니까."

"전쟁이 날수록 돈이 있어야지."

성철주의 말을 받아, 문창곡이

"성 동지 철이 드는 것 같은데, 돈 벌 얘기를 하는 걸 보니."

하고 껄껄 웃었다.

"돈도 돈이지만."

하며 이종문이 정색을 했다.

"문 동지나 성 동지는 꼭 국회의원이 돼야 해. 이번 파스는 틀렸지만 다음 기회엔 꼭 나서도록 합시다. 독립운동을 한 경력이 있것다, 깨끗하게 살았것다, 나라를 위하는 일 이외엔 별다른 기술 없것다, 꼭 한 가지 탈은 거짓말이 서툰 것뿐인데 그건 훈련하면 될끼고."

"갑자기 국회의원 얘기는……."

시무룩한 성철주의 말이었다.

"아까 그자의 연설 들은께 슬슬 밸이 꼴리더란 말입니다. 엉뚱한 거짓말, 실속 없는 말 해갖고 표 얻을라쿠는 것 본께, 제기랄, 그런 자리 남 줄 것 뭐 있어. 돈 왕창 벌어갖고 우리도 한번 해봅시다. 누가 되어도 될 것 우리가 해서 안 될 것 있습니꺼."

"고향이 남쪽에 있다면 그런 마음도 내보겠지만."

성철주의 말은 우울했다.

"정들면 고향이지 별거 있소. 고향이 없으면 서울에서 하죠, 뭐. 서울 사람 아니라도 서울에서 입후보한 사람 수두룩합디다. 기 앗기는 소린 하지 맙시다."

"이 사람만한 배짱이면 문제가 없지."

문창곡이 한마디 했다.

"그 배짱 내가 빌려줄낀께. 걱정 마이소."

"……."

4

5월 30일.

이종문이 유지숙과 결혼식을 올렸다.

그리고 동식의 집 근처에 마련한 청운동 신택新宅으로 이사를 했다.

그날 총선거는 무사히 끝났다. 두세 군데 지방에서 불미스러운 일이 있었다지만 총체적으로 평온하고 자유스런 분위기 속에서 선거는 진행되었다고 했다. 민족의 기초가 그만큼 굳어진 것이라고 이승만 대통령은 만족의 뜻을 표했다.

그리고 선거 결과도 이승만에겐 만족스러운 것이었다. 무소속 126, 민국당 23, 국민당 22, 한청 10, 국민회 10.

이 가운데 국민당과 한청, 국민회가 차지한 의석 수는 이승만을 절대 지지하는 세력이고 무소속 가운데도 반수 이상은 이승만 지지자로 볼 수 있으니 그렇게 판단할 수 있었다.

6월 3일, 경찰이 이승만 대통령에게 올린 보고에 의하면 다음과 같이 되어 있다.

이승만 대통령을 절대 지지하는 의석수 105명. 결정적인 반대세력 57명. 기회주의자 29명. 결정적인 반대세력 57명 가운데는 민국당계 (한민당) 23명 외에 남로당 비밀당원인 듯싶은 자 18명, 그 밖의 분자 16명.

이 보고엔 그 숫자와 더불어 명단을 밝히고 있었다. 그리고 남로당 비밀당원으로 간주된 당선자에게는 1인 이상의 감시자를 붙일 작정이라고 했다.

6월 7일, 북괴로부터 남북한 총선거를 실시하자는 제안이 있었다. 유엔 한위韓委는 즉각 그 제안에 호응, 북괴의 대표자와 만나 협의하자고 제의했으나 북괴는 이를 거부했다. 그리고 엉뚱하게도 남한에 수감 중인 남로당의 간부 김삼룡·이주하 양인과 조만식을 교환하자는 제의를 해왔다. 이 대통령은 조만식 씨를 먼저 보내주기만 하면 즉각 김삼룡·이주하를 북송하겠다고 동의했다.

제2대 국회 개원식은 6월 19일에 있었다. 국회의장에 신익희 씨, 부의장에 장택상, 조봉암 씨가 선출되었다. 서울의 거리는 새로 당선된 국회의원들의 기분을 반영하여 흥청거렸다.

홍콩에 가 있던 로푸심이 서울에 돌아오자마자 이동식을 찾은 것은 국회의 개원식이 있던 바로 그날이다. 이종문과 동식의 집은 서로 이웃인 관계로 동식이 로푸심을 대접하는 자리에 종문도 참석했다. 그 자리에서 로푸심이 작금의 동태가 아무래도 수상하다는 얘기를 했다.

김삼룡·이주하와 조만식을 교환하자는 제의며 남북한 총선거를 제안했다가 협상을 거부하는 등 일련의 동태엔 기필 무슨 저의가 있는 것이라면서 다음과 같은 말을 덧붙였다.

"홍콩에 의약품을 전문으로 하는 상사를 경영하는 내 친구가 있어요. 물론 중국인입니다. 그런데 그 친구가 하는 말이 몇 달인가 전부터 북선에서 다량의 의약품 주문이 연달아 있다는 거요. 그것도 무슨 특수한 약품이 아니라 요도징키·리바놀·요드호름·옥시풀·크로로호름 등 주로 외상용外傷用으로 쓰이는 약만을 다량으로 주문한다는 겁니다. 자기 집에만 주문을 하는 것이 아니라 홍콩 시중의 여러 약국에도 꼭 같은 주문이 와 있다지 않습니까. 그 얘길 들으니까 이상한 기분이 들어요. 북선의 형편으로서 그 따위 외상용의 약을 비싼 돈을 들여 사모을 까닭이 없는 건데 말입니다. 내 짐작으론 전쟁 준비가 아닌가 합니다. 소련이나 중국 본토에선 전쟁을 치르고 난 뒤라 그런 약을 다량으로 구입할 수가 없을 것 아니겠소. 그리고 전쟁을 할 생각이 아닌 담에야 그렇게 일시에 서둘러 구입할 필요도 없을 거구요……."

동식과 종문은 로푸심의 말을 소홀하게 흘려들을 수가 없었다. 로푸심이 헛된 말을 꾸며댈 사람이 아닌 이상 북괴가 그런 약품을 다량으로 구입하고 있다면 전쟁 준비를 서둘고 있는 증거라고 일단 짐작하지 않을 수 없었다.

"그게 전쟁 준비라면 빠른 시일 내에 무슨 일이 날 것 같애요."

이렇게 덧붙이며 로푸심은 기왕 '백두산'이란 암호명을 가진 미군 기관원이 보낸 정보를 상기시키기도 했다.

"이 얘긴 꼭 대통령에게 해야 할 겁니다."

로푸심은 힘주어 말을 하는 것이었으나 종문은 또다시 노대통령을 번거롭게 하긴 싫었다. 그렇다고 해서 전쟁이 절대로 없을 것이라고 단언하고 있는 신 국방을 찾아갈 생각도 없었다. 그러나 가만있을 순 없는 일이었다.

국회부의장으로 뽑힌 장택상에게 인사도 할 겸 가서 그 얘기를 꺼내 놓았다. 그런데 장택상은

"충분히 예상할 수 있는 일이야. 놈들의 저의는 빤한 거니까."

하면서도

"막대한 비용을 쓰고 그런 일을 전달하고 있는 기관이 있으니까 그쯤 정보를 갖고 우리가 나설 것까지야 없지."

하며 가볍게 웃어 넘겨버리는 것이 아닌가. 그러나 석연치 않은 얼굴을 하고 있는 종문을 보기가 민망했던지, 장택상은

"거 왜 있지 않소. 백성욱이란 사람."

하며 입을 비쭉 하곤 덧붙였다.

"그 사람 예언을 잘한다며. 예언을 잘한다구 이 박사가 내무장관으로 기용했다는 말이 있을 정도니까 말야. 어때 이 사장, 그 사람헌테 가서 그 얘길 한번 해보지 그래."

종문은 일리가 있다고 생각했다. 그 길로 내무부로 가서 백 장관을 찾았다. 대통령과의 관계를 잘 아는 백성욱은 선객先客을 제쳐놓고 정중히 이종문을 맞아들였다.

"귀한 걸음을 하셨소이다그려."

이마에 부처님 같은 사마귀를 단, 어김없는 승상僧相이라고 할 수밖에 없는 백성욱은 참선하는 양으로 두 손을 아랫배 근처에 얹고 물었다.

"무슨 말씀이신지 거리낌없이 하세요."

종문은 그저 지나는 걸음에 예방차 왔다고 해놓고 넌지시 이렇게 시작했다.

"보건대 장관께선 앞일을 환히 아신다고 하던데요."

"과장된 평이 나 있어 아닌 게 아니라 곤혹이 이만저만 아닙니다."

"불기가 없는 굴뚝에 연기가 나겠습니까."

"하기야 수십 년 수도한 덕택으로 미래지사를 대강은 알 수가 있습니다."

"그럼 물어보겠습니다. 항간의 말에 곧 전쟁이 있을끼라쿠는디 어떻게 되겠습니까?"

"누가 그런 소릴 합디까?"

"누가 말했다기보다 그저 그런 말이 돌아다니고 있습니다."

"그런 것이 탈이올시다. 공연히 유언을 꾸며 혹세무민하는 패거리가 어느 곳 어느 시대에나 있는 것이지만 그 혹독함이 요즘처럼 심한 일은 없을 것이오."

"그럼 전쟁이 난다는 말은 유언이다, 이겁니까?"

"물론이죠. 5년쯤 후의 일까진 모르지만 나는 3, 4년 앞의 일쯤은 어긋남이 없이 아는 사람입니다."

백성욱은 자신만만한 태도로 이렇게 말하고 이종문의 지식으로선 알아들을 수 없는 천문학적 동양철학적 술어를 써가며 여러 가지로 설명했다. 이종문이 알아들을 수 있었던 것은 앞으로 3년 안엔 절대로 전쟁이 나지 않는다는 결론이었다. 그런데 마지막 인사가 요사스러웠다.
"각하께옵서 총애하시는 분은 흔들림이 없어야 합니다. 다시는 흔들리지 않게 자중하십시오. 전쟁이 난다는 등의 요설에 속아서는 안 됩니다."

이종문은 백성욱의 말을 듣고 한편 안심은 했으나 꺼림한 감정이 찌꺼기처럼 남았다. 구체적으로 명확하게 의식한 것은 아니지만 혹시 저런 태도가 터무니없는 것이라면 대통령의 밝은 눈을 어둡게 하는 화를 빚을 것이 아닌가, 하는 막연한 두려움이었다.

종문이 이런 두려움을 갖게 된 데는 로푸심이란 사람에 대한 무조건적인 신뢰에 원인이 있었다. 로푸심은 종문에게 있어선 신통력을 가진 사람이었다. 백성욱의 말은 근거 없이 꾸며진 것이 아닐까 하는 의혹의 여지를 가지고 있지만, 로푸심이 하는 말은 이치와 이치를 쌓아올린 건실한 내용으로 짜여져 있는 것이다.

다량의 외상용 약품을 사들인다는 것은 전쟁 준비의 일단이라고 볼 수 있는 것이 아닌가. 그러니 설혹 그 짐작이 틀릴 수 있다고 해도 그걸 전쟁 준비로 알고 대비하는 일이 옳지 않은가.

이종문은 이렇게 생각한 나머지 노대통령의 심기를 약간 상하게 하는 일이 있더라도 그 사실만은 알려야겠다고 마음을 먹었다.

미국의 덜레스가 38선 일대를 시찰하고 떠나간 그날 밤이었다. 종문이 찾아가자 이승만은 기분 좋게 그를 맞이했다. 심기가 좋지 않을 땐 가까이 있기가 거북하지만 기분이 좋을 때의 이승만은 어리광 부려보고 싶은 마음을 일으킬 정도로 인자한 분위기를 풍긴다.

이승만은 종문을 앞에 앉혀놓고 덜레스가 한국을 다녀간 의미를 설명했다.

"내가 덜레스에게 부탁을 했지. 미국이 극동을 방위하는 계획에 한국을 포함시켜달라고. 덜레스는 쾌히 승낙했지. 그 사람은 미국의 실력자다. 미국 정부나 미국의 실업계를 움직일 수 있는 큰 힘을 가진 사람이야. 그 사람이 승낙한 건 미국이 승낙한 거나 꼭 같애. 그러니까 나는 기쁘다. 자네 포도주 한잔 할래?"
하고 이승만은 비서를 시켜 포도주를 내오도록 했다.

술을 두어 잔 하니 용기가 났다.

"아부지의 심기를 어지럽히는 것 같아 두렵습니다만 이 말만은 안 할 수가 없습니다."

이렇게 서두를 하고 로푸심으로부터 들은 애길 소상하게 옮겼다. 이승만은 신중하게 그 말을 듣더니

"자네 좋은 애길 했네. 사실이 꼭 그렇다면 그런 짐작이 당연하지. 작은 일도 나라의 이해에 쫓아 본다는 건 애국하는 능력이다. 내 당장 사람을 시켜 알아보도록 하지. 그 홍콩 상사의 주소와 이름을 여기 써두게."

"써둘 필요 없습니다. 여게 쪽지를 가지고 있습니다."

종문은 로푸심이 적어준 메모를 꺼내 탁자 위에 놓았다. 이승만은 비서를 불렀다.

"홍콩에 우리 대표부가 있지? 이 상사에 가서 북괴가 사들인 약품명과 수량을 알아보도록 연락해. 무전으로 하면 곧 알 수 있을 것 아닌가. 빨리 서둘게."

그럴 때의 이승만의 태도는 노인 같지가 않았다. 명령은 또렷하고 거동은 민첩했다. 이종문은 그러한 대통령을 지켜보며 마음 든든함을 느꼈고 음울한 상념이 가시는 것을 깨달았다. 그래서 백성욱을 만난 애기, 백성욱이 앞으로 3년 동안은 전쟁이 일어나지 않는다고 장담하더

라는 얘기를 했다.

"3년? 왜 하필 3년인가?"

이승만이 약간 찌푸린 표정이 되며 중얼거렸다.

"5년 앞일까진 알 수 없지만 3년쯤 앞일은 환하게 알 수 있다는 얘기였습니다."

"별 사람도 다 보지."

하고 이승만은 화제를 바꾸었다.

"자네 왜 신부를 한번 데리고 오지 않는가."

"그동안 두서가 없었습니다. 이사도 해야 했고, 또 경무대도 바쁜 것 같았고……."

"아무리 바쁘다구 애비에게 며느리 구경을 시켜주지 안 해서야. 그런데 어디로 이사를 했는가?"

"청운동으로 했습니다."

"청운동이면……."

"효자동 이웃이니까 여게서 가까운 곳입니다."

"그것 잘됐군. 비서들에겐 알려두었겠지."

"예."

이승만이 문득 생각이 났다는 듯이 지필이 놓인 책상 앞으로 갔다.

"내, 벽에 걸어놓을 글 한 귀 써주지."

하고 잠깐 망설이다가 '부창부수' 婦唱夫隨라고 횡서로 큼직하게 써놓고 소리를 내어 웃었다.

"이것 보라구. 부창부수夫唱婦隨, 즉 남편이 주장을 하고 여자가 따라간다고 되어야 하는 것을, 여자가 주장하니 남편이 따라간다로 썼지. 들으니 신부가 아직 젊다고 하니 아마 그렇게 되어야 할 것 같아서 이렇게 쓴 거다. 바깥에선 모르되 가정에선 이렇게 하는 것이 좋을 거야."

먹이 마르기를 기다려 종이를 조심스럽게 말아쥐고 떠나려고 하자 이승만은 이종문을 좀더 머물러 있게 만류하며 국회 얘기를 꺼냈다.

"자네가 좋아하는 조병옥이 내 짐작대로 낙선하지 않았나. 어떻게 생각해?"

이럴 때의 이승만은 장난꾸러기 아이를 닮아 있었다.

"아부지 말씀만 없었더라면 제가 그분에게 얼마의 자본을 냈을 겁니다. 그리 했더라면 당선되었을 것인데 싶은게 왠지 미안한 생각이 듭니다."

"자네가 자금을 댔어도 소용이 없어. 선거라는 것은 원래 그렇게 돼 있는 거야. 미안할 건 없어. 뿐만 아니라 그들이 국회를 장악할 듯이 설쳤는데 당선된 사람은 기껏 스무 명 남짓 하지 않은가. 그것이 대세라는 거여."

이승만의 기분은 흡족했던 모양으로 다음다음으로 얘기가 이어졌다. 이종문은 열 시가 넘어서야 경무대에서 나왔다.

종문이 그 길로 동식의 집에 들러 그날 있었던 얘길 했다.

"그것 잘 되었구먼요."

하고 동식은 로푸심의 말이라고 하면서 다음과 같은 사실을 전했다.

"로푸심 씨가 자동차를 타고 서울 근교 이곳저곳을 돌아다녀보았답니다. 그랬더니 이상한 사실이 눈에 띄었다는 겁니다. 삼베 고의적삼에 밀짚모자를 쓴 농부를 가장한, 틀림없이 가장이었답니다. 그런 사람들이 소를 몰고 이곳저곳에서 서울로 몰려들고 있더랍니다. 구파발 쪽에서도 그런 사람이 들어오고 포천 쪽에서도 그런 사람이 들어오구요. 이상해서 이곳저곳을 계속해서 왔다갔다 했는데 로푸심 씨가 헤아려본 것만 해도 구파발로 들어온 사람은 열 명이 넘고 포천 쪽에서 들어온 사람도 그쯤 되더라는 겁니다. 그 가운데 몇 사람에겐 물어도 본 모양입니다. 어디서 오느냐구요. 그랬더니 한결같이 38선 부근에 사는 사람들인데 소를 팔러 서울로 온다는 얘기였더랍니다."

"그들이 수상해보였으면 경찰에나 알릴 일이지."

"로푸심 씨의 성격을 알지 않습니까. 그분이 어디 그런 사실을 경찰에 알릴 사람입니까."

"수많은 사람들, 그 중엔 소를 몰고 오는 사람들도 있을낀디 그런 걸 수상하게 보았다고 하몬……."

이종문이 고개를 갸웃했다.

"로푸심 씨는 보통 인간이 아니니까요. 그분에겐 어떤 직감 같은 것이 있는 모양입니다."

"나도 그렇게 생각해."

"로푸심 씨는 아홉 시까지 제 집에서 놀다가 갔는데 자꾸만 무슨 일이 닐 것 같은 예감이 든답니다. 그래 괜히 안절부절못하고 마음이 들떠 있다는 거였습니다. 그럴 땐 자기가 자기를 마음대로 못한답니다. 한곳에 가만있을 수도 없구요. 아홉 시에 제 집에서 나간 것도 낮에 본 소 몰고 오는 사람 하나의 뒤를 밟아놓았는데 그리로 가보겠다는 거였습니다."

"앗다, 이 사람. 그 정도로 해두자. 자꾸만 그렇게 신경을 썼다간 지레 돌아버리겠다. 난리가 나든 땅덩어리가 꺼지든 하라쿠지, 뭐. 그보다 내일 모레가 공일 아닌가. 어때, 그날 뚝섬에나 놀러가자. 이 교수 부부와 우리 부부. 맥주나 잔뜩 싣고 하루 종일 강가에서 놀아보자꾸나."

"좋지요."

종문이 집으로 돌아와선 모든 시름을 다 잊었다. 유지숙이 우아한 몸차림으로 종문을 맞이했기 때문이다.

종문은 유지숙이 자랑스러웠다. 불과 한 달 남짓한 시간이었지만 살림을 꾸려나가는 솜씨가 여간이 아니었다. 식모를 다루는 태도는 부드럽고 어른스러웠고 종문을 위한 행동엔 성의가 넘쳐 있었다.

종문은 이승만이 써준 글을 펴놓고 부창부수란 글귀에 대한 설명을 했다.

"당신이 주장하면 내가 당신 주장에 따르라는 뜻이라더만."

"어떻게 그럴 수가 있어요. 전 사장님을 모시는 일 외엔 아무것도 생각하기가 싫어요."

"또 사장님이야?"

"그럼 어떻게 해요."

"당신이라쿠던지, 자기라쿠던지, 얼마든지 부를 이름이 있을 것 아닌가배."

"차차 그렇게 노력하겠어요."

"그래 당신 말이 맞아. 차차 노력해야지. 어설픈 남편이 돼놔서 부르기도 힘들끼구마."

조출한 술상을 받아놓고 침전주寢前酒를 마시고 있으니 이종문의 행복은 한량이 없었다. 전쟁이 날까 해서 공포를 느끼는 가슴의 바탕엔 이러한 행복에 금이 갈까봐 걱정하는 마음의 까닭이 있었던 탓인지 몰랐다.

5

6월 24일, 이종문은 유지숙을 데리고 경무대에 들어가 이승만에게 인사를 시켰다.

경무대를 나올 무렵 내리기 시작한 비가 함에 들면서부터 차츰 위세를 더했다. 창밖으로 빗소리를 들으며

"내일 소풍은 글렀다."

하고 이종문이 혀를 끌끌 찼다. 일단 마음먹었던 일을 못하게 되면 울화가 끓어오르는 버릇이 그에겐 있었다.

그러나 빗소리를 들으며 사랑하는 여자를 품에 안고 자는 것도 나쁠 리가 없었다. 짙은 정열을 불태우고 깊숙이 잠에 빠져들었던 것인데, 아침 요란스러운 전화벨 소리에 눈을 떴다.

전화기 있는 곳으로 가다가 문득 바깥을 보았다. 눈부신 아침 해가 뜰 가득히 깔려 있었고 하늘은 유난히 푸르렀다. 기막히게 맑은 날씨였다.

'됐다, 오늘의 소풍은 멋진 소풍이 되겠다.'며 수화기를 손에 들었다.

"이 사장님이시죠?"

하고 전화기를 타고 나온 것은 경무대 김 비서의 목소리였다.

"우찌 된기요, 김 비서. 아침부터 전화를 다 하고."

"큰일이 났습니다. 각하께서 곧 들어오시랍니다."

김 비서의 말투는 다급했다.

"무슨 일인디요?"

"들어오시면 알 일입니다. 빨리 들어오시오."

이종문은 세수를 하고 허겁지겁 옷을 챙겨입곤 집을 나왔다. 아직 자동차가 안 와 있어 행길에서 택시를 잡을 요량이었다. 자동차가 오거든 경무대로 보내라는 말도 채 못하고 집을 나온 자기를 발견한 것은 택시를 잡아 탄 얼마 후의 일이었다.

'무슨 일일까? 아부지가 병에 걸렸나? 노인의 건강은 한시 반시도

마음을 놓을 수가 없다고 하더니…….'

별의별 상상이 구름처럼 일었다.

경무대 앞에 군대 지프차가 쭉 늘어서 있었다. 이종문의 가슴이 덜컹했다.

'군인들이 무슨 야료를 부렸는가?'

여느 때 같으면 대문에만 있던 경호원이 길가에까지 나와 서서 이종문이 타고 가는 택시를 세웠다. 보니 얼굴을 모르는 경호원이었다. 경호원은 그 자리에서 더는 가지 못하게 했다.

"이 사람이 정신이 있나 없나. 나는 대통령께서 오라고 해서 온 사람이다."

"그럼 여기 잠깐 계세요. 연락을 할 테니까."

경호원이 문 쪽을 보고 손을 흔들었다. 다행히 달려나온 사람은 면식이 있는 경호원이었다.

"이 사장님 오셨습니까. 빨리 들어가십시오."

이종문은 자기를 불러세운 경호원에게 한바탕 쏘아주고 싶었으나 가까스로 참고 택시를 탄 채 안으로 들어갔다.

각료 전부가 모여 있는 모양으로 경무대엔 소연한 공기가 감돌고 있었다. 종문은 비서가 이끄는 대로 접견실에 들어섰다.

장관들과 고급 군간부가 긴장된 얼굴로 서 있는 저편에 이승만의 주름진 얼굴이 그날따라 해쓱하고 빈약하게 보였다.

오가는 대화를 통해 이종문은 오늘 새벽 공산군이 38선 전역에 걸쳐 진격을 개시했다는 사실을 알았다.

이종문이 신성모 국방장관을 시선으로 찾았다. 대통령 바로 가까이에 입을 꼭 다문 심각한 표정으로 서 있었다. 주먹으로 면상을 갈겨주고 싶은 충동이 일었다. 그 다음에 종문의 시선이 찾아낸 사람은 백성욱이었다. 세상일을 다 알고 있는 것처럼 점잖게 꾸민 그 얼굴에서 종문은 미움을 느꼈다.

'뭐라꼬? 앞으로 3년 동안은 전쟁이 없을끼라고?'

침이라도 뱉었으면 직성이 풀릴 것만 같았다.

"서울을 수호할 자신이 참으로 있는가 말을 해보게."

이승만의 나직한 말이 울려왔다.

대답이 없었다.

"국방장관 말해봐!"

"자신이 없진 않습니다."

신성모의 대답이었다.

"대답이 어째 그런가. 자신이 없진 않다니."

"자신이 있습니다. 우리 국군부대가 목하 해주로 쳐올라가고 있다고 하니 서울은 걱정 없습니다."

"그게 사실인가? 참모총장 말해보시오."

"사실입니다."

"참으로 어이가 없군. 내가 여러분의 말을 믿을 수가 없으니 그게 탈이 아닌가."

"……"

"어째서 이런 일을 미리 탐지하지 못했단 말인가."

"……"

"장병 3분의 1을 휴가로 내보냈다니 그게 될 말인가."

이승만은 주먹으로 옆 탁자를 치고 있었으나 소리가 나질 않았다.

"모두들 물러가 부서를 지켜요. 그리고 아까 내가 말한 대로 처리들

해요."
 장관들과 장성들은 우우 몰려나갔다.
 "김 비서, 동경에서 아직 회전이 없나?"
하고 '없다'는 대답을 받자 이승만은 눈을 감고 떨어뜨린 이마에 왼손을 갖다댔다. 이종문이 가까이 갔다. 이승만의 주름진 뺨 위로 눈물이 두세 줄 흘러내리고 있었다.
 이종문이 한참을 우두커니 서 있다가
 "아부지."
하고 나직이 불렀다. 이승만이 고개를 들었다.
 "자네 왔는가."
 목이 멘 소리였다.
 "거게 앉게."
 이종문은 이승만이 앉은 의자 옆 융단 위에 무릎을 꿇고 앉았다.
 "저런 인간들이……."
 턱으로 장관들과 장성들이 이제 막 나간 문을 가리키며 이승만이 중얼거렸다.
 "자네의 반만큼이라도 지각이 있었다면 이런 꼴을 당하진 안 했을 거여."
 "아부지 상심하지 마십시오. 우리 국군이 해주까지 쳐올라가고 있다 안캅니꺼."
 "믿을 수가 없어. 공산군이 밀고 내려오는 직전까지도 사태를 파악하지 못한 놈들이 어떻게 해주까지 쳐올라갈 수가 있겠나. 상대는 만반 준비를 다 갖추고 덤벼들고 있는데……."
 그때였다. 비서가 황급히 문을 밀고 들어섰다.

"각하, 맥아더 원수로부터 전홥니다."

이승만의 얼굴에 생기가 돋아났다.

수화기를 든 이승만은 질펀히 눈물을 흘리며 무언가를 열심히 떠들어댔다. 구원을 청하는 애절한 호소였을 것이었다. 전화가 끝나자 이승만은 휴 하고 한숨을 쉬었다.

"맥아더 장군은 최선을 다해 우리를 도와주겠다는구먼."

그러나 그 말엔 힘이 없었다. 또 다른 비서가 뛰어들어왔다.

"유엔 한국위원단이 괴뢰 측에 즉각 전투행동을 중지하도록 요구하는 방송을 보내고 있습니다."

"그 말을 들을 놈들이 이런 장난을 시작했겠나."

"유엔 본부에도 연락이 되었다고 합니다."

"국회에선 뭣을 하고 있나?"

"긴급회의를 열고 국민의 단합을 촉구하는 한편 유엔과 미국에 구원을 촉구하는 결의안을 채택하고 있다고 합니다."

이때 또 다른 비서가 들어왔다.

"각하, 경찰로부터의 건의입니다. 각하께선 안전한 곳으로 피신하시는 게 좋다고 합니다."

"피신? 어디 안전한 곳이 있어?"

"방금 소련제 비행기가 서너 대 날아와서 광화문과 영등포 지대에 폭탄을 떨어뜨리고 갔다 합니다. 그리고 언제 비행기가 다시 올지 모르니 미리 피신하시는 게 좋을 거라는 것입니다."

"나는 피신하지 않겠어."

이승만은 무섭게 허공을 노려보았다.

"파파."

하고 프란체스카 여사가 나타났다.

　프란체스카는 이승만의 등을 쓸고 손을 만지작거리며 침실로 가자고 권하는 눈치였다.

　"아부지, 조용히 누워 계시도록 하십시오. 보고는 누워 계시면서 받아도 되지 않겠습니까."

　이종문도 그렇게 권했다.

　"안 돼. 나는 여기에 있겠어. 그러니 자네도 내 곁에 있어주게."

　너무나 간절한 그 말투에 이종문은 와락 눈물을 쏟았다. 그는 조용히 일어서서 구석진 곳으로 가서 자리를 찾아 앉고 양손으로 얼굴을 가렸다.

　'장차 일이 어떻게 될 것인가!'

　비서들은 쉴 새 없이 드나들며 보고를 했다. 종문은 이미 그 보고에 신경을 쓰지 않기로 했다. 죽든 살든 이승만 대통령과 함께 행동할 것이란 다짐을 되풀이하고 있었다. 아침도 점심도 먹지 않았는데 배고프다는 느낌이 없었다.

　점심때가 훨씬 지났을 때의 일이다. 김 비서가 황급히 들어오더니

　"의정부 쪽으로부터 포성이 들려온답니다."

하는 보고를 했다. 그리고 덧붙였다.

　"미아리 쪽에선 피난민이 쏟아져들어와 일대 혼란이 빚어지고 있답니다."

　종문은 그 말을 들으며 이승만의 얼굴을 지켜보았다. 멍청히 눈만 뜨고 있을 뿐 이승만의 눈은 아무것도 보고 있는 것 같지 않았다.

　그날 밤 늦게야 이종문이 집으로 돌아왔다.

동식의 말로는 서울의 거리가 수라장으로 변해 있다고 했다. 이해할 만했다. 그 이튿날 한국에 있는 미국인과 영국인의 가족이 모두 철수한다는 것을 종문은 알게 되었다.

누상동에 있는 창이와 맹이와 그 어머니에게 빨리 서울을 떠나 시골로 내려가라고 이르고 회사 직원들에게도 피난을 권했다. 그리고 종문 자신은 유지숙과 이동식 부부를 거느리고 대통령 일행을 따라 대전으로 내려갔다.

서울은 일시 실함失陷될 수밖에 없을 것으로 각오를 했지만 미국과 유엔이 서두르는 품으로 봐서 전도는 그다지 비관할 건 없었다.

국민의 총궐기를 요청하는 이 대통령의 방송연설엔 자신이 넘쳐 있었다. 난관에 봉착할수록 그 지력이 생기를 띠는 그의 본연의 면목이 나타나기 시작한 것이다.

6

6월 25일, 김규식 박사는 고령 출신 국회의원 김홍식의 초대를 받아 우이동으로 소풍가기로 되어 있었다.

그 일을 상기한 송남수는 새벽잠을 깨기가 바쁘게 비가 멎은 것을 알자 삼청동 김규식 박사의 집으로 달려갔다. 이 무렵 송남수는 민족자주연맹의 총재 김규식 박사의 비서실장 직을 맡아 있었던 것이다.

가벼운 아침인사를 한 뒤 송남수는 김 박사를 모시고 우이동 북한장으로 갔다. 김 박사의 개인비서인 권태양도 동행했다.

초청자인 김홍식과 고려혁명당의 김돈이 먼저 와 있었다. 이어 이번 선거에 서울 중구에서 당선된 원세훈, 동대문에서 출마했다가 낙선한 최동오가 왔다. 서대문 을구에서 당선된 윤기섭은 조금 늦게야 왔다. 그런데 오기로 되어 있던 김봉준이 나타나지 않았다. 그는 성동구에서 출마했다가 낙선한 사람이다.

"김봉준이 와야 백산의 편이 생길 텐데 웬일이지?"

하고 김규식이 얼굴의 주름을 구기며 그 독특한 웃음을 웃었다. 백산이란 최동오의 호이며 '편이 된다.'는 말은 최동오나 김봉준이 같이 낙선했다는 사실을 두고 빈정댄 것이다.

"동대문과 성동은 좀 심했어."

김홍식이 한 말이다. 최동오와 김봉준을 낙선시켰대서 한 말이었다.

"그러니까 우중愚衆이란 말이 있잖소."

김돈이 거들었다.

"우중이라니 천만에, 지나칠 정도로 영리한 게 대중이여. 한 푼이라도 이득이 있어야 움직인다는 그 실리적인 태도는 알아줘야 하는 거요."

하고 최동오는 긴 수염을 쓰다듬었다.

"운이지 별거 있겠소."

한 것은 윤기섭이었다.

"그래, 운이야."

김규식이 고개를 끄덕끄덕하며 이렇게 말하고 최동오에게 물었다.

"백산, 낙선한 기분이 어때?"

"광풍명월이라고 하면 좋겠습니다만……."

하고 최동오는 겸연쩍게 웃었다.

"광풍명월이면 좋을 텐데 그렇게 되지 않는단 말이지? 백산은 역시 솔직해서 좋아."

김규식이 웃었다.

"그러나 국회의원 안 된 것이 좋을지도 몰라. 영감 하는 짓을 보니 정이 떨어져. 반대를 하재도 한정이 없을 것 같고 그저 보아 넘기자니 국회의원 뭣 때문에 하느냐 하는 문제가 생길 거구……."

원세훈이 이렇게 말을 꺼내자, 윤기섭이 막았다.

"그 영감 얘기 꺼내지 마슈. 모처럼의 일요일 잡쳐요."

영감이란 물론 이승만을 가리키는 말이다.

김규식은 눈을 가느다랗게 뜨고 만산의 신록을 바라보고 있었다. 무량한 감회 같은 것이 그 주름진 얼굴에 새겨져 있었다.

"우사, 또 시상이 떠올랐군요."

최동오가 한 말이었다.

"이번의 시상은 한시적漢詩的 시상입니까, 영시적英詩的 시상입니까."

김홍식이 거들었다.

김규식의 입에서 뚜벅 영어가 새어나왔다.

"래비시 그린, 미저러블 컨트리!"

구석진 자리에 앉아 있던 송남수는 그 말의 스펠링을 다음과 같이 뇌리에 그렸다.

'Lavish green, miserable country!'

"무슨 뜻입니까?"

김홍식이 물었다.

"뜻이 있겠소. 그저 해본 소리지."

김규식은 하늘을 바라보며 중얼거렸다.

김홍식이 송남수를 돌아봤다. 번역을 해보라는 시늉이었다.

"녹색은 풍부한데, 나라는 빈약하다는 뜻인가 봅니다."

송남수는 조용히 말했다. 한동안 침묵이 흘렀다. 송남수가 번역한 말이 모두의 가슴에 약간의 파문을 일으킨 모양이었다.

"김붕준은 안 오는 모양 아닌가."

김규식은 김붕준이 안 오는 것이 마음에 걸리는 것 같았다.

"그런 일은 없을 텐데."

한 것은 김홍식,

"무슨 사고라도 있는 건가?"

한 것은 최동오였다.

"올 거요. 두꺼비처럼 느릿느릿 나타날 거요. 우리 바둑이나 한 수 합시다."

하고 윤기섭이 사환을 불렀다. 바둑판이 들어왔다.

"우사 선생, 어떻습니까?"

윤기섭이 김규식의 눈치를 살폈다.

"나는 관전할 것이니 두어보시구려."

김규식의 대답이었다.

최동오와 윤기섭이 바둑판을 사이에 두고 앉았다. 모두들 그 주위에 둘러앉았다. 최동오와 윤기섭의 기력棋力은 호각互角이었다.

송남수는 그 자리에서 빠져나와 혼자 산장 부근을 걸어보았다. 지척에 서울이 있을 것 같지 않은 심산유곡의 기분이 감돌았다. 세사를 염리厭離하고 산중에 숨어사는 사람의 심리를 알 것만 같았다. 그건 송남수 자신이 지쳐 있었기 때문인지도 모른다.

해방 후 어느덧 5년. 송남수에게 있어선 그 시간이 50년처럼 느껴졌다. 찬탁, 반탁을 둘러싼 격심한 대립 속에서 자주적인 자세를 지니기란 정말 힘들었다. 단정수립과 단정반대의 대립 속에서 남북협상을 추진하기란 정말 힘들었다. 그런데도 아무런 보람도 없었다.

건실한 의견이 절대로 통하지 않는 정치풍토는 송남수의 이해를 넘는 것이었다. 우익은 우익대로 용렬하기 짝이 없고 좌익은 좌익대로 용렬하기 짝이 없었다. 그 용렬한 우익이 남쪽엔 대한민국을 만들어 군림하고, 용렬한 좌익 또한 북쪽에 인민공화국을 만들어 군림하고 있다. 이를테면 빙탄불상용氷炭不相容의 정권이 남과 북에 각각 자리를 잡고 서로 으르렁대고 있는 것이다.

그러한 가운데서 겪은 갖가지 수난. 송남수는 우익으로부턴 적색분자란 낙인이 찍혀 있고 좌익으로부턴 우익반동분자란 낙인이 찍혀 있는 스스로를 발견했다. 김규식 박사를 모시고 만든 민족자주연맹은 이러한 소용돌이 속에서도 광명을 찾아야 하겠다는 심정의 집단이지 정치의 집단은 아닌 것이다. 그러니 하는 일이란 없다. 눈물겨운 그 간판만 지니고 있는 것이다.

송남수는 개울가 바위 위에 앉아 북한장에 모인 어른들 하나하나를 평량해보는 마음이 되었다. 하나같이 술수란 모르는 인물들이었다. 포부는 있으나 방법은 없었다. 나름대로의 경륜은 있으되 힘은 없었다. 민족이 낭떠러지로 굴러떨어지고 있는데도 그들에겐 붙들 방책이 없었다. 고민하고 걱정하는 마음만으론 어떠한 보람도 없다. 지금 나라의 운명이 뜻밖의 방향을 잡고 있을지도 모르는데 그들은 저렇게 바둑을 두며 잡담에 열중하고 있다. 하기야 바둑이나 두며 잡담을 할밖엔 없다. 그들은 무력하니까. 그들에겐 방책이 없으니까.

매미 소리가 요란하게 끓어오르는 듯했다. 흰구름이 둥실 떠 있는 하늘 아래 우뚝 있는 것이 바로 백운대이다. 그렇게 명명한 건 언제일까. 그 명명의 찰나 저렇게 흰구름이 저곳에 있게 되었는지도 모를 일이다. 그렇지 않고서야 하필이면 저 산에만 유독 백운대란 이름을 붙일 까닭이 없지 않은가.

　송남수는 로푸심의 말이라고 하면서 전한 이동식의 말들을 막연하게 상기했다.

　백두산이란 암호를 가진 정보원이 무전으로 북쪽에서 전쟁 준비를 하고 있다는 사실을 알려 왔다는 것, 그것을 미군은 한국정부에 통고하지 않고 그들 자신도 대단치 않게 취급하고 있다는 것, 북쪽이 많은 외상용 약품을 홍콩에서 사들이고 있다는 것, ……한국을 미국의 방위권 밖으로 밀어냈다는 애치슨의 성명, 덜레스 특사가 38선을 돌아보고 간 사실…….

　그는 갑자기 가슴이 답답해지는 것을 느꼈다. 금세라도 무슨 일이 일어날 것만 같은 불안이 가슴을 떨게 했다.

　송남수가 다시 산장으로 돌아갔을 땐 기수가 교대되어 있었다. 윤기섭은 그대로 있는데 최동오는 빠지고 그 대신 김홍식이 들어서 있었다.

　"백산 선생님, 지셨습니까?"

　송남수가 말을 건넸다.

　"내가 진 게 아니라 저편이 이겼지."

　최동오의 답이었다.

　"저편이 이겼으면 이편이 진 것 아닙니까?"

　송남수가 웃으며 말했더니

　"이편이 지지 않았는데 저편이 이길 수가 있는 거여."

하며 최동오는 여전히 근엄한 얼굴이었다.

　"바둑엔 지지 않았지만 승부에 졌다는 얘기가 아닌가."

하고 원세훈이 거들었다.

　"노신이 쓴 『아큐정전』에 아큐의 '우승기략'이란 대목이 있지. 아큐가 지지 않는 묘한 심법이 있지."

김규식도 한마디 했다.

"그럼 우사, 내가 아큐라는 말씀이우?"

여느 때 같지 않게 최동오가 발끈 했다.

"백산이 아큐라는 것이 아니라 사람은 때에 따라 아큐가 될 때가 있지, 왜."

"나는 어느 때인들 아큐가 된 적은 없소. 앞으로도 그럴 거구. 헌데 윤 의원의 바둑 보슈. 그게 어디 군자의 바둑이라고 할 수 있어요? 이미 남의 집으로 되어 있는 덴 들어오지 않는 법이에요."

"바둑이란 이기면 되는기라."

윤기섭이 반면을 들여다본 채 한마디 했다.

"비겁한 수단으로 이긴 게 이긴 것으로 되나?"

최동오가 투덜댔다.

"수단방법 가릴 것 없지."

김규식이 한 말이다.

"우사는 수단방법을 가리지 않아서 지금 그 모양으로 계시는 거요?"

"내 지금 모양이 어때서? 신록한산에 유유자적인데."

"아무리 바둑이라도 원형이정元亨利貞은 있어야 하는 겁니다."

"백산은 그래 원형이정 찾다가 낙선했나?"

김규식의 이 말은 최동오의 비위를 뒤틀었다. 최동오는 새파랗게 질린 얼굴이 되더니 북받치는 감정을 억누르는 모양으로 신음하듯 중얼거렸다.

"우사, 어린애들 같다니까."

하고 원세훈이 싱글싱글하며

"백산, 나하구 한판 합시다. 내 바둑은 신사 바둑으로 이름이 나 있으니 백산 마음에 들 거요."

하고 미리 갖다놓은 또 하나의 바둑판을 끌어당겼다.

"오늘은 바둑 둘 생각 없소."

최동오는 베란다 쪽으로 자리를 옮겼다.

"사람도 참!"

하고 원세훈은 김규식 앞으로 바둑판을 들이밀었다.

"도전을 피한대서야 기사가 아니지."

김규식은 기사棊士와 기사騎士를 곁들인 뜻으로 이렇게 말하고 원세훈과 바둑을 두기 시작했다.

점심때가 되어도 김봉준은 나타나지 않았다.

"이상한 일도 다 있지. 봉준이 왜 안 올까?"

김규식이 걱정스런 얼굴로 밥상을 대했다.

"꼭 온다고 했는데……."

김홍식도 약간 불안한 모양이었다.

"무슨 일이 있지 않고서야 그럴 까닭이 없거든."

이 무렵 먼 곳에서 쿵 하는 소리가 들려왔다. 아득한 음향이었다.

조금 있다가 두 번째 쿵 하는 소리가 들렸을 때 김규식이 얼굴을 들었다.

"저거 무슨 소리지?"

"다이너마이트 터지는 소리 같은데?"

원세훈이 말했다.

또 쿵 하는 소리가 들렸다. 역시 아득한 소리였다.

"대포 소리 아닌가?"

한 것은 김홍식이었고,

"대포 소린, 무슨."

한 것은 윤기섭이었다.

"아마 연습이라도 하고 있는 거겠지."

원세훈의 말이었는데,

"일요일에 무슨 연습을 할까!"

하며 김규식은 얼굴을 찌푸렸다.

송남수는 귀를 기울였다. 쿵 소리는 일정한 간격을 두고 난다는 것을 알 수 있었다. 그렇다면 그건 설혹 대포 소리라도 걱정할 게 없었다. 시사試射를 하는 것이거나 연습이거나 한 것이다. 그런데다 그 소리는 너무나 아득했다.

밥상을 물리고 다시 잡담의 꽃을 피웠다. 바둑판에 앉은 사람도 있었다. 쿵 하는 소리가 의정부 쪽으로부터 들린다는 것만 확신했을 뿐 대수로운 일이 아닌 것으로 치고 개의치 않게 되었다. 천둥소리일지도 몰랐다.

김규식은 목침을 베고 누웠다. 식사가 끝나면 잠깐 누워 있는 것이 그의 버릇이었다. 그는 누운 채로 송남수를 불렀다.

"요즘 고군을 더러 만나나?"

고군이란 한동안 외무부차관을 지낸 적이 있는 고창일을 말한다. 고는 러시아 태생의 한국인으로서 러시아어는 물론 영어 · 프랑스어 · 독일어에 통달해 있어 국제정세에 대단히 밝은 사람이다.

"요즘은 통 만난 일이 없습니다. 그런데 왜 그러십니까?"

송남수가 되물었다.

"별다른 이유야 없지. 잘 보이던 사람이 나타나지 않으니 궁금해서 그려. 그리구 요즘 세계가 어떻게 돌아가는지 알고 싶기도 하구."

"오늘 밤에라도 연락을 해보겠습니다."

"그렇게 하게."

하고 눈을 감으려다 말고 김규식이 다시 물었다.

"거 덜레슨가 달레슨가 하는 사람, 미국으로 돌아간 뒤 무슨 담화라도 없던가?"

"있었을지 모르지만 전 알지 못합니다."

"미국 신문 중 가장 빨리 들어오는 게 뭔가?"

"아무리 빨라도 열흘은 걸립니다."

"『뉴욕타임스』보다 빨리 들어오는 건 없는가?"

김규식은 『뉴욕 타임스』와 『워싱턴 포스트』『볼티모어 선』『시카고 트리뷴』을 미군편으로 보고 있었다.

"아마 없을 겁니다. 그러나 미국의 소식을 빨리 알 순 있습니다. 『성조지』는 미국 소식을 무전으로 받아 찍으니까 뉴스가 빠릅니다."

"자넨 그걸 읽고 있나?"

"아닙니다."

"그럼 내일부터라도 자네가 『성조지』를 관심 있게 읽어봐. 그래갖고 중요한 뉴스가 있으면 알려줘."

"예, 그렇게 하겠습니다."

"그럼 가봐."

하고 김규식이 눈을 감았다. 말을 하고 있을 땐 그렇지가 않은데 입을 다물고 눈을 감으면 늙음이 완연해진다. 죽을 날만을 기다리는 쇠잔한 인생을 보는 느낌이다. 송남수는 차마 오래 정시할 수가 없어 그 자리에서 일어섰다.

최동오가 손짓을 했다. 베란다 옆에 놓인 등의자에 앉아 있던 최동오는 자기 앞의 비어 있는 자리를 가리켰다. 송남수는 그 자리에 앉았다.

"송군은 앞으로의 정국을 어떻게 보는가?"

"글쎄요."

"북쪽에서 조만식 선생과 이주하·김삼룡과를 바꾸자고 했다는데 그 저의가 뭘까?"

"단 얼마만이라도 이주하와 김삼룡을 연명시키자는 수작이 아닐까요?"

"연명을 시키면 무슨 수가 터지나?"

"글쎄 말입니다."

"아닐세."

하더니 최동오는 돌연 상체를 꼿꼿하게 세우곤 주변을 두리번거렸다.

"뭣이 아니란 말입니까?"

"북쪽놈들이 전쟁을 꾸밀 작정일지 몰라. 그것도 빠른 시기에 말야. 그러니까 단 얼마라도 연명을 시켜놓자는 배짱인 거야."

"그러나 그처럼 구체적인 목적이 있을라구요."

"아냐."

하고 최동오는 뭔가를 회상하는 듯하더니 옛날 자기가 중국에 있던 시절의 얘기를 꺼냈다.

무슨 일이 있어서 최동오는 하남성 어느 현에 주둔하고 있는 국부군의 모 사단장을 찾아간 일이 있었다. 사단장의 이름은 동필선이라고 했다. 동필선은 옛날의 친구인 최동오를 반갑게 맞이했다. 그런데 동은

"모처럼 손님이 오셨는데 큰일이 났군."

하고 중얼거렸다.

왜 그러느냐고 물었더니 공산군의 간부 한 놈을 생포했는데 오늘 안으로 총살하기로 돼 있다는 것이었다. 최동오는 목하 전시인데 사정私情으로 공사公事를 그르칠 수가 있느냐면서 개의치 말라고 했다. 그러나 동은 손님을 모셔놓고 그럴 수가 없다며 공산군의 총살 집행을 며칠 연기했다.

그랬는데 그 이튿날 공산군으로부터 국민당 요인 하나를 붙들고 있는데 그 국민당 요인과 이편에서 생포한 공산군 간부와 교환하자는 제의를 해왔다. 동 사단장은 즉각 그 제의에 응하여 부하를 시켜 조건을 절충케 했다.

쌍방이 내세우는 조건이 맞질 않았다. 그래 차일피일 며칠을 끌었다. 그러한 어느 날 밤, 원군의 도착을 기다려 공산군이 기습 공격을 해왔다. 이편에선 매일처럼 포로교환을 위해 교섭을 하고 있는 형편이기도 해서 약간 긴장을 풀고 있었던 터라 허둥지둥 그 주둔지를 버리고 후퇴하지 않을 수 없었다. 당황해서 후퇴를 하는 통에 그 공산군 포로를 챙길 여유가 없었다.

"지금 그 일이 생각나는구먼. 바꿀 생각도 없으면서 그런 제의를 해 갖고 이편이 방심하도록 하는 것도 공산군의 전술이란 말여."

최동오는 이렇게 말을 맺으며 근심스러운 표정을 지었다.

"있을 수 있는 일이겠네요."

하고 송남수도 생각에 잠겼다.

이주하·김삼룡을 아끼기 위해 조만식 선생과 교환하자는 거라고 해석 못할 바도 아니지만, 내세운 조건을 보아 북괴의 진심이 교환에 있는 것은 아니라고 판단하지 않을 수 없다. 꼭 그럴 의사가 있다면 조만식 선생을 이편에서 확인할 수 있도록 어느 지점에까지 데리고 와서 그러한 제안을 해야 하는 것이다.

'그렇다면 그 진의가 뭘까?'

최동오의 말이 자극이 되어 송남수의 생각은 다음다음으로 번져나갔다.

'확실히 무슨 저의가 있어서 하는 짓일 게다.'

로푸심의 말이 그 생각의 줄거리를 불길한 빛깔로 물들였다.

"봉준인 결국 오지 않는 거로구먼."

김규식이 일어나 앉아 이렇게 중얼거렸다.

"거 참 이상한데."

초청자이자 연락 책임을 맡은 김홍식이 미안하다는 듯 우물우물했다.

송남수가 일어섰다.

"그렇다면 권 비서를 보내보겠습니다."

"그렇게라도 해보게."

하는 것을 보면 김규식은 어지간히 궁금했던 모양이다.

송남수는 김규식의 개인비서 권태양을 불러 김봉준의 집으로 가보라고 일렀다.

쿵, 쿵 하는 소리는 가까워진 것도 같고 멀어진 것도 같았다. 먼 데서 들리는 음향이란 공기의 방향에 따라 그럴 수도 있지만 벌써 몇 시간 동안을 저렇게 단속적으로 들려온다는 것은 이상한 일이 아닐 수 없었다.

송남수는 다시 산장 바깥으로 나가 조금 높다란 곳을 찾아 올라서서 귀를 기울였다. 방향은 확실히 의정부 쪽이었다. 소리의 성질은 분명히 포성이었다.

'38선에서 무슨 일이 생겼나?' 했지만 대수로울 것이라고는 생각하지 않았다. 38선에선 거의 매일처럼 자그마한 충돌사건이 일어나고 있다고 들었기 때문이다.

송남수는 또한 그것이 단순한 시사試射일지도 모른다고 생각하고 그런 소리에 지나치게 신경을 쓰는 스스로를 병적이라고까지 느꼈다.

하늘은 맑고 숲은 우거지고 매미 소리만 요란한 인적 없는 산속. 저만큼 길이 숲 사이로 뻗어 있는데도 통행인 하나 보이지 않는 것은 그만큼 이곳이 후미진 산골인 때문인가. 그렇다고 치더라도 이 일요일의 한나절 대도시 서울이 바로 지척에 있는데 이러한 절승을 찾는 사람이 없다는 것은 이상한 일이었다. 일요일 한나절을 즐길 마음의 여유가 없단 말인가. 이러한 경치를 찾을 감정이 고갈됐단 말인가.

이런 생각, 저런 생각을 하고 있는데 저편 길로 자동차가 먼지를 일으키며 달려오고 있었다. 권태양이 타고 갔던 자동차였다. 떠난 지 얼마 되지 않았는데 도중에서 김봉준을 만나 데리고 오는 것이로구나 싶어 남수는 산장으로 발길을 돌렸다.

7

"큰일 났습니다."

권태양의 얼굴은 이미 빛을 잃고 있었다. 김규식이 다그쳐 물었다.

"뭣이 큰일 났단 말인가?"

"피난민이 쏟아져 들어오고 있습니다. 38선에서 전쟁이 난 모양입니다."

바둑을 두던 사람들도 후닥닥 일어나 권태양이 서 있는 곳으로 몰렸다.

"설마."

김홍식이 말했다.

"38선에서의 싸움은 종종 있는 일이라며?"

원세훈은 누굴 향해 말한다는 것보다 자기 자신을 달래듯 중얼거렸다.

"하여간 빨리 돌아가셔야 하겠습니다. 지금도 길에 피난민이 꽉 차 있는데 조금 있으면 길이 막혀버릴지 모릅니다. 소련 비행기가 와서 폭격까지 했다고 합니다."

그제야 모두들 허둥지둥 서두르기 시작했다. 김돈·김홍식·최동오는 다른 차를 타고, 윤기섭·원세훈·송남수는 김규식과 같은 차를 타고 북한산장을 떠났다.

의정부로부터 서울에 이르는 길은 사람의 무리가 홍수처럼 빽빽이 흘러가고 있었다. 물어보나마나 전쟁이 났다는 실감이 거기 있었다. 땀과 먼지에 뒤범벅이 된 얼굴들. 거긴 남녀노소가 없었다. 한결같이 공포에 지친 생물의 얼굴이었고 막다른 길을 걷고 있는 운명의 얼굴들이었다. 일단 그 흐름 속에 끼어든 자동차는 클랙슨을 눌러도 소용이 없었다. 결국 군중들의 보행 속도에 맞추어 움직일 수밖에 없었다. 송남수는 잠깐 자동차를 세우라고 했다.

"왜 그러나?"

김규식이 불안한 표정을 지었다.

"전 걷겠습니다. 물어볼 일도 있구요. 자동차가 달릴 수 있는 곳에 가거든 절 기다려주십시오."

하고 송남수는 내렸다. 피난민의 흐름에 끼인 송남수는 바로 자기 옆을 걷고 있는 중년의 사나이에게 물었다.

"어디서 오십니까?"

"포천서 와요."

"포천? 거게까지 밀고 들어왔소?"

"지금쯤은 왔을 거요. 탱크가 산모퉁이를 도는 걸 보구 도망쳐 나왔으니까요."

"왜 도망을 쳤소?"

"우린 우익이거든요."

송남수는 그 이상 물어볼 흥미를 잃었다. 극악의 사태가 있다는 것은 명백한 일이었다.

미아리 고개를 넘어섰을 때 송남수는 자동차 안으로 들어갔다. 송남수가 앞자리의 권태양 옆으로 비집고 앉는 것을 보고도 김규식은 말이 없었다.

"도대체 이건 누가 시작한 장난이지?"

윤기섭이 충혈된 눈을 송남수에게 돌렸다.

"이승만 박사가 시작한 일은 아닌 것 같습니다."

송남수가 맥이 빠진 대답을 했다.

"어째서 이승만이 시작한 일이 아니란 말인가?"

김규식이 억제할 수 없다는 듯 뱉듯이 말했다.

"원인을 따지자면 단군 할아버지까지 거슬러 올라가야 하지 않겠습니까?"

송남수는 기진맥진한 기분이었다.

서울의 거리는 밀려드는 피난민, 당황한 시민들로 붐비고 있었다. 긴 여름 해는 아직 서쪽에 있었다. 송남수는 몽환의 거리를 누비고 있는 심정이었다.

삼청동으로 돌아온 김규식은 조금 누워 있으라는 부인의 권고엔 아랑곳없이 등의자를 뜰에 내놓고 앉아 황혼의 하늘을 쳐다보고 있었다.

송남수는 김규식의 분부를 받고 경무대에 전화를 걸었지만 줄곧 통화중이었다. 하는 수 없이 김규식이 있는 곳으로 걸어왔다.

"전화가 안 됩니다. 제가 가볼까요?"

송남수가 이렇게 말하자, 김규식은

"갈 필요 없어. 그 사람의 작정을 알고 싶었는데……. 아마 그분도 어떻게 해야 할지 모를 심정일 거야."

하고 한숨을 쉬었다.

"어떻습니까, 선생님이 경무대로 들어가보시면?"

"내가? 내가 가면 그분은 미안해할 거야. 이런 일이 있을 거라고 오죽 내가 말했었나. 그러니 내가 나타나면 이것 보라고 빈정대는 것으로 알 거란 말여. 뭐니뭐니해도 지금 그분의 심경이 제일 착잡할 거다. 위로를 하고 용기를 북돋아주고 싶지만 내가 나타나면 그분의 심기가 더욱 복잡해질 테니 잠자코 있는 게 낫지."

"당신의 예언이 적중한 셈이니 앞으론 당신의 의견을 더욱 존중할 것 아뇨? 피로하시지 않다면 경무대에 가보시구려."

부인도 이렇게 권했다. 김규식은 쓴웃음을 지었다.

"내가 간들 무슨 소용이 있겠소. 알라딘의 램프를 가진 것도 아니구. ……불쌍한 어른이야."

"여보, 당신은 누굴 불쌍하다는 거요?"

부인이 빈정대듯 말했다.

"나는 지금 농담을 하는 게 아냐."

김규식은 입을 다물어버렸다.

송남수는 그의 심중을 통찰할 수가 있었다. 누가 뭐라고 해도 이 순간 이승만의 심경을 가장 잘 알고 있는 사람은 김규식 선생일 것이라고 생각하니 두 사람의 소격된 사이가 안타깝기까지 했다.

송남수는 집 안으로 들어와 다시 경무대에 전화를 했다. 여전히 통화 중이었다. 문득 이승만과 김규식과의 사이에 교량 역할을 할 사람은 이종문이라는 생각이 들었다. 그래서 이동식에게 전화를 걸었다. 동식은 집에 없었다. 그러나 이종문의 전화번호는 알 수가 있었다. 이종문의 회사에 그리고 집에 전화를 걸었다. 이종문은 회사에도 집에도 없었다. 송남수는 차츰 초조해지는 자신을 발견하고 안절부절못할 기분에 말려 들었다.

그때였다. 김홍일 소장이 나타났다. 김규식이 그처럼 사람을 반기는 표정을 송남수는 일찍이 보지 못했다. 김홍일의 설명은 차근차근했다. 그것을 간추리면 다음과 같다.

적은 새벽에 38선 전역에 걸쳐 대거 남침을 감행했다. 그 침입 장소는 대강 알려진 것으로 11개 지역이다. 오전 아홉 시엔 주문진·개성·청단을 점령했다. 옹진반도의 국군은 해상으로 철수 중이라고 하는데 성공 여부는 상금 미상이다.

적은 춘천을 공격하는 한편 항공기의 원호 아래 구룡포·울진·강릉·삼척 및 묵호 지구에 상륙작전을 감행하고 있다. 그리고 의정부 북방에서 격전 중이다. 여의도 비행장의 석유저장 탱크가 공습을 받고, 김포 비행장의 연료 탱크도 공습을 받았다. 적기는 서울에도 나타나 광화문에 기총소사를 했다.

"해보자고 든 것이로군."

"상당한 계획하에 시작한 것 같습니다."

김홍일의 답이었다.

"규모는 어떻다고 하던가?"

"채병덕 총참모장의 말론 지상군이 5만 가량 동원되었다고 합니다."
"국군은 무엇을 하고 있었지?"
"어젠 토요일 아닙니까. 3분의 1가량의 장병은 외출하고 없었답니다."
"그럼 국군은 놈들의 동태를 전연 몰랐단 말인가?"
"그렇습니다."
"기가 막히는군. 위태로운 나라를 만들어놓고 그렇게 조심이 없었다니."
김규식은 혀를 끌끌 찼다.
"신성몬가 뭔가 하는 사람, 채병덕도 그렇구. 모두 정신 빠진 사람들입니다."
"이 박사가 가엾군. 그처럼 사람이 없었단 말인가. 그래 모두들 어떻게 생각하고 있어?"
"서울을 사수할 각오랍니다만 그게 잘될지 모르겠습니다. 아까 육군 본부를 들러왔는데 속수무책인 것 같습니다."
"아무튼 서울은 사수해야지. 헌데, 미군의 동향은 어떤가?"
"미군이야 얼마 있습니까? 고문단이 약간 남아 있는 걸요. 대통령과 국방장관이 미 본국과 맥아더 사령부에 애걸하고 있는 모양입니다만 아직 결과는 모르죠."
"드디어 큰일이 나고 말았구나."
김규식이 신음했다.
"우사께선 이런 일을 미리 예측하고 계시지 않았습니까?"
"이런 일이 있을 거라고 걱정을 했지. 그러나 어떻게 이런 일이 없이 지났으면 하는 애틋한 희망을 가졌던 것인데……."
"그럼 전 가봐야겠습니다."
하고 일어서며 김홍일이 앞으로 어떻게 할 것이냐고 김규식에게 물었다.

"이 나이에, 게다가 병골이니 총을 들고 싸울 수도 없구…… 그야말로 속수무책 아닌가."

김규식의 힘없는 대답이었다.

"어디에라도 피난하셔야 하지 않겠습니까?"

"피난?"

하더니 김규식은 놀라는 표정이 되었다.

"그럼 놈들이 서울에까지 쳐들어온단 말인가?"

"그런 최악의 경우도 생각하셔야죠."

"음."

김규식은 멍청히 눈을 뜨고 중얼거렸다.

"그럴 경우가 되면 이 박사와 의논을 해야지."

불안한 하루가 지났다.

송남수는 잠깐 동안 청운동 집에 들렀다가 삼청동으로 돌아왔다. 송남수는 그때 청운동에 아버지와 어머니를 모시고 있었는데 피난하도록 이르고 온 것이다.

밤 사이 라디오 곁에 붙어 있었는데 국군의 일부가 북상하고 있다는 보도도 있어 결국 38선을 사이에 두고 일종의 시소전이 되지 않을까 하는 관측을 해볼 수도 있었다.

26일 아침 송호성 장군이 나타났는데 그의 말에 의하면 완전히 사태는 절망적이었다. 의정부가 점령당하고 문산도 점령당했다고 했다. 포천, 동두천 방면의 전차부대엔 소련군이 섞여 있는 모양이라고 했다. 대강 이런 말을 해놓고 다시 오겠다면서 송호성은 총총히 돌아갔다.

송남수는 거리로 나와 방황했다. 거리는 피난민으로 들끓었다. 그 가운덴 패잔병으로 보이는 무리들도 섞여 있었다. 이동식과 이종문에게 전화를 걸어보았으나 여전히 연락이 되지 않았다.

밤에 고창일이 김규식을 찾아와서 미국 트루먼 대통령이 한국을 지지하겠다는 내용의 성명을 했다고 전해왔다.

"그러니 경거망동하지 말고 신중하게 관망해야 할 겁니다."
하는 말을 고창일은 덧붙이기도 했다.

서울을 사수하겠다는 국회의 결의는 그 이튿날 있었다. 같은 뜻의 이 박사 연설도 있었다. 그런데 정부는 27일 대전으로 옮겨가고 말았다. 그리고 그땐 괴뢰군의 선두가 미아리 고개를 넘어오고 있었다. 한강의 철교가 국군에 의해 폭파되었다는 소문도 들려왔다.

이 박사를 비롯한 정부의 각료가 대전으로 갔다는 소식을 뒤늦게 알자 김규식은 분노를 터뜨렸다.

"아무리 정적이기로서니 수십 년을 이심전심 같이 독립에 힘써온 맹우 아닌가. 차 하나쯤 돌려주어 같이 가자고 하면 어때. 그게 안 되면 전화라도 한 통 해주면 어때."

김규식은 최악의 경우엔 경무대에서 무슨 조치가 있을 것으로 은근히 믿고 있었던 것이다.

28일 아침나절 송호성 장군이 무명고의적삼 바람으로 고무신을 신고 삼청동에 나타났다.

"어찌된 일이고?"

김규식이 당황하며 물었다. 송호성이 침통한 어조로 물었다.

"노무사단장으로서의 의무감으로 어젯밤 미아리의 일선으로 나갔다가 돌아오니 열두 시쯤 되었어요. 부관에게 잠깐 잘 터이니 무슨 일이 있거든 깨우라고 했는데 깨어보니 새벽 네 시였습니다. 서울 철수 명령이 있었다는 겁니다. 차를 타고 부랴부랴 한강으로 갔더니……자칫했다가 차째로 한강에 빠질 뻔했어요. 가까스로 되돌아섰는데 한강을 건널 방도가 있어야죠. 괴뢰군은 벌써 거기까지 닥쳐오고 있었거든요. 하는 수 없이 용산역 근처 굴다리에서 군복을 벗고 행인으로부터 옷을 빌려 입고 오는 겁니다. 부관관 거기서 헤어졌죠. 아아, 이 일을 어떻게 하면 좋죠?"

송호성은 울먹이기까지 했다. 김규식이 쏘는 듯 말했다.

"여보시오, 송 장군! 명색이 장군이란 사람이 누구 앞에서 하는 소리요? 어떻게 하면 좋겠느냐구?"

"면목 없습니다."

하고 송호성이 고개를 떨구었다.

송 장군은 한때 국군의 최고위직을 맡고 있었던 사람이다. 이 대통령의 총寵을 잃고 지금 한직에 있다고는 하지만 명색이 장군이 어물어물하다가 자기의 대열을 잃고 고의적삼에 고무신 바람으로 나타난 몰골이 김규식의 울화통을 터지게 한 것이다.

"대한민국 국군의 꼬락서니가 자네를 닮았다면 큰일이군."

그러곤 조금 과했다 싶었던지 김규식은

"그러나저러나 자네는 각별히 조심하게. 놈들에게 붙들리면 곤란한 일이 생길지 모르니까."

하고 부드럽게 말투를 바꾸었다.

"그럼 가보겠습니다."

송호성이 일어섰다.

"어디 갈 텐가?"

"숨을 델 찾아봐야죠."

"조심해서 가게."

김규식이 송호성의 뒷모습을 근심스러운 눈초리로 보았다.

김규식은 당분간 삼청동 그 집에 버티고 있을 수밖에 없었다. 그렇게 결정을 보자 송남수는 일시에 피로를 느꼈다. 혼자 있고 싶은 생각이 갈증을 닮아 솟아났다.

삼청동 김규식 씨의 집엔 괴뢰군에 의해 서대문 형무소로부터 석방된 이른바 정치범들이 상당수 찾아들었다. 대부분이 남로계인 그들은 천하를 얻은 것처럼 기고만장했다. 그들이 김규식을 찾아온 목적은 뻔했다. 김규식으로 하여금 그들의 입장을 지지하는 성명서를 쓰게 하려는 데 있었다.

그러나 그런 것을 쓸 김규식이 아니다. 그들과의 사이에 옥신각신이 벌어졌다. 그 가운데서도 가장 당돌하게 군 사람은 황원주란 전 남로당 간부였다.

"인민군이 미제의 압박으로부터 남조선을 해방시킬려고 하는 그 사실만으로도 대단하다고 생각하시지 않습니까?"

황원주는 이렇게 말을 꺼냈다. 김규식은 묵묵부답이었다.

"이럴 때 선생님의 입장을 선명하게 하셔야죠."

"……"

"남조선 인민에게 용기를 주셔야죠."

"……"

"용감한 인민군대를 치하도 해야 할 것 아닙니까."

"……"

"선생님이 가만 계시면 오해를 받습니다."

"……."

"불원 김일성 원수께서 서울에 입성하실 겁니다. 그때 떳떳이 만날 수 있도록 미리 성의의 표시가 있어야 할 것 아닙니까."

김규식은 여전히 답을 하지 않았다. 피로한 기색이 완연했다. 부득이 송남수가 나서지 않을 수 없었다.

"오늘은 그만하시고 돌아가시죠. 선생님은 대단히 지쳐 계십니다."

하고 황원주를 향해 공손히 말했다. 황원주는 얼굴빛이 홱 변하며

"여보시오. 지쳐 있는 건 우리요, 나요. 우리는 이승만의 감옥에서 갖은 악형에 시달려온 사람이오. 그런데도 옥문을 나와 집에 가서 쉴 틈도 없이 선생님 집으로 곧바로 찾아온 거요. 첫째 선생님을 위해서요. 지금 이때가 선생님께 가장 중요한 시기 아닙니까? 이럴 때 애매한 태도를 취하고만 있을 수 있겠소? 선생님은 지도자이시구, 애국자이시구, 특히 통일을 위해 평양까지 가셨구, 그 포부가 지금 달성되려는 찰나가 아닙니까? 지도자로서 애국자로서 꼭 한말씀 있어야 합니다."

하고 연설 조로 떠들어댔다.

"나는 가서 좀 누워야 하겠소."

김규식이 등의자에서 일어섰다. 권태양이 부축을 했다.

"선생님, 제가 제의한 데 대해 한마디쯤 말씀은 있어야 하지 않겠습니까."

황원주는 김규식을 막아서는 듯한 태도까지 취했다.

"꼭 내 말이 필요하다면……."

하고 김규식이 크게 숨을 내쉬고 덧붙였다.

"김일성을 만나고 난 뒤에 하지."

황원주의 눈이 이글이글 타는 듯했다. 그리고 뱉듯이 말했다.

"뒤에 가서 후회하지 마십시오."

그때 응접실 문을 통과하고 있던 김규식이 몸을 돌렸다. 폐부에서 짜내는 듯한 한마디가 그의 입에서 새어나왔다.

"나는 어떤 일이 있어도 후회하지 않는다."

김규식이 물러가고 난 뒤 황원주의 상대는 송남수가 되었다. 그는 이번 일에 관해서 송남수의 의견을 꼭 들어야 되겠다고 했다.

"나 같은 사람의 의견이 무슨 소용이 있겠소?"

하고 피하려고 했지만

"소위 민족자주연맹이란 것이 어떤 성격의 집단인지 그것을 알기 위해서도 당신의 의견을 들어야 하겠소."

하며 황원주는 물고 늘어졌다.

"민족자주연맹은 어떠한 외세도 배척하고 우리의 문제를 우리의 힘으로 자주적으로 해결해나가자는 목적으로 모인 집단이오. 그만하면 알겠죠?"

송남수는 차분하게 말했다.

"그렇다면 우리 인민군대를 지지해야 할 것 아뇨. 미제를 내쫓고 우리의 자주를 찾기 위한 결정적인 힘이니까요."

"내게 무슨 충성 테스트를 하려는 거요?"

송남수는 불쾌감을 숨기려 하지 않았다.

"그렇다고 보아도 좋소."

황원주는 뻔뻔스럽게 나왔다.

"무슨 자격으로 내게 따지는 거요?"

"인민의 자격으로요. 인민은 그를 해칠 염려가 있는 집단이나 사람에게 대해서 항시 경각심을 가져야 하는 거니까요."

"그러나 이러한 사태에서 충성 테스트를 하려는 것은 비열하지 않을까요?"

"이러한 사태니까 적과 동지를 확인해야 하는 겁니다."

"그럼 안심하시고 돌아가시오. 김규식 박사를 비롯하여 나, 그리고 우리 자주연맹의 동지들은 인민의 적이 아닙니다. 바로 인민들입니다."

"그렇게 회피하지 말고 똑바루 말하시오. 인민군대의 혁혁한 성과를 지지하는가, 안 하는가를!"

"나는 강요당해서 답을 하긴 싫소."

이와 같은 송남수의 말은 황원주는 물론 모여든 사람들을 흥분시켰다. 왜 태도를 분명히 안 하느냐, 분명히 안 하는 걸 보니 반동적 독소를 내부에 지니고 있다는 둥 힐난 조의 말이 쏟아져 나왔다.

이 소란을 수습한 사람은 김규식의 부인이었다. 응접실이 시끄러워지자 부인이 나타났다.

"이 집엔 어른이 계십니다. 어른이 지금 피곤하셔서 누워 계셔요. 그런데 이렇게 떠든다는 것은 어른에 대한 도리가 아니지 않소. 어른에 대해 최소한도의 예의도 없는 사람들이 어떻게 옳은 일을 하겠다는 거요. 그리고 내가 잠깐 들어보았지만 송남수 씨의 말엔 진실이 있소. 난데없이 떼를 지어 나타나갖고 충성 테스트를 하려고 들면 근본의 문제엔 하등의 이론異論이 없으면서도 그 방식엔 반발하는 게 당연한 일 아뇨? 누가 나라를 사랑하지 않는 사람이 있겠수. 그런데 느닷없이 사람들이 몰려와서 강압적인 태도로 당신들에게 나라를 사랑하느냐, 그 태도를 밝히라고 하면 여러분들은 순순히 답을 하겠어요? 왜 그런 문제를 그 따위로 묻느냐는 반발심을 갖지 않겠어요? 그런 거예요, 송남수

씨의 태도는. 그러니 여러분 오늘은 이대로 돌아가세요. 요다음에 와서 또 토론하면 될 게 아뇨."

부인의 이 말엔 어떻게 할 수 없었던지 내일에라도 또 오겠다면서 황원주를 비롯한 일당들이 물러갔다. 그들이 물러간 뒤 부인이 송남수에게 물었다.

"어떤 사람들이지?"

"형무소에서 이제 막 나온 사람들 같아요. 저런 패거리를 만들어갖고 서울에 남아 있는 지도급 인사를 찾아다니며 시위를 하는가봅니다. 어쩌다 성명서라도 얻으면 그들의 공적이 되는 것이니까요."

"공산당이 공적 따지는 건 유명하지."

하며 부인은 쓴웃음을 웃곤

"그런데 북쪽 그들의 목적이 달성될까?"

하는 근심스런 표정으로 바뀌었다.

"미군이 유엔군의 이름으로 정식 참전한다니까 공산군 마음먹은 대로 되긴 힘들 겁니다. 지금 공산당은 파죽지세 같지만 머잖아 제동이 걸리고 말 겁니다."

"그럴까?"

"글쎄요. 제 생각은 그렇달 뿐입니다."

"여하간 불행한 일이다. 어쩌면 이처럼 불행한 조화가 있을꼬."

부인이 쏟아져나오는 눈물을 원피스의 소매로 닦았다.

"전화위복일 수도 있지 않겠습니까."

"전화위복?"

"이 기회에 통일정부가 서게 되다든가, 또는······."

"그러나 송군! 그 전화위복이란 말, 내 앞에선 쓰지 말게. 그 잠꼬대 같은 말, 변명처럼 쓰던 말, 자기기만 이외의 아무짝에도 못 쓰는 말이 그 말이네. 전화위복을 하기 위해선 슬기가 있어야 하는데 언제이고 한 번이라도 전화위복해본 적이 있나? 우리에게 있어서 뼈저린 말이 있다면 그건 화불단행禍不單行이란 말일세. 화가 닥치면 전화위복은커녕 자꾸만 계속해서 화가 밀어닥친단 말야."

부인의 말은 처량했다.

6월 28일도 저물어갔다. 송남수는 자기의 숙소로 돌아갈 양으로 거리로 나왔다. 경복궁 담을 끼고 내려와서 모퉁이를 돌다가보니 중앙청 꼭대기에 낯선 깃발이 나부끼고 있었다. 어제까지 태극기가 걸려 있던 그곳에 오늘은 다른 기가 걸려 있는 것이다.

눈을 아래로 깔았다. 시야에 들어온 것은 시체였다. 그것도 하나둘이 아닌 아스팔트 위 이곳저곳에 걸레조각처럼 팽개쳐져 있는 그 무수한 시체들! 송남수는 아찔하니 가슴이 꽉 메이는 고통에 길바닥에 주저앉을 뻔했다.

중앙청 정문 앞에 육중한 괴물 같은 것이 두 개 대포를 남산 쪽으로 겨눈 채 버텨 서 있었다. 소련제 탱크였다.

인적이 끊긴 광화문 거리는 황혼이 물들기 시작했는데 그 누누한 시체를 아래에 깔고도 하늘엔 복새가 끼었고 남산과 북악은 그저 평온하기만 했다. 바로 어제 수만 명의 생명을 삼켰다고 들은 한강도 그 무수한 시체를 띄운 채 지금쯤 고요하게 밤을 향해 흐르고 있을 것이었다.

8

맥아더가 수원으로 날아왔다. 노 대통령은 그의 손을 잡고 울었다.

맥아더는 이승만의 어깨를 가볍게 안고 어린애를 달래듯 다음과 같이 말했다.

"각하, 걱정하실 것 없소. 우리 미국이 한국을 돕기로 결정했으니까 우리만 믿으시오. 한국을 돕는 건 또 미국만이 아닙니다. 전 세계의 자유진영은 유엔의 이름으로 한국을 도울 겁니다. 절대로 낙심하지 말고 각하의 건강에 조심하십시오. 각하의 건강이 이때처럼 소중한 시기는 아마 없을 겁니다."

이승만의 감격을 형용할 수 있는 수단이라곤 없다. 그는 울먹이며 다음과 같이 말했다.

"우리 민족은 영원히 맥아더 원수의 은혜를 잊지 않을 것입니다. 우리 민족이 살고죽고는 오직 각하의 의중에 달려 있습니다. 각하, 이 불쌍한 민족을 구하소서."

"맥아더는 믿을 만한 사내요. 각하는 그렇게 생각하지 않으세요?"

맥아더는 파이프를 입에서 떼며 웃음까지 지어 보였다.

"물론 믿습니다. 적을 무찌르고 분단된 나라를 통일해주실 분으로 믿습니다."

이승만은 다짐하듯 말했다.

맥아더는 앞으로 전개시킬 전략의 대강을 설명했다. 그리고 덧붙였다.

"아마 압록강 저편으로 적을 몰아내는덴 해를 넘기지 않을 거요. 각하는 그때에 하실 일이나 연구하도록 하십시오."

이 말처럼 이승만의 용기를 북돋아준 말이 또 있을 수 있을까. 이승만은 비로소 이 사건을 전화위복시킬 수 있지 않을까 하는 생각을 가졌다. 그 마음을 꿰뚫어본 듯이 맥아더의 말이 이어졌다.

"공산당은 남북통일의 기회를 만들어준 거요."

맥아더는 이번 기회에 이 반도에서나마 공산세력을 몰아내야겠다는 각오를 하고 있었다. 중국대륙을 공산세력에게 빼앗긴 것이 트루먼과 마셜 때문이라고 생각하고 있는 맥아더는, 한반도에서 공산당을 축출함으로써 그들의 과오를 대조적으로 부각시킬 수 있을 것이라고까지 마음먹기에 이르렀다.

맥아더는 언젠가 대통령 선거전에서

"민주당 정권이 한 짓이 무엇이냐. 전 국민의 피와 땀으로 쟁취한 승리를, 그 승리의 성과를 포기한 것이 바로 그들이다. 우리는 중국대륙을 공산세력에 넘겨주기 위해 태평양에서 또는 아시아 대륙에서 싸운 것이 아니다. 그런데 그들은 무수한 생명을 희생하고 획득한 승리의 성과를 서투른 정치로써 일조에 상실하고 만 것이다. 그러나 나, 맥아더는……"

하고 주먹을 휘두르며 연설할 자기의 삽상한 모습을 뇌리에 그렸다. 그런 날을 있게 하기 위해서는 한동안 이승만과 동행할 필요가 있을지 몰랐다.

하여간 수원에서의 회담은 이승만을 흡족하게 한 그 정도로 맥아더도 흡족하게 했다.

이승만은 남북통일의 꿈을 꿀 수가 있었고, 맥아더는 파쇼를 타도한 영웅이란 칭호와 더불어 공산세력의 팽창을 막은 영웅으로 빛나 그것이 곧 화이트하우스로 통하는 길의 조명이 될지도 모르는 일이었다.

도쿄로 돌아가는 비행기 안에서 맥아더는 '공산세력의 팽창을 제지하는 결정적인 수단으로서 이 전쟁을 수행해야 한다. 이 전쟁에서 패배할 순 없다. 왜? 이 이상 공산세력을 팽창시키는 실수가 없어야 하기 때문이다. 만일 이 전쟁에서 패배한다면 공산침략은 일본에까지 확대

될는지 모른다. 아니 확대된다. 그렇게 되면 필리핀도 인도네시아도 버마도 타이도……태평양 동남연안 국가는 일시에 붉게 물든다. 유라시아 대륙의 5분의 3이 적화된 현 시점에 있어서 태평양 연안 국가까지 그런 꼴이 된다면 장차 세계는 어떻게 되겠는가……' 하는, 미 국무성과 국방성에 보낼 의견서를 구상하고 있었다.

한편 이승만은 '놈들이 침략해온, 그 악랄한 행위에 대한 보복의 뜻으로도 우리는 일치단결하여 괴뢰군들을 추방하고 남북통일을 이루고 말아야 한다.'는, 국민에 대한 호소문을 구상했다.

맥아더를 만나고 돌아온 이승만의 얼굴은 10년이나 젊어진 것 같았다. 오랜 장마 끝에 햇살을 보는 그런 느낌마저 없지 않았.

곧 임시각의를 소집하고 맥아더와의 사이에 있었던 이야기를 간추려 전하고 앞으로 할 일에 대해 지시를 내렸다. 그리고 다음과 같이 강조하길 잊지 않았다.

"시급히 보다 많은 병정을 양성해야 해. 압록강에 도착하는 것은 우리 군사라야 해. 미군의 도움만 믿고 우리가 할 일을 안 하면 전후의 처리가 그만큼 곤란하게 됩네다. 어떤 싸움에도 우리의 군사가 앞장을 서도록 해요. 미군 또는 유엔군이 우리 군사의 용감성을 인정하도록……"

지금 정신없이 적에 밀려 불원 임시수도 대전도 포기해야 할 판에 전후처리를 들먹이고 있는 저 영감은 제정신이 있는 사람인가 하는 의혹을 가진 사람도 있었지만 차마 그런 의혹을 입 밖에 낼 수는 없었다. 각의가 끝나길 기다려 이종문이 대통령 앞으로 나갔다.

"아부지, 제게도 일을 시켜줘야 하겠습니다. 전 무관도 아니고 문관도 아니고……중도 소도 아닌 처지라서 난처합니다……"

이승만이 빙그레 웃곤 말했다.

"중도 소도가 아니라, 중도 속도 아니라고 해야 말이 돼. 중도 소도 아닌 게 뭔가."

"그런께 아무것도 아니란 말입니다."

"그런께 아무것도 아닌 게 아니라, 자넨 이종문이 아닌가?"

"그건 그렇습니다만."

이승만이 잠깐 생각하더니 뚜벅 말했다.

"자네 곧 부산으로 가게."

"옛?"

"왜 놀라는가. 나도 곧 부산으로 갈 거다. 이번 싸움은 철저해야 하겠어. 시간이 걸릴지도 모르구. 그러니 수도를 부산에다 옮겨놓고 철저하게 싸워야 하겠어. 그러니 넌 빨리 부산으로 가서 내가 거처할 곳이며, 그 밖에 자네가 전쟁 중에 할 일이 뭘까, 하는 걸 찾아보게."

"그렇게 하겠습니다."

이승만은 메모지 위에 붓으로 '晩'이란 글자 하나를 써주며

"이걸 관계 관리들에게 보이고 협력을 구하면 돼."

하더니 김 비서를 불렀다.

"종문이 지금 곧 부산으로 떠난다. 관계관들이 이 사람 하는 일에 협력을 하도록 공문을 쓰게. 이 사람이 갖고가두룩. 그리고 자동차를 마련해줘."

그리고 종문더러 김 비서를 따라가라고 하곤

"자네도 군복을 입게나. 전시에 그 옷은 추릿해 뵈서 못쓰겠다."

고 했다.

"그럼 아부지는 언제쯤 부산으로 오실 겁니까?"

"내일에라도 이곳을 출발해야겠다. 그러나 부산엔 며칠 있어야 될 거

야. 대구에다 육군본부를 둔다니까 거게서 군 관계 사람들과 의논이 있어야 하겠다."

"부산서 뵙겠습니다. 몸 편히 계십시오."

하고 나오는데, 복도에서 신성모 장관을 만났다.

"신 장관, 내 좀 봅시다."

이종문이 신성모를 빈방으로 끌어들였다.

"지금 각하의 기분은 어떠시던가?"

신성모가 물었다.

"아까 모시고 회의를 하지 않았소?"

"아까는 아까고 지금은 지금 아닌가?"

"겁은 되게 나는 모양이구만."

"내가 겁을?"

"겁이 안 나면 뭣 땜에 자꾸 아부지의 기분을 묻는기요."

"아랫사람이 웃어른 기분 물어보는 건 당연한 얘기가 아닌가."

"하기야 겁이 날 만도 할끼라."

"시끄럽다, 그만. 할 말 있으몬 빨리 해라. 난 지금 바쁘다."

"아직 한 달도 안 됐다. 그때 당신 날 보고 뭐라캤나."

"밤중에 홍두깨 식으로 그거 무슨 소리고."

"내가 혹시 이런 일이 있을까 싶어 걱정을 했을 때 당신 뭐라캤노."

"누가 이렇게 될 줄 알았나, 어디."

하고 신성모는 나가려고 했다. 이종문이 그의 팔을 붙들었다.

"조용히 만나길 나는 기다리고 있었다. 그러나 요 며칠 그럴 기회가 없었다. 그런디 나는 지금 부산으로 떠난다. 당분간 만나지 못할지 모르지. 그런디 당신보고 한바탕 욕이라도 퍼붓지 않곤 틀어진 뱉 때문에

묵는 밥이 소화도 안 될 지경인기라."

"이자가 지금 무슨 소릴 하고 있노."

신성모는 종문의 손을 홱 뿌리쳤다.

"당신이 국방장관인가는 몰라도 힘은 나보다 못할낀디."

하고 종문이 신의 멱살을 잡았다.

"이놈이……."

신성모의 얼굴이 새파랗게 되었다. 그리고

"어른을 몰라보고……."

하고 나직했으나 분에 떨린 목소리를 냈다.

"평양엔 며칠 안에 간다고 했지? 백두산에 태극기를 어쩐다고 했지?"

종문이 멱살을 쥔 채 신성모를 흔들었다.

"너 이 멱살 놓지 못해?"

"대답을 해요. 왜 그 따위 엉뚱한 소리를 지껄여 나라를 요꼴로 만들어놨나."

"괜한 트집 잡지 마."

신성모는 억센 종문의 손을 풀려고 했으나 마음대로 되질 않았다. 그렇다고 해서 고함을 지를 수도 없었다. 방 몇 개 저편에 대통령이 있는 것이다.

"괜한 트집이라니. 명색이 국방장관이면 이런 일쯤은 사전에 알고 대비할 줄을 알아야 할 것 아니가. 그랬더라면 이런 꼴은 면했을 것 아니가. 그래놓고 뻔뻔스럽게 뭐 어째?"

종문은 신성모를 또 한 번 흔들었다.

"네 이놈, 이래갖고 네가 성할 줄 아나? 장관을 이렇게 모욕해갖고 네가 온전할 줄 알아?"

"제에미, 장관이 해야 할 짓은 못하면서 장관 권세는 피울 작정이그마. 당신 같은기 장관이라니 참말로 허파에 바람이 날 만큼 장관이그마."

"날 장관으로 임명하신 분에 대한 모욕이다, 이건. 이 손 놔!"

"임명하신 분에 대한 모욕을 아는 사람이 임명하신 분을 속여?"

"내가 언제 속였노?"

"당신의 백두산 타령이 그게 속임수 아니가. 이번 일로 아부지가 얼마나 혼겁하셨는가는 당신도 잘 알고 있지?"

"그게 어찌 내 책임이고?"

"그래도 이 사람이."

종문은 신성모를 서너 번 맹렬하게 흔들었다.

"이놈, 네놈을 내가 가만둘 줄 아나?"

신성모의 분격은 극도에 다다랐다.

"가만 안 두면 우짤것고."

이종문의 감정에 가속이 붙었다.

이종문이 신성모를 조용히 만나기만 하면 혼을 내줘야겠다고 마음을 먹은 건 괴뢰군이 남침했다고 들은 그 순간부터였다. 그리고 그 기회를 노려왔다. 그러나 그건 일종의 공분 같은 것이었는데, 이승만을 바로 옆에서 모시게 되자 앙칼진 감정으로 바뀌었다. 노인이 허탈한 것처럼 멍청히 앉아 눈물을 흘리고 있는 것을 두어 차례 보았을 때 신성모에 대한 미움이 더욱 생겨났다. 이종문이 당초 로푸심의 정보를 전했을 때 열심히 서둘렀더라면, 놈들에게 밀리는 사태는 면하지 못하더라도 이처럼 형편없는 꼴은 당하지 않았을 것이고 따라서 노대통령을 그처럼 상심케 하진 않았을 것이다 싶으니, 기회가 있기만 하면 야무지게 망신을 주어야겠다고 벼르고 있었던 터다. 그러나 신성모가 솔직하게 자기

잘못을 뉘우치기만 했더라면 그의 멱살을 잡고 흔드는 불손한 태도에까진 이르지 않았을 것이었다.
　신성모는 혼신의 힘을 다해 이종문의 손아귀에서 벗어나려고 애썼다. 종문은 종문대로 악력을 더해갔다.
　"잘못했다고 하소. 그럼 놔줄낀께."
　이종문이 종말을 내야겠다고 이렇게 말했다. 그러나 신성모의 고집도 대단했다.
　"네놈에게 잘못했다고 할 까닭이 없다."
　"그럼 아부지에게 잘못했다고 해라."
　"어른에겐 백 번 천 번 잘못했다고 했다."
　"그럼 와 사표를 안 내노?"
　"사표를 냈지만 도루 돌려주시는 걸 어떻게 해."
　"인정이 많으셔서 그런긴디 당신이 앗사리 안 나오면 그만 아니가."
　"그럴 순 없어."
　"당신은 쇠까죽을 뒤집어썼나?"
　"이놈 이걸 놓지 못해."
하고 신성모가 다시 발악을 하기 시작했다. 이종문은 멱살을 잡은 손에 계속 힘을 더해갔다. 드디어 신성모는
　"사람 살려어!"
하고 고함을 지르고 말았다. 멱살을 잡은 이종문의 손이 신성모의 결사적인 저항에 따라 어느덧 목을 조르고 있었던 것이다. 고함에 질려 종문이 손을 놓아버렸다. 꺾어지듯 신성모는 그 자리에 주저앉았다.
　사람들이 달려와서 그 광경을 보고 주춤했다.
　"어떻게 된 일이우?"

하고 윤 비서가 물었다.

"혼을 좀 내줄라캤더니 지레 겁을 먹고 냅다 고함을 질렀거만."

이종문이 휭, 그 방에서 나와버렸다.

김 비서는 서류와 자동차를 준비해놓고 기다리고 있었다. 자동차는 지프차였다. 종문은 자기의 차를 가지고 있었지만 각 방면으로 활동하자면 이 차가 좋을 것이라고 생각하고

"내 차는 김 비서에게 맡겨놓고 갈낀께 김 비서가 맡아가지고 있다가 부산 가서 돌려주소."

하고 차를 타려는데, 윤 비서가 황급히 달려왔다.

"각하께서 빨리 오시랍니다."

종문은 방으로 들어서면서 이승만의 험악한 표정을 포착했다. 옆에 신성모가 고개를 숙인 채 앉아 있었다.

"네 이놈!"

이승만의 소리는 나직했으나 분격에 떨고 있었다.

"왜 신 국방을 죽이려 했나, 백주에. 그것도 내가 거처하는 집에서……"

"……"

"똑바로 말해."

"……"

"사정에 따라선 넌 용서할 수 없어. 일국의 장관을 왜 죽일려고 했어?"

"죽일라꼬 한 건 아닙니더."

하도 당황했기에 '더'를 '다'로 고칠 겨를이 없었다.

"죽일려고 하지 않았는데 목은 왜 졸랐나?"

"어쩌다 본께 그렇게 되어버린깁니다. 죽일라꼬 한 건 아닙니다."

"어쩌다 본께가 뭐냐. 죽일 생각이 없고서 일국의 장관의 몸에 손을 대어? 그것도 목을, 목을 졸라? 경찰에 넘기기 전에 순순히 말해봐."

"……."

"말 못하겠거든 좋다. 경찰에 보내겠다. 거게 가선 까닭을 말하겠지."

이승만이 벨을 누르려고 하자, 신성모가 황급히 입을 열었다.

"경찰에 넘길 것까진 없습니다."

"백주에 사람을 죽일려고 한 놈을 경찰에 안 넘기고 어떤 사람을 경찰에 넘기란 말인가."

"이 문제는 제게 맡겨주시면 좋겠습니다."

"목이 졸려 죽을 뻔한 사람에게 목을 조른 놈을 맡겨?"

"아니올시다. 제게 맡겨주시면 제가 적의 조치하겠습니다."

신성모는 손을 비비며 말했다.

"그건 안 되어. 피해자에게 가해자를 맡길 순 없어. 경찰에 넘겨야겠어. 종문이 똑바로 대답해. 왜 신 국방을 죽일려고 했나?"

"죽일라꼬 안 했습니다. 그냥 멱살을 잡았을 뿐인디."

"멱살을 잡힌 정도로 일국의 국방장관이 사람 살리라고 고함을 질러?"

"참말입니다. 죽일라꼬 한 건 아닙니다."

"죽일라고 안 하고 뭣 할려고 했나?"

"백두산 타령을 한 번 더 들어볼라꼬 한깁니다."

"백두산 타령? 백두산 타령이 뭔가?"

"……."

"말해봐, 솔직하게."

"사변이 나기 얼마 전, 제가 신 국방을 보고 이북에서 전쟁 준비를 한다는 정보가 있다니까, 그런 일이 없다고 딱 잡아떼었습니다. 그래 그런 일이 있으몬 우짤끼냐고 물었더니 그런 일이 있어도 걱정 없다고 안 캅니꺼. 우째서 걱정이 없느냐고 또 물었더니 전쟁이 있기만 하몬 일주일 안으로 백두산에 태극기를 꽂고 압록강 변에서 막걸리를 마시며 아리랑 타령을 부를끼라고 안 합니꺼. 그런 일이 있었기 때문에 오늘 우연히 만난 김에 그 백두산 타령 한번 불러보라쿤 겁니다."

이승만의 표정에 야릇한 기미가 돌았다. 종문을 보고 있던 눈이 신성모에게로 옮겨졌다.

"종문이 한 말이 사실인가?"

"압록강변에서 막걸리 마시며 아리랑 타령 부를끼란 말을 한 적은 없습니다."

신성모의 얼굴은 벌겋게 상기되어 있었다. 이종문이 피식 웃었다.

"왜 웃는가?"

이승만이 물었다.

"일주일 안으로 백두산에 태극기를 꽂으면 압록강변에서 막걸리 마시고 아리랑 타령 부르고 싶은 기분이 안 나겠습니꺼."

이종문이 중얼중얼했다.

"그러나 나는 그런 말 한 적이 없어."

신성모가 이종문을 무섭게 노려봤다. 이승만이 두 사람을 번갈아 보며 어이가 없다는 듯

"일주일 안에 백두산에 태극기를 꽂겠다는 말은 분명히 신 국방이 한 소리가 아닌가."

했다. 신성모는 자라목처럼 목을 움추렸다.

"그렇게만 되면 종문이란 놈은 압록강에 가서 술 마시고 아리랑 부를

놈이야. 그렇게 안 돼놓으니까 종문이 화가 난 게로군, 그렇지?"

"예, 그렇습니다."

이승만이 눈을 감았다. 그리고 다시 눈을 떴다.

"신 국방."

"예."

"일주일 안에 백두산에 태극기를 꽂겠다는 말은 나도 들은 적이 있는 것 같은데, 지나간 일을 따지는 것도 아니구 들어 어쩌자는 것도 아니네만, 이왕 말이 나왔으니까 알고 싶구나. 그런 말을 할 때 무슨 근거가 있었던가?"

"근거는 물론 있었습니다."

"뭔가? 그 근거라는 것이."

"보병부대의 진군속도를 계산한 겁니다."

"보병부대의 진군속도라니."

"38선에서 백두산까지는 약 400킬로미터가 됩니다. 그 400킬로미터를 하루에 60킬로 속도로 가면 일주일 안으로 백두산에 도착합니다."

"자네 산술엔 썩 능하구먼."

이승만은 사소한 장난기도 없이 이렇게 말하곤 중얼거렸다.

"일주일 안으로 백두산에 도착한다고 장담한 근거가 결국 그 산술에 있었구나."

"그건 제가 계산한 것이 아니고 국방부의 참모들이 여러 가지 데이터를 모아가지고……."

"그만 둬."

이승만이 신성모의 말을 가로막았다. 그리고 종문에게 말했다.

"이놈아, 압록강가에서 막걸리를 못 마시게 되었다고 국방장관을 죽일려고 해서야 쓰겠나. 언젠간 그럴 날이 있을 것이다. 그날이 올 때까지 참아라. 내가 이렇게 참고 있는데 젊은 네가 참지 못한대서야 말이 되나. 그리고 내가 거처하는 집에서 그 따위 행패를 부리다니 될 말이기나 한가. 옛날 같으면 여기가 대전大殿이다. 대전에서 행패를 부리면 어떻게 되는지 알기나 하나? 삼족을 멸하는 거여. 다행히 민주주의 세상이라 그런 일은 없지만서두……."

이렇게 말하고 이승만은 피곤한 듯 고개를 이리저리 저어보고 있더니, 이종문과 신성모를 일어서라고 했다. 그리고 자기도 일어섰다.

"종문이, 신 국방에게 사과를 허게. 장관이 잘못했다면 내가 나무랄 일이지, 자네들이 나설 일은 아냐. 그리고 신 국방, 자네는 오늘 있었던 일은 잊게. 지난 잘못을 보상하기 위해서라도 열심히 일하게. 그리고 두 사람 손을 잡아. 따지고 보면 우린 다 외로운 처지다. 우리끼리 비위를 상한대서야 되겠나. 앞으로 잘 지내도록 허게."

이건 위급한 처지에서, 눈코 뜰 사이도 없는 시간 속에서의 한토막의 중간극이었다.

9

가도가도 피난민의 무리. 적이 남진할수록 피난민의 수는 늘어만 갈 뿐이었다.

7월로 들어선 계절은 폭서暴暑 속에서 지치고 있었다. 산에도 들에도 길에도 태양은 그 백열의 더위를 내뿜고 있었다. 니네들 한번 견디어봐라, 하고 태양이 기를 쓰고 있는 것 같았다. 그 폭서라고 할밖에 없는 더위 속으로 남부여대男負女戴한 피난민의 무리는 연연히 길을 가득 채

위 남으로 흐르고 있는 것이다.

"자동차를 타고 가는 것이 괜히 민망하고마."

운전사 옆자리에 앉은 이종문이 진정 미안하다는 듯 중얼거렸다. 사람을 헤치고 나가자면 부득이 클랙슨을 계속 눌러야 하는데 우선 그 소리가 민망했던 것이다.

"운전사, 그 나팔 소리 안 내고 갈 수가 없나?"

"사람이 이 모양인데 클랙슨 안 누르고 어떻게 갈 수 있답디어?"

운전사는 전라도 사투리로 이렇게 말하고 피식 웃었다. 그 검붉은 얼굴에도 땀이 줄줄이 흘러내리고 있었다.

그러나 자동차는 클랙슨 소리로 전진하고 있는 것이 아니었다.

'경무대 긴급차'라고 앞유리 오른편에 써붙인 표지와 권총을 찬 군복 차림의 이종문의 위세가 자동차를 앞으로 내몰고 있는 것이었다.

어디에선가 포성이 울려오고 있었다. 끊임없이 비행기가 북쪽으로 날아가고 있었다. 그 폭음 때문에 얘기를 하려 해도 간간이 말을 중단해야만 했다.

이종문이 탄 차의 뒤칸엔 유지숙과 송남희가 시트 위에 앉았고, 이동식은 송남희 옆의 강철판 위에 앉아 있었다.

"궁딩이 아프지."

이종문이 동식을 돌아보고 말했다.

"견딜 만합니다."

동식의 대답이었다.

"어때, 푹푹 찌는 더위지만 이 교수가 내려앉고 남희 씰 무릎에 앉히지."

종문이 싱거운 소릴 했다.

"우리 걱정일랑 마십시오."

동식이 억지 웃음을 웃고 호로幌 사이로 내려다뵈는 피난민들에게 시선을 돌렸다. 그리고 다시 생각에 잠겼다.

생명이란 것이 그것을 유지하기 위해서는 갖가지의 형태를 취하지 않을 수 없다는 사상, 얼마든지 추하고 비참하게 될 수 있다는 사상, 역사의 수레바퀴에 치여 죽어야 할 운명이란 것, 전쟁을 일으키려고 작정한 사람들의 두뇌 속에 있는 불가사의라고밖에 말할 수 없는 그 사고의 메커니즘!

대전을 출발할 때 대충 들은 전황은 미국의 항공기가 대거 출동하여 적의 진격을 다소 제지하고 있으나 괴뢰군은 계속 남진하여 그 선발대가 벌써 수원을 점령했다는 것이다. 이런 속도로 밀리고 있으면 한 달이 못 가 적은 부산까지 밀어닥칠 것이란 추측이었고 그 추측이 갖가지 유언비어를 낳았다.

'아아, 그렇게 되는 날이면!'

동식의 생각은 비약해서 '방황하는 유태인'을 연상했다.

그런데 이종문은 추호의 동요도 보이지 않았다.

"두고 봐라, 절대로 우리가 이긴다."

희망적 관측을 사태의 판단과 혼동하고 있는 것이라고 해버리면 그만이지만, 이종문에겐 신앙과 같은 것이 있었다.

'이승만 대통령이 하는 일이 나쁘게 될 까닭이 없다.'

그리고 요즘 그는 사필귀정이란 말을 배웠다.

"사필귀정인기라. 빨갱이들의 야심이 그냥 통한대서야 천리란 것이 있을 수 없는기라. 그런디 천리라는 것은 있어. 그것 없으면 세상이 우찌 될끼고."

동식은 그 소박한 의견을 논박할 순 있었으나, 비웃을 순 없었다. 고래로 그런 사람들에 의해 역사는 만들어진 것이다. 지금 전쟁을 시작한 김일성 같은 놈도 따지고 보면 그 의식의 차원이 이종문과 같을지 몰랐다.
　동식은 레닌의 전쟁이론을 반추해보았다. 레닌에 의하면 전쟁은 자본주의국만 하게 되어 있다. 그 까닭은 전쟁을 함으로써 이득을 보는 계급, 즉 자본가 계급이 있기 때문이다. 그들은 전쟁이 나면 많은 군수물자를 만들어냄으로써 이득을 취한다. 전쟁이 나면 나라의 국방예산은 방대한 것으로 된다. 그 예산을 군수물자를 만들어내는 자본가들이 대부분 흡수해서 살이 찌는 것이다. 이를테면 국민이 세금을 정부에 내면 자본가는 정부로부터 그 돈을 빼낸다. 정부로부터 자본가가 많은 돈을 빠른 시기에 효과적 합리적으로 빼내기 위한 명분으론 전쟁 이상의 것이 없다. 그런 까닭으로 전쟁은 대중들의 물심양면에 걸친 희생 위에 자본가들을 살찌우는 방편이랄 수밖에 없다. 이와는 반대로 사회주의국에선 전쟁 때문에 이득을 보는 계급이란 없다. 전쟁이 나면 전부 손해를 본다. 개인이 재산을 가지고 있지 않으니 전쟁으로 돈 벌 사람이 있을 까닭이 없다. 거꾸로 모든 재산은 국민 전체의 것이니 어느 물건 하나가 파괴되더라도 그것은 국민의 손해다. 그러니 사회주의 국가가 전쟁을 일으킬 리가 없다. 모두가 손해 보는 짓을 어떻게 하느냐 말이다. 그러니 자본주의 국가에서 전쟁으로 인해 이득을 보는 자가 결국 전쟁을 일으키는 것이다.
　이것이 레닌의 전쟁이론이다. 동식은 이때까지 그 이론엔 나름대로의 타당성이 있는 것이라고 인정하고 있었던 것인데 이런 사태가 되고 보니 얼떨떨한 기분이었다. 레닌의 기만 또는 전술적 이론이라고 취급해버리면 그만이지만 그렇게 단정할 수는 없었다. 그러나 현실에 있어서 사회주의를 표방하는 북괴가 침략전쟁을 시작하지 않았느냐. 그로써 동식의 눈앞에서 레닌의 전쟁이론은 산산조각이 났다.

그렇다면 북괴는 전쟁을 일으켜 무슨 소득을 얻을 수 있을까, 하는 생각으로 이어졌다.

'남북통일이란 순수한 목적일까?'

그러나 동식은 그러한 순수한 목적만으로 수백만을 살상하는 폭거를 일으킬 까닭이 없다는 생각에 도달했다. 남북통일은 분단되지 않은 국토에서 백성들이 평화롭게 잘살 수 있도록 하자는 이념일 때만이 순수하다. 그런데 그렇게 순수한 이념이 수백만의 살상을 전제로 하는 전쟁을 꾸밀 까닭이 없다.

'반드시 어떤 불순한 야심이 작용하고 있는 거다.'

동족간의 싸움이 벌어질지 모르는 비극을 피하기 위해 통일이 필요하다는 것인데 그 통일을 위해 피하려고 하는 사태를 만들어버린다면 그 모순과 당착은 이만저만이 아니다.

'백성을 죽이너라도, 수천 수백만 명을 죽이더라도 군림하고 싶은 야욕, 그러한 사악한 야욕과 타산이 아니고서는 절대로 전쟁을 일으키지 못한다.'

생각이 여기에 미쳤을 때 동식은 이미 북괴는 그들이 내세우고 있는 이데올로기마저 포기한 것으로 판단됐다.

송남희는 두고온 집을 생각하고 있었고 천주님의 은총을 빌고 있었다. 유지숙은 새로 산 집과 차려놓은 살림과 병석에 있는 어머니를 생각하고 있었다. 그리고 앞날에의 불안도 있었다.

이종문만이 부산에 가서 할 일을 구상하고 있었다. '晩' 자 사인과 대통령이 발행한 공문만 가지면 부산에서 못할 일이 없을 것이었다.

이렇게 각기의 마음을 태운 차는 피난민의 무리를 헤치고, 길을 트느라고 느릿느릿 움직였지만 점심때가 되자 추풍령에 도착했다. 차를 길가 그늘에 밀어놓고 일행은 거기서 점심을 먹을 겸 잠깐 쉬어가기로 했다. 그런데 그게 난처하게 되었다. 기진맥진한 몰골로 걸어가고 있는 피난민이 보고 있는 가운데서 하얀 쌀밥으로 된 도시락을 펼 수가 없었던 것이다. 그들은 하는 수 없이 비탈진 길을 10분쯤 걸어 올라갔다.

"밥 한덩이 먹기도 힘드는군."

중얼중얼하며 이종문이 도시락을 폈다. 모두들 그를 따라 도시락을 먹는데 그동안엔 말이 없었다. 배가 고프면 배고프다는 의식 이외의 모든 시름을 잊는 것인가 보다.

대구에 도착한 것은 오후 일곱 시, 대전에서 대구까지의 200킬로미터 될까말까한 길을 열두 시간 달려온 셈이 되었다. 그런데 대구에 무사히 도착한 것까진 좋았는데 모든 여관이 골마루까지 차 있는 형편이어서 잘 곳을 찾을 수가 없었다. 대구시에 들어와서 두 시간을 여관 찾느라고 돌아다니다가

"안 되겠다, 달성공원에나 가서 자야겠다."

고 작정을 했을 때, 운전사가 불쑥 말했다.

"경찰서나 헌병대에 가보시지라우. 경무대 긴급찬디 아무리 여관이 꽉 찼기로서니 방 하나 구해주지 않을라구요."

"옳지, 그렇다."

이종문은 차를 경찰서 있는 곳으로 몰라고 일렀다. 역 근처에 경찰서가 있었다.

차를 문 앞에 세워두고 종문이 경찰서장을 찾아 간단한 인사를 한 후 '晩' 자 사인과 공문서를 내보였다.

경찰서장도 지쳐 있는 표정이었으나 그것을 보자 태도를 정중히 고치고 부하를 시켜 여관을 찾아보라고 했다. 그러나 예상한 대로 방을 구할 순 없었다. 그러자 경찰서장은

"하는 수 없으니 저희 집으로 모시겠습니다."
하고 자기 집에 전화를 걸었다.

이렇게 해서 뜻밖에도 이종문 일행은 경찰서장 집에서 하룻밤을 묵게 되었는데, 그곳에서 전황을 소상하게 들을 수 있었다.

부산에 미 지상부대가 속속 상륙 중에 있어 며칠 안으로 전선에 배치될 것이라고 했다. 적은 평택에까지 침입하고 울진에 상륙을 기도했으나 철퇴되었다고 했다. 미 공군이 연일 수백 대씩 출격하여 제공권은 이편에서 완전히 장악했다고 했다. 불원 미국의 기동부대가 파견될 것인데 그렇게 되면 지상의 전투에서도 우리 편이 우세해질 것이라고 했다. 현재까지 한국을 돕겠다고 나선 나라는 미·영·불을 비롯해 41개국이나 된다고 했다. 국부중국에서 비행기 20대와 지상군 3개 사단을 보내겠다고 했는데 유엔이 이를 거절했다. 그 이유는 국부중국이 움직이면 중공이 적극적으로 나설까 해서라는 것이다. 미 제7함대가 영국 함대와 합세해서 동해와 서해를 봉쇄할 것이라고 했다.

이렇게 말하고 있으면서도 경찰서장의 표정은 우울했다.

"그러나 적의 진격속도가 너무나 빠릅니다. 이러다간 이편에서 태세를 갖추기도 전에 바다로 밀려날지 모릅니다."

이종문이 대갈일성했다.

"그 무슨 소리요. 절대 걱정 없으니 안심하오. 놈들이 아무리 서둘러도 대구까진 들어오지 못할 거요."

"그렇게 낙관할 수만은 없습니다. 이 대구가 어떤 곳인지 아십니까.

한국의 모스크바라고 하는 뎁니다. 지금 인심이 대단히 동요하고 있어요. 적이 대구에 접근하면 내부에서 무슨 일이 일어날지 모릅니다. 나는 그것을 염려하고 있는 것입니다."

"위험분자가 많다는 말이오?"

"위험분자는 모조리 잡아 가두었습니다. 그러나 도망친 자도 있구, 위험분자로 노출되지 않은 자도 있구……. 시민 전부를 수감할 수는 없고, 그러니 안심할 수 없어요."

동식은 경찰서장의 심정을 알 것만 같았다. 적이 어디에 숨어 있을지 알 수 없기 때문이다.

그날 밤 유지숙과 송남희가 같이 자고, 이종문·이동식은 운전사와 같은 방을 썼다. 자다가 보니 운전사가 훌쩍훌쩍 울고 있었다. 동식은 까닭을 물었다.

"어머니 혼자 서울에 남아 계시는디 그게 걱정이그만요. 자꾸만 폭격을 한다는디……그럴 줄 알았으면 데불고 나오는긴디 누가 이렇게 될지 알기라도 했으라우……."

동식은 뭐라고 위로할 말을 찾지 못했다.

피난민들이 대부분 대구에 머물러버린 탓인지 대구에서 부산 간의 도로는 붐비지 않았다. 이른 새벽 대구를 출발한 차는 점심때쯤 부산에 도착할 수 있었다.

부산에 닿자 종문은 곧 광복장이란 여관을 찾았다. 거기서 정성학이 종문을 기다리고 있겠다고 약속이 돼 있었다.

동식과 송남희는 광복장의 소재만 파악해놓고 기차로 마산으로 떠났다. 일이 있으면 곧 서로 연락하도록 연락방법을 미리 만들어놓았다.

짐을 챙기고 한시름 놓은 뒤 정성학이 꺼낸 말은

"모두들 배를 준비하느라고 야단입니다. 우리도······."

하는 것이었다.

"배를 준비하다니, 그거 무슨 소리요?"

종문이 되물었다.

"배가 있어야 일본이나 어디로 도망갈 것 아니오."

이렇게 말하는 정성학을 종문은 쏘아보았다. 그리고 분통을 터뜨렸다.

"당신 도망칠 생각하고 있소? 그렇다면 빨리 도망가소. 나는 안 갈끼요. 당장 가란 말요, 당장!"

"의논 아니요, 의논! 성은 왜 내요?"

정성학이 시무룩하게 말했다.

"의논이라꼬? 날 보고 도망가자는 의논? 정 주사, 당신 사람 잘못 봤소. 나를 그런 싸가지 없는 의논에 응할 사람으로 봤소? 그런 사람하고 말하기도 싫고, 꼴도 보기 싫고······. 가소. 내 앞에서 썩 꺼지란 말요."

"흥분하지 마이소. 돈 있는 사람들이 모두 그라길래 해본 소리 아니오. 내가 도망갈라쿠는 건 아니거만요."

"우떤 놈들이 배를 준비합디까. 놈들의 배때기를 칼로 쑤셔놔야지. 전쟁이 나서 나라가 낭패 지경에 이르렀는데 도망갈 궁리를 해? 미국 사람까지 나와서 도와줄라쿠는디 제만 살겠다고 도망을 쳐? 그놈들 어딨소. 당장 요절을 내야지. 바른대로 대소. 그놈들 어딨소."

종문의 흥분은 극도에 달했다. 서툰 솜씨로 권총을 빼들고 배를 준비하고 있는 놈들을 당장 대라고 덤비는데, 정성학은 당장이라도 그 권총이 불을 뿜을 것 같아서 혼비백산할 지경이었다.

"그 권총, 제발 도루 넣으소. 차차 말할낀께."

"차차 말하다니, 놈들이 도망가고 난 뒤에 알몬 뭣 할낀디. 당장 그놈들 있는 델 말해!"
하고 이종문은 비로소 권총을 호주머니 속에 집어넣었다. 그러고도 여전히 정성학을 쏘아보며 고함을 질렀다.
"당신 보기도 싫으니 나가시오."
정성학이 싹싹 빌었다. 자기 딴으론 이종문을 위해 한 말이란 것이며 다신 그런 소릴 안 할 뿐 아니라 그런 생각도 하지 않겠다고 맹세했다.
이종문은 성이 급하기도 하지만 성을 푸는 것도 빨랐다.
"정 그렇다면 좋소."
하고, 목이 마르니 시원한 맥주를 마셨으면 한다고 일렀다.
정성학이 사환을 부른다, 식모를 부른다 하더니 차가운 맥주를 대령했다. 이종문은 맥주 두 병을 벌컥벌컥 켜고 나더니
"인자 살 것 같다."
고 벌렁 드러누워 순식간에 코를 골기 시작했다.
"사람도 참."
정성학이 유지숙에게 쓴웃음을 웃어 보이며
"사모님도 좀 쉬시오."
하고 밖으로 나가버렸다.
사모님이란 말에 유지숙이 귀밑까지 빨개졌다. 그러다가 곧 진정하고 벗어놓은 이종문의 상의를 벽에 걸고 자신은 목욕탕을 찾아나섰다.
그 이튿날 이종문은 경찰국장을 찾았다. 대통령이 거처할 곳을 마련할 임무로 온 사람이라고 듣고 경찰국장은 최대의 경의를 표했다.
"나도 적당한 곳을 구해보겠습니다만 이 선생님께서도 한번 물색을 해보시죠. 있는 힘을 다해 협력하겠습니다."

경찰국장의 말이었다.

이종문이 돌아와 정성학에게 이 말을 전하자, 정성학은

"대통령이 계실 곳이면 온천장이 좋지 않겠소?"

하는 의견을 냈다.

"그것 좋구만. 온천장에 별장을 두고, 부산 시내에 관저를 두고……. 그 의견 좋네. 역시 당신은 조조구만."

하고 종문은 정성학을 차에 태우고 온천장으로 갔다.

'경무대 긴급차'란 표지가 여기에서도 신통력을 발휘했다. 교통신호를 무시해도 좋았고 교통순경의 경례를 받는 것도 기분이 좋았다.

온천장에서 대통령 별장감을 물색하려면 부득이 호텔이나 요정이 대상이 될 수밖에 없었다. 한나절을 보고 돌아다닌 끝에 '우일장'으로 정하기로 하고 우선 경찰국장에게 통고했다. 통고하며 이종문이 물었다.

"우일장이 좋을 것 같은데 그 집을 대통령 별장으로 쓸라몬 우떤 형식이면 좋겠소. 빌리는 형식이 좋을 건가, 사들이는 형식이 좋을 건가."

"징발하는 방법이 제일 좋을 겁니다."

하는 경찰국장의 답이었다.

징발이 어떤 뜻인진 몰랐으나 그건 정성학에게 물어볼 요량하고 말했다.

"그럼 징발하도록 해주소. 그리고 일주일 이내에 그 집을 비우도록 하시오. 수리도 해야 할긴께요."

정성학은 역시 조조라고 할 만했다. 종문의 말을 듣자

"그 집을 헐케 사버리면 어떻겠소."

하는 의견을 냈다.

정성학의 말에 의하면 우일장은 적산인데 아직 불하조치는 안 되어 있을 것이고, 설혹 불하가 되어 있다고 해도 연부상환일 것이니 헐케 살 수 있다는 것이었고, 경찰에서 징발통고가 가면 썩은 개값으로 명의를 변경해줄 것이란 것이었다.

이종문은 그 일을 정성학에게 맡겼다. 일은 정성학이 말한 대로 진행되었다. 경찰국장과 도지사의 징발통고가 있은 이틀 후 정성학이 시침을 떼고 그 집에 나타나 주인을 찾았다.

주인이 그 통고를 받고 얼마나 큰 충격을 받았는지는 그 표정으로 알 수가 있었다. 그것도 그럴 것이었다. 수천 평 대지에 웅장한 건물을 곁들인 막대한 재산을 관의 명령으로 일시에 포기해야 했으니 말이다.

"이 집을 파실 생각은 없소?"

정성학이 주인에게 한 첫 말이었다. 주인은 멍청하게 정성학을 쳐다봤다.

"파실 작정이 없는 게로구먼요. 들으니 이 집을 대통령 관저로 쓰기 위해 징발한다던데요."

정성학이 이렇게 말을 보태고 주인의 눈치를 살폈다.

"곧 징발될 집을 당신은 뭣 때문에 살라는기요?"

주인은 풀이 죽어 있었다.

"징발한다캐도 10년이야 넘기겠소? 나는 10년 앞을 바라보고 이 집을 살려는기요."

주인의 얼굴에 놀라는 빛이 돌았다. 정성학이 말을 계속했다.

"나는 이 집을 둘러싼 수목이 마음에 들었소. 누가 살고 있든 저 수목이 내꺼다 싶으면 기분이 좋을 것 같애요. 당신도 같은 기분 아니겠소? 그러니 굳이 팔라고 하진 않겠소. 그런 소문이 있으니 혹시 하고 왔을 뿐이오. 10년은 잠깐 아니겠소?"

"10년 앞을 내다보고 집을 사겠다니 당신 무던한 사람이오. 그런데 내가 팔겠다면 돈을 얼마쯤 내겠소?"

주인이 한 말이었다.

"값이야 주인이 말해야지."

"나는 다다익선 아니겠소?"

"나는 소소익선이고."

두 사람은 서로 얼굴을 쳐다봤다. 그런데 주인은 양심적인 사람이었다.

"곧 징발될 집을 어떻게 팔겠소. 10년쯤이라고 하지만 그건 우리 짐작이고 일단 대통령이 쓰게 된다면 영영 내놓지 않을 겁니다. 별장으로 쓰기엔 아주 편리하니까요. 그래서 나는 징발될 때, 이때까지 납부한 돈이나 돌려주면 모든 권리를 포기할 작정입니다."

"징발이란 건 명의는 그대로 두고 일시 사용하겠다는 것으로 되는 건데 납부한 돈을 도루 돌려주겠소?"

"그렇긴 하지만 사정은 해볼 삭성입니다. 일국의 대통령이 우리 같은 사람을 그렇게 욕보이기야 하겠소."

"대통령을 만날 수만 있다면 그런 말이 통할 수 있겠지만, 아마 만날 순 없을 거요. 모든 게 사무적으로 처리될 테니까요."

"그럼 할 수 없죠."

주인의 얼굴은 어두웠다.

"하여간 팔 생각이 있으면 이리로 연락을 하시오."

하고 광복장의 주소와 정성학의 이름을 쓴 쪽지를 건네주었다.

사흘 후, 일주일 기한으로 명도통고를 받은 우일장의 주인은 광복장으로 정성학을 찾아왔다. 그리고 여태껏 관재청에 납부한 불하대금의 영수증을 내보이며 그 액수만 내면 우일장을 양도하겠다고 했다. 그 액수래야 200만 원 미만이었다. 이종문은 그 액수에 100만 원을 더 붙여 우일장을 인수하기로 했다.

우일장을 인수한 이종문은 경찰국장에게 징발을 철회하라고 요구했다.

"내가 그 집을 샀습니다. 나는 그 집을 우리 대통령께 헌상할랍니다. 대통령께서도 징발한 집에 사시는 것보다 성의로 헌납한 집에 사시길 원하지 않겠습니까?"

그 말엔 정리情理가 정연했다. 경찰국장은 징발을 취소했다.

이렇게 해서 억 대가 넘는 재산을 이종문이 단돈 300만 원에 입수한 셈이 되었는데, 이종문이 당초부터 그러한 결과를 노린 것은 아니었다.

뒷날 부산으로 온 대통령은 도지사 관사를 거처로 쓰기로 하고 이종문이 자기를 위해 집을 사두었다는 행위에 치하를 아끼지 않았다. 그 치하의 뜻으로 이승만은 가끔 우일장에 나갔다. 그곳의 온천이 이승만과 프란체스카의 마음에 들었던 것이다. 그로부터 우일장은 겉으론 대통령 별장으로 통하게 되었다. 관재처에선 앞으로의 부금을 면제하는 처분을 취했다.

드디어 대전이 함락됐다는 소식이 들려왔다. 미국의 군수물자를 실은 배가 부두를 메웠다.

이종문이 할일은 산더미 같았다. 그 산더미 같은 일에 돈이 따르니 동란은 그야말로 이종문의 치부를 위해서 하늘이 마련해준 기회처럼 되었다.

10

"미국이 적극적으로 개입할 모양이니, 경거망동이 있어선 안 될 것입니다."
하고 고창일이 송남수에게 전해온 것은 6월 29일.
'아아, 고창일도 피신을 못했구나.' 하고 있었는데, 송남수가 고창일이 북괴의 정치보위부에 체포되었다고 들은 것이 30일.
송남수의 가슴은 섬뜩했다.
'어떻게 고창일의 소재를 그렇게 쉽게 알아냈을까.'
고창일이 대한민국의 초대 외무부차관을 한 사람이니까, 놈들의 세상이 되면 다소 문제가 될 인물일 거란 짐작을 안 한 바는 아니지만 서울을 점령하자마자 그를 체포했다는 것, 아니 체포할 수 있었다는 것이 아무래도 이상했다. 미리 공작원을 잠입시켜 요인들의 거처를 확인해둔 것일 거라고 짐작을 하니 돌연 주위가 살펴지는 그런 기분이었다.
"미국이 직극직으로 개입한다면?"
하고 김규식은 생각하는 눈빛이 되었다.
"소련이 북괴의 뒤를 밀고 있는 판인데 미국이 개입하지 않을 수 있겠습니까."
송남수의 의견이었다.
"3차대전으로 번지는 것일까?"
김규식이 뚜벅 말했다. 생각하는 눈빛으로 된 것은 그 때문이었던 것 같았다.
"한국을 두고 3차대전까지야."
한 것은 그때 마침 와 있었던 김봉준이었다. 그리고 김봉준은 자기도

들은 얘기라고 전제하고

"인민군이 서울에 들어오자마자 그 선발대가 경무대로 직행했답니다. 놈들은 거기서 몇 트럭을 실어냈다는데, 경무대에 그처럼 많은 물건을 남겨두었던 것인지."

"정신이 없었던 거겠지, 기밀서류나 빠뜨려놓고 안 갔으면 다행이겠지만."

김규식은 쓰디쓴 표정을 지었다. 이어 다음과 같은 내용의 말이 오갔다.

북진통일을 염불처럼 외고 있던 이승만은 전쟁 준비는커녕 그 대비마저 하지 않고 있었고, 김일성은 전쟁 준비를 다 해놓고 평화적 협상을 운운하며 위장을 하다가 덤벼들었으니, 아무래도 공산당한테는 당하지 못하는 것이 아닐까.

"김일성이 사태를 잘못 판단한 거지. 미국이란 나라는 일을 시작할 땐 우물쭈물해도 일단 시작만 해놓으면 바닥을 보는 나라야. 이 나라를 초토로 만들어도 끝장을 낼 걸. 김일성이 괜한 짓을 했어."

김규식의 표정은 여전히 음울했다.

"그러나 배후에 중공이 있고 소련이 있는데 그처럼 호락호락 김일성이 넘어가겠습니까. 그리고 벌써 대전을 점령했다는데……. 지금의 세로 봐선 미군이 출동한다고 해도 별수 없을 것 같은데요."

이렇게 말하는 김봉준을, 김규식은 어이가 없다는 듯한 눈초리로 보았다.

"누가 이기고 누가 지는 게 문제가 아냐. 밀고 밀리고 하는 통에 백성이 다 죽게 된다는 얘기여. 김일성이 괜한 짓을 했다는 내 말은 그 뜻이여. 될 말이나 한 일인가. 이런 일이 없도록 하기 위해서 우리들이 얼마나 애썼노."

갈수록 산

김규식의 눈에 눈물이 괴었다.

"우사, 이렇게 된 것을 어떻게 하겠소. 그보다 선생의 건강을 조심해야 할 것 같구려. 어디 조용한 시골에라도 가서 편히 지내시도록 하면 어떻겠소?"

김봉준이 안타깝다는 듯 말했다.

"나라가 이 꼴인데 내 건강이 무슨 문제가 되겠소. 편히 지내다니 마음이 편해야 편한 거지, 이런 틈바구니에서 어디를 간들 편할 까닭이 있겠소."

무거운 침묵이 있었다. 이때 바깥이 소연해졌다. 송남수가 나가보았다. 인민군의 군관이 병사 둘을 데리고 현관에 서 있었다.

"김규식 선생님을 만나러 왔시요."

군관은 억센 평안도 사투리였다.

"무슨 용무이신지 제게 말씀하실 수 없겠습니까?"

송남수는 공손하게 말했다.

"딕넙 만나야 하갔시요."

군관은 신을 벗고 마루에 올라섰다.

"누군지 안으로 들라구 해라."

김규식의 소리가 있었다. 송남수는 군관을 김규식이 있는 곳으로 안내했다. 군관은 김규식을 향해 거수경례를 하곤 다음과 같이 말했다.

"디금부터 인민군 전사 두 명을 댁에 파견근무시키기로 덩했으니께 알아두시라구요."

"파견근무라니, 이 집에서 할 일이 뭔데?"

김규식이 물었다.

"선생님의 신변보호를 위한 것입니다."

"신변보호 없어도 난 걱정 없어."

"그래도 상부에서 정한 일입니다. 그럼 돌아가겠시다."

군관은 김규식의 말을 들으려고도 하지 않고 되돌아섰다. 병사 둘만 남았다.

송남수는 병사 둘을 마루에 안내해서 등의자에 앉혔다. 아직 소년의 모습이 그냥 남아 있는 병사는 검게 탄 얼굴에 흥건히 땀을 흘리고 있었다. 식모를 시켜 냉수에 미숫가루 탄 것을 가져오라고 해서 권했더니 그 두 병사는 보지도 않으려는 듯 눈을 돌렸다.

"당신들은 이 댁에 계시는 선생님이 누군 줄 아시나요?"
하고 송남수가 부드럽게 물었다.

대답이 없었다.

"고향이 어디죠?"

"……."

"몇 살이나 됐습니까?"

"……."

"소속이 어딥니까?"

"……."

"앞으로 같이 지내야 할 텐데 서로 대화라도 있어야 하지 않겠소?"

그러자 둘 가운데 조금 더 나이가 들어보이는 병사의 말이 있었다.

"우리에게 아무것도 묻지 마시라우요. 우리는 말을 해선 안 되게 되어 있수다."

송남수는 그 자리에서 일어섰다. 영락없는 연금이란 생각이 들었다. 눈앞이 아찔했다.

전황이 어떻게 되어가는지 알 길이 없었다. 인민군의 발표대로라면 부산을 점령하는 것도 내일모레일 것 같지만 그걸 그냥 믿을 수야 없었다. 은빛 날개를 반짝거리며 수없이 미군의 비행편대가 북쪽으로 날아가고 있었으니 말이다. 가까운 곳에서도 폭격이 있는 모양으로 가끔 굉음이 들려오기도 했다.

인구가 3분의 1쯤으로 줄어버린 듯한 서울의 거리는 사정없이 내리쬐는 백일하에 빈사의 생물처럼 허덕이고 있었다. 가끔 대열을 지어 지나가는 괴뢰군, 그늘로 해서 출몰하는 시민들의 모습이 눈에 띄지 않을 때는 죽음의 거리를 방불케 했다.

그러나 그 죽음의 거리엔 거미줄처럼 마수가 퍼져 있었다. 이른바 반동인사 적발사업이란 게 전개되고 있었던 것이다.

괴뢰군은 서울에 들어오자 즉각 정치보위부 산하에 세포조직을 펴고 그것을 망이라고 불렀다. 망엔 망책이란 책임자가 있었다. 망책은 곳곳에 아지트를 설정해놓고 고발을 장려하곤 닥치는 대로 체포 구금했다.

그렇게 해서 구금된 사람이 이미 수천 명을 넘었으리란 풍문이 돌았다. 정신적인 공포가 자연의 더위보다 더욱 가혹한가 보았다. 시민들은 불안 때문에 더위를 잊었다.

"자네도 조심을 해. 나돌아다니지 말라구."

김규식은 이렇게 당부하는 것이었지만, 송남수는 집에 처박혀 있을 수 없었다. 놈들이 하는 짓을 하나 남기지 않고 관찰하며 가슴속에 새겨두어야겠다는 의무감조차 들었다. 그럼으로써 자신의 불안과 공포를 극복할 수가 있었다.

'나를 체포하려거든 해봐라! 죽일려거든 죽여봐라!'

아무리 낮게 평가해도 '나는 이 나라의 양심을 대표하는 사람 가운데 하나이다.'고 자부하고 있는 송남수는 자기를 희생함으로써 김일성 일당의 악독성을 증명하는 자료가 되어도 좋다는 오기까지 생겼다. 송남수의 분노는 그처럼 격렬했던 것이다.

7월에 들어서 얼마 되지 않은 어느 날이었다. 그때 송남수는 태평로에 있는 민족자주연맹의 사무실에 나가 있었는데 서울시 인민위원회로부터 출두하라는 통지를 받았다. 그런데 시간은 오후 다섯 시로 되어 있었고 장소는 전에 대법원으로 쓰던 건물 안에 있는 법정이었다. 인민위원회는 서울시청을 쓰고 있었는데 모이라는 장소는 대법원 법정이었으니 의아할 밖에 없었다. 대법원 건물을 쓰고 있는 것은 노동당이란 걸 송남수는 알고 있었던 터다.

아무튼 그 강제적인 통보를 거역할 순 없었다. 송남수는 지정된 시간에 지정된 장소로 갔다. 가보니 거기엔 정당 또는 사회단체의 간부로 알려져 있는 사람들이 모여 있었다. 한독당에선 엄항섭이, 사회당 대표론 여운홍이 나와 있었다. 안재홍의 얼굴도 보였다.

약속한 시간을 30분쯤 늦춰 군복을 입은 수 명의 사나이들과 평복을 입은 한 사나이가 나타났다. 그들은 법관들이 앉는 자리를 차지하고 있었다. 재판장의 자리엔 평복한 사나이가 앉았다.

송남수는 일순 재판을 받는 것 같은 착각을 가졌다. 모두들 그러한 느낌인 모양으로 서로의 얼굴을 훔쳐보았다. 모두들의 얼굴엔 핏기가 없었다.

중년을 지난 듯한 평복의 사나이가 말을 시작했다. 애써 표준말을 쓰려고 하고 있었지만 간간이 억센 평안도 사투리가 튀어나왔다. 그 말의 요지는 다음과 같다.

"우리는 지금 신성한 도국던쟁祖國戰爭을 감행하고 있습니다. 우리의 덕敵은 미데美帝와 그 앞댑이 이승만 일당입니다. 불원 영농英勇한 우리 인민군대는 그들을 바다에 밀어넣어버릴 겁니다. 인민의 빛나는 수호다守護者이시고, 만세무궁한 애국다愛國者이시고, 거룩한 민독民族의 수령이시고, 영농한 인민군대의 통사령관總司令官이신 김일성 원쑤의 뜻을 받들어, 그 둘레에 털석鐵石같이 뭉티어 기어이 도국던쟁을 승리로 이끌어야 하갔습니다. 여러분도 이 도국던쟁에 덕극 참여하야가지고 우리 김일성 원쑤님의 뜻을 저바리지 않을 것으로 알고 있습니다. 따라서 오늘밤 여러분께 할 말이 있갔으니 달 협력하야 주시길 바랍니다 ……."

이렇게 말하고 중년의 사나이가 앉자, 군복 차림의 사나이가 일어섰다. 이때 누군가의 말이 있었다.

"대체 누가 무슨 자격으로 우리에게 말을 하고 있는지 그것부텀 알아야 할 게 아니오."

일순 장내에 긴박한 공기가 돌았다.

"디금 그런 것 갖고 토론할 때가 아니라구요."

맨 왼편에 있던 군복 차림의 사나이가 앉은 채로 퉁명스럽게 말했다.

"토론을 하자는 게 아니라 누가 무슨 자격으로 말하는 것인지 알고자 하는 것뿐이외다."

여운홍 씨의 음성이었다. 이미 서 있던 군복 차림의 사나이가 좌우로 고개를 돌려 귓속말을 주고받더니

"통사령관님을 대표해서 하는 말이라고 들어도 좋습니다."

하곤 지시사항이라면서 다음과 같은 말을 했다.

"내일부터, 아니 오늘 이 시간부터 각 정당 각 사회단체의 간판은 전부 떼어버려야 합니다. 그 대신 다음과 같은 간판으로 대체해야갔습니다. 가령 이때까지의 당명이 소수당이었다면 인민군 소수당 원호사업

위원회로 해야 한다는 겁니다. 디금의 단계에 있어선 우리의 통력總力을 인민군대 원호에 쏟아야 할 때다, 이 말입니다. 그리고 덕극덕으로 원호사업을 펴야 합니다. 여러분이 어느 덩도로 열성적으로 원호사업을 하였나에 따라 장차 여러분의 단테나 당이 공화국의 인정을 받고 안 받고 하는 일이 결덩될 것입니다. 우리 영농한 인민군대를 위해 여러분의 열성적인 원호가 있을 것으로 알갔습니다. 그런데 여러분 가운덴 불순분자가 없는 것으로 알갔습니다만 만일 원호사업에 열성적이지 않거나 또는 방해하는 일이 있을 것 같으면 그건 인민의 덕敵으로서 처단하갔습니다……."

그리고 원호사업의 내용으로서 비누·칫솔·타월을 비롯한 일상용품과 식료품을 수집할 수 있는 대로 수집해서 갖다바칠 것, 병원위문을 할 것, 군 기타 정권기관에서 요구가 있을 땐 노력동원에 응할 것 등을 열거하고 수시로 지시가 있을 것이라고 덧붙였다.

그 모임에서 풀려나와 등화관제가 되어 있는 어두운 길을 걸어 청운동의 집으로 돌아오면서 송남수는, 꼼짝없이 북괴의 공범이 되는 것이로구나, 하는 생각으로 마음이 무거웠다.

동행이 된 엄항섭은

"사람을 뭘로 안담. 정복자나 되는 것처럼 설쳐대니, 원."

하고 투덜댔다.

솔직한 이야기로 송남수는 엄항섭을 그다지 좋아하고 있진 않았다.

김구 선생의 수석비서 격으로 있던 때, 특히 중경에서 돌아왔을 무렵의 엄항섭은 안하무인으로 설쳐댔다. 김구 선생의 둘레에 장막을 치고 웬만한 사람은 가까이 오지 못하도록 술책을 부린 것도 그였다. 엄항섭은 김구 선생이 장차 이 나라의 정권을 잡는 것은 틀림없다고 믿고, 엄항섭 자기만이 김구 선생을 독점하려고 애썼다. 그 결과 김구 선생을 고립화시키고 말았다. 그의 김구 선생에 대한 충성을 의심할 순 없지만 지나친 충성이 때론 대상의 인물에게 불리할 경우도 있다는 것을 모르는 인간이었다.

김구와 김규식의 제휴가 쌍방의 정치적 효과를 위해서나 민족진영을 위해서 절대로 필요하니 약간의 견해 차 같은 것은 불문에 붙여야 한다고 생각한 것이 송남수라면, 견해 차가 있을 땐 김규식이 김구에게 무조건 추종하거나 그렇지 않으면 갈라서야 한다고 우기는 것은 엄항섭이었다. 김구가 정권을 잡을 경우 김규식의 존재는 오히려 불리할지 모르니 미리 결별해버리는 것이 유리하다고까지 엄항섭은 생각하고 있었던 것인지도 모른다.

그러한 관계이고 보니 송남수와 엄항섭 사이엔 가끔 의견충돌이 있었다. 그러나 송남수의 성격 탓으로 그런 의견충돌이 과열되는 경우는 없었다. 그런 만큼 두 사람 사이는 약간 서먹서먹했다고 해도 과언은 아니다.

그런데 이런 처지가 되고 보니 기왕의 그런 감정은 이슬처럼 녹아버렸다. 한때 기고만장했던 그를 보아왔던 만큼 풀이 죽어 투덜대고 있는 그를 보는 것은 안타까운 기분이기도 했다.

"정복자나 되는 것처럼이 아니라, 바로 정복자 아니오? 침략자는 곧 정복잡니다. 그들을 정복자라고 치고 행동하는 것이 마음 편할 겁니다."

송남수는 자기의 마음을 다짐할 겸 혼잣말처럼 중얼거렸다. 송남수의 기분을 아는지 모르는지 엄항섭은 자기 마음을 쫓고 있는 것 같았다.

"아무리 생각해도 이승만이 미워. 세상을 이 꼴로 만들다니."

"그러나저러나 원호사업을 하는 척이라도 해야 할 것 아니오?"

송남수가 화제를 돌렸다.

"도리가 없겠죠."

엄항섭이 한숨을 섞었다.

송남수에게 하나의 아이디어가 생겼다.

"헌데, 엄형."

"말해보슈."

"일용품이니 식료품이니 하는 것을 수집하라는 얘긴데, 당이나 단체가 개별적으로 하지 말고 단체적으로 합시다. 풀을 만들자 말예요."

"놈들이 그걸 허가할까?"

"그들의 허가 여부가 무슨 문제요. 우리가 그렇게 강행하는 거죠. 생각해보시오. 민족자주연맹에선 칫솔 다섯 개를 모았다, 독립당은 네 개를 모았다는 식으로 되면 그들은 우리에게 등급을 붙여 그걸 미끼로 억지로라도 경쟁을 시키려고 할 거란 말예요. 그렇게 되면 얼마나 치사스럽소. 얼마나 비굴하겠느냐 이거요. 그러니까 번番을 정해가지고 1차로 모은 것을 한독당에 갖다놓는다, 그러면 한독당이 갖다준다. 그 다음에 모은 것은 국민당이, 그 다음은 사회당·근민당·민주연 이런 식으로 하잔 말요. 단체마다 각기 보따리보따리 들고 가서 그들의 비교를 받는 창피한 꼴을 당하느니……. 어떻소, 엄형?"

"그것 좋은 의견이오. 내일 아침에라도 모두 모여서 그런 방침을 강행합시다. 꼭 그렇게 해야 하겠어요. 꼭 그렇게 해야지."

엄항섭도 비로소 그 어쭙잖아 보이는 일이 기실 대단한 일이란 걸 깨달은 모양이었다. 두 사람은 그 후론 말없이 걸었다. 내수동 긴 골목을 지나 누상동을 거쳐 청운동 입구에 들어섰다.

송남수와 엄항섭의 거처는 우연히 같은 청운동에 있었지만 두 집 모

갈수록 산 125

두 가족을 피난시켜 버린 탓으로 둘 다 빈 집을 지키러 가는 셈이었다.

갈림길에 이르자, 엄항섭이

"집에 술이 조금 남아 있는데 같이 가서 한잔 안 하려우?"

하고 송남수를 끌었다. 이래저래 신경이 쓰인 탓으로 송남수는 지쳐 있었으나 한잔 술로 스트레스를 푸는 것도 나쁘지 않다는 생각이 들었다.

불을 켜지 않은 채 어두운 마루에 앉았다. 희미한 별빛의 조명 아래 두 사람은 술잔을 기울였다.

"도대체 전황이 어떻게 됐을까."

엄항섭이 중얼거렸다.

"글쎄요."

"라디오도 들을 수가 없으니."

"설쳐대는 품을 보면 사태는 그들에게 유리한 모양이죠?"

"송형, 내 복잡한 심경은 형언할 수가 없소."

"복잡하기야 누구나 매일반 아니겠소."

"내 사정은 조금 달라요. 이승만이 미운 것을 생각하면 놈들이 이겨야 하겠고, 놈들 설쳐대는 꼴 보면 어떻게 해서라도……."

엄항섭의 끊어진 말을 송남수가 마음속에서 보충했다.

'어떻게 해서라도 남쪽이 이겨야 한다.'

송남수의 속셈을 알고 싶었던지 엄항섭이 물었다.

"송형의 심경은 어떻소?"

"주조야서晝鳥夜鼠란 말이 있잖소."

송남수는 이 말만 하고 입을 다물어버렸다. 그러나 본심으로 김일성의 침략행위는 절대로 용서할 수 없었다. 이승만이 밉기로서니, 빈대 밉다고 삼간초옥을 불태울 순 없는 일이었다.

"이래저래 우리가 설 자리는 없어진 것 같소."

엄항섭의 비통한 어조였다.

"그렇게 미리 포기할 건 없잖을까요?"

"그럼 송형에겐 무슨 희망이 있다는 거유?"

"있다는 게 아니라, 희망을 찾아야죠."

"허기야 송형은 젊으니까."

"젊어서가 아니라, 이대로 어떻게 물러서겠소?"

"나는 어쩐지 방정맞은 생각이 자꾸만 들어요. 전쟁통에 죽지 않으면 전쟁 끝나면 죽을 거라는……."

"엄형, 그들이 들어왔을 무렵, 거리에 나가보았소?"

"아아뇨."

"거리거리에 뒹굴고 있는 시체를 보니까……기가 막히더먼. 처음엔 공포증이 났소. 죽음에 대한 공포 말요. 그런데 자꾸만 시체가 눈에 띄니까 내가 저기 시체가 되어 뒹굴고 있다는 이상한 환각에 사로잡히더란 말요. 나는 저기 저렇게 누워 있고, 지금 그걸 보고 있는 나는 그 시체에서 빠져나온 혼, 아니 유령이다, 하는 환상. 아니 그렇게 말해버릴 수도 없는, 하여튼 이상한 착각이 들더라 이거요. 조금도 죽음이 두렵지 않은……."

"송형은 그만큼 수양이 된 거로군요."

"수양이 아니라 충격이 그만큼 컸다는 얘기가 될지도 모르죠."

서쪽 하늘로 길게 끝을 남기며 유성이 사라져가고 있었다.

"이제 막 저기 수천억 년을 겪은 생명체가 하나 종언을 고했네요."

송남수는 문학청년 같은 소릴 했다. 그러나 그건 결코 얄팍한 감상이 시킨 말이 아니었다. 엄항섭도 그 유성이 사라진 하늘의 저쪽을 바라보고 있었다. 그러더니 그도 또한 엉뚱한 소릴 한마디 했다.
"은하계엔 이 지구와 닮은 천체, 즉 인간과 비슷한 생물이 살고 있다는 얘기던데."
"수백만 개가 아니라 수천만 개가 있어도 그리로 옮겨가 살 수는 없는 일이고……."
술은 바닥이 났으나 송남수는 일어날 기력이 없었다.
그래서 우물쭈물하고 있는데 어디서인지 맹렬한 폭발음이 울려왔다. 그 울림으로 가늠해서 비교적 가까운 곳이었다.
"용산쯤의 방향에서 나는 소리 같은데."
엄항섭이 중얼거렸다.

11

아침에 일어나서야 송남수는 알았다. 어젯밤의 그 엄청난 폭발음은 엄항섭이 짐작한 대로 용산에 있는 미군의 탄약고를 미군 비행기가 폭격한 소리였다. 탄약고의 폭발로 인해 용산 일대는 일시에 폐허가 되었고 줄잡아 수백 명을 헤아리는 사상자가 났다고 했다.
그런데 그런 소릴 들어도 송남수는 아무렇지가 않았다. 이미 불감증에 걸려버린 것이다. 여느 때와 같이 그는 삼청동을 향해 집을 나섰다. 이른 아침인데도 하늘엔 비행기의 폭음 소리가 서려 있었다.
햇빛이 눈부시게 깔린 거리를 걸어 경복궁 담을 끼고 돌려는 때였다. 송남수의 시선은 바로 그 벽에 붙여놓은 벽보에 빨려들어갔다.

김규식·원세훈·안재홍·윤기섭·김봉준·최동오는 그들의 잘

못을 뉘우치고 자수하였음. 그리고 그들은 모두 자기의 집에서 따뜻한 보호를 받고 있다. 비록 반동분자라고 할지라도 뉘우치고 자수하면 그들과 마찬가지로 관대한 처리를 받을 것이다.

어제 저녁나절까지만 해도 그런 일이 없었는데 밤 사이 무슨 일이 발생했나, 싶으니 가슴이 두근거렸다. 그는 무거운 걸음을 빨리했다.
삼청장엘 들어서려는데 괴뢰군 병사 하나가 정원수 그늘에서 불쑥 나타났다.
"누구요?"
하며 무표정한 얼굴로 물었다. 또 다른 감시자가 교대한 것이었다.
"난 송남수란 사람이오. 우사 선생의 비서요."
하고 부드럽게 말했다.
"우사가 누구요?"
"이 댁에 계시는 선생님이오."
"김규식이라고 들었는데요."
"호를 우사라고 합니다."
그러자 그 괴뢰군은 입을 다물어버렸다.
집으로 들어간 송남수는 2층으로 올라갔다. 서쪽 베란다 그늘진 곳에 등의자를 내놓고 김규식이 앉아 있었다. 그 옆에 삼청장의 주인인 민규식이 앉아 있었다. 김규식과 민규식은 성만 다르달 뿐이지 이름은 똑같았다. 민규식이 그 자리에 있었다는 것을 제외하곤 김규식의 태도엔 평소와 다른 점은 없었다.
'알고 계시는지 어쩐지.'
송남수는 벽보의 문면을 되뇌이면서

"지난밤 별일 없었습니까?"
하고 물었다.
"잠이 안 와. 그밖엔 없었다."
김규식이 한 말이었다.
'모르고 계시군.'
그렇다면 아침부터 불쾌한 소식을 전할 필요가 없다고 생각한 송남수는 민규식을 향해 농담을 걸었다.
"전형적인 부르주아인데다가 캠브리지 대학까지 나온 반동인물이 피신하지 않아도 괜찮겠습니까."
"허허, 이 사람, 우사 선생 그늘보다 더 안전한 데가 어디에 있겠나."
50세 안팎의 호인형인 민규식은 십수 세의 연령차가 있는데도 송남수와는 곧잘 농담을 하는 사이였다.
민규식은 3만여 평의 대지를 낀 삼청장을 소유하고 있을 만큼 거부였다. 영보합명회사란 업체도 가지고 있었다. 그는 양관과 한옥으로 배합된 주건물을 김규식을 위해 제공하고, 자기는 거기서 수백 미터 떨어진 동쪽 편의 별채에 살고 있었다. 그러니 보통 때는 거의 상종할 기회가 별로 없었던 것이지만 송남수와 만나기만 하면 가벼운 농담을 주고받곤 했다.
그는 김규식이 남북협상에 참가하기도 한 사람이니 아무리 무지막지한 괴뢰군이기로서니 김규식만은 특별대우할 것이고 따라서 그의 비호하에 있는 사람들은 무사할 것이란 낙관적인 생각을 가지고 있는 것으로 보였다.
"그리고 우사 선생과 우리들은 일련탁생—蓮托生이니까."
민규식은 이렇게 덧붙이기도 했는데 이제 막 해괴한 벽보를 읽고 온 송남수로선 복잡한 심정으로 저절로 얼굴이 흐려졌다.

"일련탁생?"

하더니 김규식도 심각한 얼굴이 되었다.

"거목이라고 알고 비를 피했다가 벼락을 맞는 운수라는 것도 있는 거라. 나는 별루 거목도 아니지만……. 민 사장이 그 꼴이 될까 두려우이."

"선생님 걱정하지 마십시오. 세상일은 될 대로밖엔 안 되는 겁니다."

민규식은 웃음을 지으려고 했다.

"이게 어찌 세상일인가. 지금 나타나 있는 일은 비세상의 일야. 지옥, 지옥이지."

베란다에서 내려다보이는 뜰 나무 사이로 감시병 하나가 왔다갔다 하는 것이 보였다.

'한 놈은 어디에 갔나?'

송남수는 선뜻 뒤를 돌아봤다. 바로 등 뒤, 어느 곳에 한 놈의 감시병이 잠복해 있을 것만 같은 강박관념이 들었기 때문이다.

민규식이 물러가고 난 뒤 송남수는 아까 본 벽보 얘기를 했다. 김규식의 얼굴이 단번에 구겨졌다.

"뭐라구? 자수했다구?"

담뱃대를 든 손이 벌벌 떨렸다.

"아무래도 놈들이 하는 짓이 여간 수상하지 않습니다."

하고 송남수는 정당, 사회단체의 간판을 내리고 인민군 원호사업위원회란 간판을 붙이라고 하더란 보고를 했다.

"그건 안 돼."

김규식의 단호한 말이었다.

"그렇게 하면 우리가 상잔相殘의 전투에 끼이는 셈이 되는 거다."

"그러나 어떻게 합니까."

"모두들 죽을 각오를 하면 돼. 살려고 하니까 비굴한 꼴이 되는 거다."

"적십자적인 노력이라고 번역할 수도 있지 않습니까. 무기 아닌 일용품을 도와주는 정도니까요."

"우리는 적십자가 아니지 않은가. 사람이 비굴하게 되면 다음다음으로 엉뚱한 변명을 만들어내는 거라. 모두들 죽을 각오를 해요."

하고 김규식이 자리에서 일어섰다. 그리고 방으로 들어가려다 말고 물었다.

"아까 그 벽보는 누구의 명의로 되어 있던가?"

"명의는 없었습니다."

"그럼 항의를 하려면 어디다 대놓구 항의를 하면 돼?"

"알아보겠습니다."

김규식이 조금 생각하는 것 같더니 나직이 힘주어 말했다.

"알아볼 필요는 없어. 공산당이 그처럼 호락호락하게 정체를 드러내진 않을 테니까."

"그러나 그대로 둔다는 건……."

"그대로 안 두면 어떻게 해?"

김규식은 뱉듯이 말하고 방으로 들어가버렸다. 송남수는 등의자에 앉아 멍청히 뜰을 내려다보다가 인왕산 쪽을 보다가 했다. 열기를 품은 듯한 투명한 하늘에 흰 뭉게구름이 이곳저곳 움직이지 않고 떠 있었다. 비행기의 폭음 같은 소리는 여전히 울려오고 있었다. 그맘때면 한창이던 매미 소리도 멎은 채 숨이 막힐 듯한 적막이, 찌는 듯한 서기暑氣를 띠고 주위를 에워싸고 있었다.

'죽을 각오를 하면 돼!' 하는 김규식의 말이 귓전에 남아 있었다. 송남수 자신은 죽을 각오가 되어 있다고 믿고 싶었다. 그러나 죽을 각오란 당장에 죽을 수 있어야만 가능한 것이다. 그는 당장 죽을 수 있을까, 하고 자기의 마음 구석구석을 살폈다. 어떻게 하든 이 전쟁의 끝간 데를 보고 싶어하는 마음을 발견했다. 그것이 바로 미련일지 몰랐다.

김규식의 부인 김 여사가 소리없이 골마루를 돌아 송남수의 앞자리에 앉았다.

"영감께 무슨 충격이 있었던 것 같은데."

묻는 말이라기보다 혼잣말이었다. 송남수는 어제의 일, 아침의 일을 간추려 설명했다. 김 여사는 앞이마를 왼손으로 괴고 눈을 감은 채 오래도록 말이 없었다.

"가봐야겠습니다."

하고 송남수가 일어섰을 때 김 여사는 얼굴을 들었다.

"어디에?"

"사무실에 나가봐야죠."

"가셔서 어떻게?"

"선생님은 죽기를 각오하고 원호사업 말라고 하시던데요. 가서 간판이나 내리고 올랍니다."

"거기 잠깐만 앉아요."

김 여사의 말이었다. 송남수는 다시 앉았다.

"선생님이 뭐라고 하시건 송 선생! 그들이 시키는 대로 해요. 단 하루라도 연맹을 해놓고 볼 일 아뇨? 선생님과 우리들은 좋다고 합시다. 연맹에 속해 있는 다른 사람 사정도 생각해야죠."

"비굴할 대로 비굴해갖고 죽을 판에야, 깨끗하게 죽는 게 낫지 않겠습니까."

송남수가 이렇게 말하자 김 여사는 쉬잇 하는 시늉으로 손가락을 입에 갖다댔다. 2층 계단을 올라오는 사푼사푼한 소리가 들렸다. 감시병의 발소리라는 것을 곧 느낄 수 있었다.

"선생님 일은 내게 맡겨두고 송 선생은 빨리 사무실로 나가슈. 그리고 젊은 사람들을 타일러 서둘도록 하시우."

이에 대한 대답은 않고 송남수는 아래층으로 내려갔다. 골마루 중간쯤에서 낯선 감시병을 만났다. 문간에서 본 자와는 또 다른 감시병이었다. 서른 살 가량의, 이글이글한 눈과 익은 귤 껍질 같은 얼굴 피부를 한 사나이였다.

문간에선 아까의 감시병이 물었다.

"어딜 가오?"

송남수는 돌아보지도 않고 말했다.

"인민군 원호사업 하러 가오."

사무실에 도착한 송남수는 그 입구에 '인민군 민족자주연맹 원호사업위원회'란 커다란 간판이 두 줄로 되어 나붙어 있는 것을 발견했다. 젊은 사람들이 어디서 얘기를 듣고 재빨리 그렇게 해놓은 것일 거라고 짐작했다. 송남수는 어깨에서 무거운 짐을 내린 것 같은 기분과 아울러 왠지 허전한 기분을 동시에 느꼈다.

사무실로 오는 도중 맹원들에게 뭣이라고 해야 할까에 관해서 갖가지로 궁리하다가 결론을 내리지 못했던 터였다. 죽을 각오를 하라는 김규식의 말을 그냥 전할 수도 없는 형편이었지만 명색이 총재인 그의 의견을 전연 묵살해버릴 수도 없는 복잡한 심정이었던 것이다.

'선생님은 반대하셨지만 사태가 이렇게 되었으니 우리도 그런 간판을 걸자.'고 할 밖에 없었는데, 그리고 그 말을 어떻게 하나 하고 고민하고 있었는데 젊은 사람들이 그 불쾌한 시간을 면케 해주었으니 큰 짐을 내려놓은 기분이 될 만도 했다. 그러나 송남수의 마음 한구석엔 만일 맹원들이 괴뢰군의 그러한 처사를 탐탁히 여기지 않는 태도를 취할 때는 '우리 이 자리에서 한번 죽어보자.'고 결의를 촉구해볼 비장한 각오를 심어놓고도 있었다. 그 비장한 각오를 거둬들여야 했으니 한편 허전한 기분이기도 했다. 눈에 선 그 간판을 한참을 서서 바라보고 있다가 사무실의 문을 열었다. 네댓 명 되는 젊은 사람들이 모여 앉아 있다가 송남수가 들어서자 일제히 일어섰다.

송남수는 아무런 말도 않고 자기의 책상 앞에 가 앉았다. 박이라는 청년이 다가와서 말했다.

"모두들 그렇게 하기로 했담서요?"

간판을 두고 하는 말이었다. 송남수는 그저 겸연쩍게 웃었다.

"한독당에서 그런 간판을 붙였어요. 국민당에서도요. 사회당과 근민당두요."

김이라는 청년이 박 옆에 서면서 말했다. 그래도 송남수의 말이 없자 옆의 소파의 팔걸이에 엉덩이를 얹으며

"선생님, 어제 소설가 김팔봉 씨가 인민재판에 걸려 사형을 당했답니다."

하고 풀이 죽은 소리를 했다.

"바로 시민회관 앞에서요."

김이 보충했다.

그들의 말은 의논도 하지 않고 간판을 갈아 붙인 데 대한 변명처럼 들렸다. 그러나 그런 것과는 상관없이 송남수는 뒤통수를 호되게 얻어

맞은 것처럼 어리둥절했다.

'김팔봉 씨에게 무슨 죄가 있기에…….'

그 광경을 직접 목격했다는 임이란 청년이 소상한 설명을 시작했다. 허나 송남수는 듣고 있지 않았다. 그의 마음은 딴 곳으로 방황하고 있었다. 김규식·원세훈·최동오·김봉준·윤기섭이 자수했다는 허위 벽보의 뜻을 알 것 같았다.

'인민재판에 걸지 않기 위한 구실을 만든 것이리라. 누구는 인민재판에 걸고 누군 걸지 않고 할 수는 없다는 뜻으로……. 그러니 그들도 자수를 안 했으면 인민재판감이다, 하는 함축을 그 벽보는 지니고 있는 것이 아닐까.'

송남수는 새삼스럽게 섬뜩했다. 놈들은 다음다음으로 무슨 흉계를 꾸며낼 것이었다.

'어디로 숨어버릴까.' 했지만 얼른 그 마음을 지워버렸다. 그리고 이러지도 저러지도 못하게 된 스스로의 처지를 다시금 확인했다.

송남수는 일동을 불러 앉혔다.

"간판을 붙인 이상엔 무슨 행동이 있어야 할 것 아닌가. 칫솔이건 치약이건 휴지건 뭐라도 좋다. 일용품이 될 만한 것이면 뭣이건 모아라. 그걸 모은다고 돌아다니다 검문이 있거들랑 서슴없이 인민군대의 원호사업을 하는 사람이라고 해라. 그러면 당분간은 무사할 것이다. 어느 정도 효과가 있을지 모르지만 증명서를 하나씩 만들어 가지자."

송남수는 신분증이 될 만한 종이를 찾아보라고 이르고 그 종이에 '이 사람은 인민군대의 원호사업에 종사하는 자임' 하는 글자를 붓글씨로 써넣고 날짜를 적었다. 그리고 민족자주연맹이란 글자는 빼고 그저 인민군 원호사업위원회란 명칭만을 끝에 쓰고 도장은 민족자주연맹의 것을 찍었다.

"이것을 가지고 다니며 물건을 거두기도 하고 검문에 응하기도 하라. 거둔 물건은 이 사무실에 갖다 두었다가 다른 단체의 것과 합쳐 갖다주는데 그 방법은 별도로 정하겠다."는 말을 남겨놓고 송남수는 가까이에 있는 근민당 사무소로 가보기로 했다. 그들의 동태를 살피기 위해서였다.

근민당 사무실 앞에는 '인민군 근민당 원호사업위원회'란 간판이 붙어 있었다. 사무실에 들어서니 모두들 식사를 하고 있었다. 이상백·최근우·장건상·김성숙 등의 얼굴이 보였다.

이상백이

"송형 오래간만이오."

하고 반겼다. 보니 모두들 감자를 먹고 있었다.

"송군, 점심 어떻게 됐나?"

한 것은 장건상이었다.

"생각 있으면 하나 먹어보게."

하고 김성숙이 자리를 비켜주었다.

"좋습니다. 전 점심 먹었습니다."

해놓고 송남수가 물었다.

"백남운 씨는 안 나오셨소……."

"저어기."

하고 이상백이 턱으로 가리킨 곳은 위원장실이었다. 송남수는 그리로 갔다. 거기도 역시 점심식사 중이었다.

백남운이 송남수를 보자

"어어."

하고 젓가락을 쳐들었을 뿐이다. 백남운 바로 곁에 최성환이 있었고 건

너편에 낯 모르는 사람이 둘 있었는데 그 네 사람이 먹고 있는 것은 하얀 쌀밥이었다.
 송남수는 일순 이상하다는 생각을 했다. 같은 근민당원끼리 지위의 격차가 있는 것도 아닌데 그렇게 따로따로 점심을 먹고 있는 것도 이상했거니와 장건상・김성숙 같은 노인이 감자를 먹고 있는데, 백남운을 제외하곤 새파랗게 젊은 사람들이 쌀밥을 먹고 있다는 것이 이상했던 것이다.
 "어어."
했을 뿐 말없이 밥을 입 속으로 퍼넣고 있는 자리에 서 있기도 쑥스러워 송남수는 바깥방으로 나왔다.
 이상백이 송남수에게 그리로 오라고 손짓을 하며 옆에 있는 의자를 내밀었다. 그 의자에 송남수가 앉았다. 감자를 먹으라는 권이 있었지만 그는 사양했다.
 "하기야 소금도 없이 감자를 먹으려니까 굳이 권할 수도 없구만."
 이상백이 한 말이었다.
 "싱거운 꼴을 당하면 소금 없이 감자 먹는 꼴이란 말을 하지."
 김성숙의 응수였다.
 "소금이 없으면 물이라도 자주 마셔."
하고 장건상은 찬물을 마셨다.
 그런 광경을 지켜보고 있으려니, 새삼스럽게 우울할 것까진 없지만 무슨 얘길 꺼낼 기력이 나질 않았다.
 "원호사업 추진은 잘 되우?"
 최근우가 한 말이었다. 그의 말엔 빈정대는 투가 없지 않았다. 원래 공산당을 싫어하는 최근우였기 때문에 나름대로의 반발을 그렇게 표시

한 것일 거라고 짐작하고 송남수는 애매하게 웃기만 했다. 그 자리에 모인 사람들은 무관했지만 안쪽에서 식사를 하고 있는 사람들이 마음에 걸린 탓도 있었다.

이상백이 손을 툭툭 털고 일어섰다. 송남수도 따라 일어서며 살짝 그의 귀에 대고 속삭였다.

"내 사무실에 좀 들르시오."

그래놓고 송남수는 인사를 하는 둥 마는 둥 하고 바깥으로 나왔다. 이상백이 곧 뒤쫓아 나왔다.

"송형 사무실로 갈 게 아니라 성공회 뜰로 갑시다. 거긴 녹음도 있고 하니까요."

성공회의 뜰, 느티나무 그늘의 벤치에 앉아 이상백이 담배도 들어 있지 않은 파이프를 내어 입에 물었다. 캔버스 천의 하얀 상의의 목언저리에 때가 묻어 있는 것이 눈에 띄었다.

"댄디 이상백 씨도 별수가 없으시군요."

송남수가 농을 했다.

"내가 언제 댄디였던 때가 있었소?"

"아무래도 때 묻은 옷을 입고 다니지야 않았겠죠."

"그건 송형도 마찬가지 아뇨."

상백의 얼굴에도 쓸쓸한 웃음이 남았다.

"이 교수, 아니 이형, 아까 그 꼴이 뭐요."

"그 꼴이라니?"

"백남운 씨 일파는 쌀밥을 먹고 당신들은 감자를 먹고 있구."

"음, 그것."

하면서 피식 웃곤 이상백이 말했다.

"그들이야 북쪽에서 온 사람들 아뇨? 우리는 남한에서 미제의 종 노릇을 했고."

"그것 구분한 거요?"

"어느 사회이건 귀족과 천민은 있는 것 아니겠소? 귀족이 어찌 천민과 같이 식사를 하겠소. 어떻게 같은 것을 먹겠소."

"그거 백남운 씨 방침인가요?"

"백남운 씨 방침이 아니라 김일성의 방침이겠죠."

"그런 말 다른 데 가서 하면 믿어줄 사람이 없을 거라. 같은 근민당끼리 북쪽에서 온 사람은 쌀밥을 먹고 남쪽에 있었던 사람은 보리밥은커녕 소금도 없이 감자를 먹고 있더라. 더욱이 장건상 선생, 김성숙 선생 같은 일제 이래의 애국자들이……. 누가 믿기라도 하겠소? 근민당 모함하는 소리로 듣지."

"창피하니 어디에 가서라도 그런 말 하지 마소."

"글쎄 괜히 나만 거짓말쟁이 될 판인데 어딜 가서 그런 소릴 하겠소."

돌연 드높은 사이렌 소리가 들렸다. 경계경보였다. 경계경보, 공습경보 등엔 벌써 익숙한 터라 그냥 남아 얘기를 계속했다.

"헌데 송형, 성남 호텔에 가봤소?"

이상백이 물었다.

"가끔 가죠."

하고 송남수는 성남 호텔에 연금되어 있는 우울한 군상들을 눈앞에 그렸다.

성남 호텔은 다동에 있었다. 괴뢰군은 서울에 들어서자마자 서울을 탈출하지 못하고 있는 저명인사들을 색출해서 그들 나름대로 등급을 매겨, 상上에 속하는 사람들은 감옥이나 유치장에 처넣고, 중中과 하下

에 속한다고 판단되는 사람은 성남 호텔에 수용하고 있는 터였다. 그 성남 호텔에 수용되어 있는 사람은 대강 다음과 같다.

조소앙·원세훈·박순천·여운홍·최동오·박건웅·최능진·장건상·엄항섭·김학규 등 그 밖의 여럿이었다. 그런데 그 가운데서도 하下에 속한다고 간주되는 엄항섭·김학규·장건상 등은 수시로 드나들 수가 있었다. 물론 그들은 계속 감시를 받고 있어 바깥으로 드나든다고 해서 무슨 자유행동을 취할 수 있는 것은 아니었다.

괴뢰기관은 성남 호텔에 공작원을 파견하여 밤낮으로 세뇌작업을 했다. 세뇌가 되었다고 판단된 사람은 방송국에 끌어내어 방송을 시키기도 했다. 기민한 사람은 그 감시망을 뚫고 도망한 사람도 있었다. 박순천 여사 같은 사람이 도망친 사람 가운데 하나다.

머리 위로 매미 소리가 요란했다. 이상백은 멍청히 매미 소리를 듣고 있더니 이런 소릴 했다.

"이상한 일도 있지. 비행기가 날지 않으면 매미가 울거든. 그러니 매미가 울면 폭격이 없다고 판단할 수가 있어요. 대공경비는 매미 소리에 근거하면 훨씬 편리할 텐데."

"대학자 말치곤 깊이가 있습니다."

하며 빙그레 웃곤 송남수가 물었다.

"아까 성남 호텔을 들먹이던데 무슨 일이 있었소?"

"아닙니다. 그저."

이상백은 다시 어두운 표정이 되더니 뚜벅 말했다.

"뭔가 잘못 돼가고 있어."

12

 그야말로 날벼락 같은 것이 떨어졌다.
 괴뢰군의 군관이 부하를 몇을 데리고 삼청장으로 찾아와 일주일 안으로 집을 비우라고 통고해왔다.
 널찍한 대지와 현대식 건물, 거기다 한옥까지 곁들인 삼청장에 그들이 눈독을 들이지 않을 까닭이 없다는 것은 뒤에 해본 짐작이고 그땐 정말 맑은 하늘의 벼락 같은 느낌이었다.
 "그럼 우리는 어디로 가야 하나요?"
 김규식의 부인 김 여사가 어름어름 물었을 때, 군관은
 "우리가 그걸 어떻게 알겠시오."
하는 섬뜩한 말을 남겼다.
 "이대로 당하고만 있을 수 있습니까. 인민위원횐가 뭔가에 항의를 하든 진정을 하든 해야 되지 않겠습니까?"
 소식을 듣고 달려온 민규식이 당황해서 한 말이었다.
 "소용없소. 보따리를 싸야지. 민 사장에겐 여간 폐가 되지 않았구려."
 김규식이 침통하게 말했다.
 "평생을 모시고자 했는데. 앞으로 어떻게 될지 정말 불안합니다."
 민규식의 눈에서 눈물이 쏟아졌다.
 "캠브리지 대학 출신의 신사가 눈물을 흘리는 법이 있소?"
 김규식은 애써 웃음을 띠려고 했다. 캠브리지란 말이 튀어나오는 바람에 민규식이 정신을 차린 모양이었다.
 "어떻게 사느냐도 물론 중요하지만 어떻게 죽느냐도 이에 못지않게 중요한 일이오. 민 사장도 각오를 튼튼히 하시오."

김규식의 차분한 말이었다.

송남수는 그들관 떨어져 창가에 기대서서 바로 눈 아래 화단에 만발해 있는 칸나를 바라보았다. 핏물에 담갔다가 꺼내놓은 것 같은 그 짙은 빨간 빛에, 와락 구토증을 일으켰다.

'이만큼 내가 쇠약해 있구나.'

송남수는 그늘진 곳을 찾아 의자에 앉았다.

"죽을 각오를 하면 그만야."

하는 김규식의 소리가 들렸다.

송남수는 요즘 갑자기 김규식의 입에서 '죽음'이란 단어가 빈도를 더해가고 있다는 것을 새삼스럽게 깨닫고 '우사의 인생이 이대로 종막을 고한다면 비극이다.' 하는 감상에 젖었다.

어떻게 죽느냐가 문제라고 하지만 지금 국토 가득히 사람의 목숨이 파리 목숨처럼 되어 있는 판국에 어떻게 죽느냐가 과연 큰 문제로 될 수 있을까. 거리에 뒹굴어 썩고 있는 누누한 시체 가운데를 걷는 마당에 어떻게 죽느냐 하는 것이 그다지 중요한 일일까. 죽음이 공기처럼 미만해 있는 지옥 같은 나날을 살면서 죽음을 각오한다는 것은 뻔뻔스러운 것이 아닐까. 차라리 '나는 죽지 않겠다.'고 발버둥이라도 치는 것이 보다 인간적이지 않을까.

송남수는 어느새 레지스탕스란 걸 생각하고 있었다. 독일군이 점령한 파리의 이곳저곳엔 부단히 시민들의 레지스탕스가 있었다는 기록을 읽은 기억이 났다. 똑바로 말하면 지금의 이 서울이야말로 레지스탕스가 있음직한 도시가 아닌가. 파리를 점령한 독일군은 그래도 그들에게 항거하지 않는 사람들에겐 손을 대지 않았다. 그런데 북쪽에서 밀고들어온 놈들은 무력한 노인들의 자유마저 속박하려고 들고, 반항하지도 않는 시민을 투옥하고 고문하여 은밀히 죽이기도 하고 인민재판의 이름을 빌려 공공연하게 죽이기도 한다.

'이렇게 속수무책으로 앉아서 죽는 것보다 레지스트하다가 죽는 편이 훨씬 현명한 노릇이 아닐까.'

송남수는 그 방법을 구상하는 마음으로 되었다. 로푸심이라고 하는 이동식의 친구 이름과 모습이 뇌리를 스쳤다.

'조직이 안 되면 나 하나만이라도……'

송남수는 김규식 박사가 가지고 있는 호신용 권총이 생각났다. 확실한 무슨 계획이 선 것도 아니었지만 그 권총을 자기가 가져야겠다고 생각하고 아래층 김 여사 방으로 갔다.

송남수는 감시병 둘이 뜰에 있는 것을 확인했다.

"사모님, 우사 선생님의 권총 있죠?"

나직이 물었다.

"권총은 왜요?"

김 여사의 얼굴에 놀라는 빛이 돌았다.

"앞으로 무슨 일이 닥칠지 모르니 제가 가지고 있을려구요."

김 여사는 생각하는 빛이 되었다. 그리고 단호히 말했다.

"안 돼, 안 돼요."

"맞아죽긴 해도 죽이진 말라는 겁니까? 앉아서 죽음을 기다려야 한단 말입니까?"

"아무튼 신중해야 하오, 송 선생."

"놈들은 우사 선생이라고 해서 특별취급하지 않겠다는 의사표시를 해온 겁니다. 며칠 전의 벽보, 또 오늘의 불손한 통고, 실제로 목이 졸려들고 있지 않습니까. 얼마 안 가 엄청난 일이 터지고 말 겁니다. 그러니 나만이라도 각오를 해둬야 하겠습니다."

"각오도 좋구, 무슨 일이 있어도 좋아요. 그러나 권총 한 자루 갖고 해결될 문제는 아니지 않소."

"당장 어떻게 하겠다는 건 아닙니다. 그 권총을 제가 갖고 있고 싶다는 것뿐입니다."

김 여사는 시선을 창밖으로 돌리고 있었다. 뜰엔 7월의 태양이 넘쳐 있고 하늘은 허허하게도 맑았다.

김 여사는 혼잣말처럼 중얼거렸다.

"송 선생의 마음을 어찌 내가 모르겠수? 난 잘 아우. 그러나 권총 얘기는 꺼내지 말아요. 생각하지도 말구요. 그 권총을 없애버린 지 꽤 오래 되우……"

일주일 후 김규식과 그 가족, 수원들은 계동으로 옮겼다. 그럭저럭 4년 동안을 정붙여온 집을 떠난다는 것은 참기 어려운 고통이었다. 김규식은 그 집을 나서자 뒤도 돌아보지 않았다.

김규식이 이사 간 집은 의학박사 감제룡 씨 집의 아래채였다. 그러나 거기서는 오래 있지 못했다. 다시 원서동, 어떤 개성 출신의 상인 집으로 옮겼다. 지금 럭키 재벌의 총수가 살고 있는 집터에 있던 집이다.

7월 10일은 일요일이었다.

아침엔 구름이 끼어 비가 내릴 듯하더니 오후부터 햇살이 나타났다. 무척이나 무더웠다.

송남수는 혼자 비원 뒷길을 걸었다. 비원 바로 뒤에 있는 숲 속에서 낮잠이나 잘까 해서다. 며칠 전 우연히 발견한 곳이다.

그 은신처에 가까이 갔을 때였다. 하늘을 진동시키는 듯한 굉음이 서울역 쪽에서 일어났다. 동시에 새까만 구름이 그 일대를 덮었다. 무시무시한 폭격이었다. 괴뢰군이 아무리 전진을 서두르고 있다고 해도 저런 폭격이 무진장으로 가해진다면 김일성의 야욕은 달성되지 못하리란 짐작이 갔다.

사방이 가려져 누구에게도 발각되지 않을 곳이라고 생각하고 상의를 벗어 깔고 벌렁 누워 있는데

"송 선생 아닙니까?"

하는 소리가 있었다. 송남수는 소스라치게 놀라 벌떡 일어났다.

"접니다."

하고 나타난 것은 김영달이었다. 외무부 통상국 교역과장으로 있던 사람이다.

"이거 어떻게 된 일이오."

송남수는 손을 뻗어 그와 악수를 하고 그를 옆에 앉혔다.

김영달은 밤이면 이집 저집으로 옮겨가며 자고, 낮엔 주로 산속에서 시낸다면서도 진황은 정확하게 파악하고 있는 모양이었다.

"어제 금강의 방어선이 무너진 모양입니다."

김영달의 말이었다.

"그럼 대전을 점령했다는 말은 거짓말이었군."

"그럼요. 오늘 현재 정부는 아직 대전에 있는 걸요."

"하여간 어떻게 될까?"

송남수가 물었다.

김영달은 주위를 살펴보더니 목소리를 낮추었다.

"현재의 전황이 어떻게 되든 이북의 기도는 달성되지 못할 겁니다. 그젯밤 단파短波를 들었습니다만 미국은 한국을 구제하기 위해 국력을

다하겠다는 의견을 표명했습니다. 중공을 유엔에 참가시키려고 하던 영국조차 미국의 한국제일주의정책에 동조하겠다는 의사를 밝혔으니까요. 세계 각국에서 머잖아 증원군이 들이닥칠 것이고 미군의 폭격은 가일층 치열해질 테니……."

"헌데 그동안을 어떻게 살아남지?"

"그게 걱정입니다. 전황이 놈들에게 조금이라도 불리하게 되면 무슨 수를 쓸지 알 수 없으니까요. 송 선생은 어떻게 지내고 있습니까?"

송남수는 대강의 설명을 했다. 그랬더니 김영달이 깜짝 놀랐다.

"안 됩니다. 송 선생, 이만할 때 피신을 하십시오. 전황이 조금만 나빠져도 놈들은 송 선생 같은 사람을 그냥 두지 않을 겁니다."

"김규식 박사를 두고 나 혼자 행동할 순 없어."

"그렇긴 하지만 조심을 하셔야죠."

김영달이 일어서며

"가끔 여기서 만납시다. 중대한 정보가 있을지도 모르니까요."

하는 말을 남겨놓고 숲 속으로 사라져버렸다. 그는 은신만을 하고 있는 것이 아니라 나름대로 무슨 일을 하고 있는 것이란 짐작이 들었다. 산속 어디에 무전기를 숨겨놓고 한국정부에 연락을 하는 그런 일을 하는 사람으로 송남수는 판단했다.

해질 무렵 송남수는 일단 원서동에 들렀다가 오랜만에 청운동 거처로 가보았다. 텅 빈 집에 한참을 앉아 있다가 엄항섭의 집으로 갔다. 문은 굳게 잠겨 있고 인기척은 없었다.

'이 사람 성남 호텔에 있나?' 하는 생각으로 되돌아서려고 하는데 사람의 기척이 있었다. 어둠 속이었지만 그건 노동복 차림을 한 엄항섭이었다.

"엄형, 이거 어떻게 된 일이오?"

"들어가서 얘기합시다."

엄항섭은 기진맥진한 투로 겨우 말했다.

집으로 들어간 엄항섭은 수도꼭지를 틀어놓고 냉수를 마시고 몸 전체에 물을 퍼붓고 나더니 털썩 마루에 주저앉았다.

"어떻게 된 일이오?"

송남수가 다시 물었다. 대답 대신 엄항섭은

"송형에겐 별일 없었수?"

하고 되물었다. 별일 없다고 하니까 엄항섭이 중얼거렸다.

"그럼 우리 한독당에게만 가혹하게 구는가?"

"도대체 무슨 일인데요?"

"말 마슈. 매일 폭격당한 곳의 뒷처리를 하는데, 날씨는 덥지 배는 고프지 어디 중노동을 해봤어야지……."

차근차근 들어본 결과 엄항섭은 일전 폭격당한 용산의 미군 탄약고 뒷정리를 하고 있다는 것이었다. 쓸 만한 물건을 모으고, 탄피를 모으기도 하고, 패인 곳을 메우고 하는 일인데, 아침 여덟 시에 작업을 시작해선 점심때 보리밥 한덩이 주고 밤 일곱 시까지 일을 시킨다고 했다.

"아프다고 누워 있을 수도 없어. 며칠 전 우리 당원인 박군이 아프다고 나오지 않았더니 아픈 사람은 병원으로 가야 한다면서 데리고 갔는데, 들으니 국립도서관 지하창고에 가두어버렸대요."

전 한독당 선전부장, 전 김구 주석 비서실장 엄항섭은 흐느끼듯 넋두리를 했다. 위로의 말도 나오질 않았다.

"그래 내일 아침에도 나가야 되우?"

송남수는 겨우 이렇게 물었다.

"나가야죠. 하루라도 연명을 할려면."
엄항섭의 말투는 처량했다.
"그럼 피신이라도 해보시지."
송남수는 말을 낮추어 속삭였다.
"피신? 언제까지? 어디로? 감시의 눈이 사방에 있어요. 공기 속에도 감시의 눈이 미립자처럼 깔려 있는 걸. 옴짝달싹 못해요."
"식사는 했소?"
"보리밥 한덩이 먹었소."
모기가 덤벼들었다. 모기를 쫓느라고 자기가 자기의 뺨을 계속 쳐야 할 판이었다.
"담배라도 실컷 피워봤으면 좋겠다."
뒤로 벌렁 드러누우며 엄항섭이 한 말이었다.
"담배? 내일 내가 조금 구해다 드리지."
송남수는 김규식이 피우고 있는 엽연초라도 얻어다 줄 생각을 했던 것이다.
"그러나저러나 송형은 운이 좋소. 그렇게 자유롭게 행동할 수 있으니."
엄항섭의 말투엔 부러움이 서려 있었다.
"자유? 말 마시오. 나도 죽을 지경이오."
송남수가 한숨을 쉬었다.
"송형이 그 정도라도 행세하고 있는 것은 우사 선생이 살아 있는 덕택이오. 놈들도 우사 선생에겐 최소한도로나마 대접을 하고 있는 거요."
"그런 걸까요?"
"그런 거요. 만일 우사 선생이 없어보우. 송형도 내 꼴이 됐을 거요. 그러나 우사 선생에 대한 대접이 언제까지 계속될지."

"차츰 달라져가고 있소."

하고 송남수는 김규식이 삼청동에서 계동으로, 계동에서 원서동으로 옮긴 얘기를 했다.

"아아, 이처럼 무서운 놈들인진 몰랐어. 송형, 그만할 때 조심하슈. 무슨 일이 닥칠지……. 경우가 있어야 예측이라도 해보지."

하고 엄항섭은 자기 뺨을 힘껏 쳤다. 모기가 물었던 모양이다. 어디서인지 노랫소리가 울려오고 있었다. 이른바 김일성 장군의 노래라는 것이었다. 가련한 건 백성이란 생각이 들자 슬펐다.

'저 노래를 부르고 있는 입은 기왕 일본놈의 애국행진곡을 부르던 입이다!'

엄항섭이 벌떡 일어나 뱉듯이 말했다.

"저 노래만 들으면 밸이 틀어져. 두드러기가 날 판이야."

그 이튿날.

송남수는 조선통신의 사회부 기자였던 유중열이 위독하다는 소식을 들었다. 그는 폐병으로 누워 있었다. 한동안 송남수는 매일 그에게 가서 영양제 주사를 놔주기도 했었다. 사변 이래 통 들르지 못했는데 위독하다는 소식을 들은 것이다.

송남수는 만사를 제쳐하고라도 그 집으로 달려가지 않을 수 없었다. 유중열의 집은 동아일보사 뒤편에서 100미터쯤 상거인 무교동 골목 안에 있었다.

유중열은 거미처럼 여윈 몸으로 숨도 제대로 쉬지 못하고 있었으나 송남수를 보자 반가워 어쩔 줄을 몰랐다.

"송형 못 보고 죽는 줄 알았더니……. 이제 죽어도 여한은 없어."

하고 누운 채로 눈물을 흘렸다.

'생대 같은 사람이 시체가 되어 거리에 뒹굴어 썩어가는 판인데 자넨 방 안에서 죽으니 얼마나 행복한가. 지금은 죽음이란 게 슬픈 일도 아니다.' 하는 말이 입 안에서 맴돌았지만 차마 그렇게 할 수가 없어, 뜻을 이루지 못한 소리를 중얼거리며 송남수는 우두커니 유중열을 들여다보고 있다가 일어서며 다음과 같이 말했다.

"조금만 더 견디시오, 유형! 당신만이 유일하게 살아남은 자가 될지도 모르오. 우리 친구들 가운데서 말이오."

유중열은 그 말뜻을 알았다는 듯이 쓸쓸하게 웃었다.

송남수가 유중열의 집을 나와 좁은 골목길을 걸어 넓은 길에 나섰을 때였다. 옆구리를 쿡 찌르는 것이 있었다. 무언가 했더니 그것은 권총이었고 권총을 들이대고 있는 건 캡을 쓴 사나이였다. 카키색의 허름한 차림이었는데 흰 가죽구두만이 어울리지 않게 새로웠다. 위급할 때 그런 것이 눈에 띈다는 게 이상하다는 느낌마저 들었다.

"손을 머리 위에 얹어."

캡을 쓴 사나이의 말이었다. 평안도 사투리는 아니었다. 시키는 대로 송남수는 머리 위에 손을 얹었다.

"앞으로 바로 걸어."

송남수는 방향을 광화문 비각 쪽으로 잡고 있었으므로 그대로 걸었다. 그리 많지도 않은 행인들이 머리에 손을 얹고 걸어가고 있는 송남수를 힐끔힐끔 보았다. 공포감보다는 이렇게 어설픈 짓을 하지 않고 좋게 가자고 해도 같이 갈 텐데 왜 이러나, 하는 민망한 생각이 들었다.

"빨리 걸엇!"

하고 권총 꼭지를 등에 들이대는 것을 보면 사나이는 계속 권총을 빼들고 있는 모양이었다.

 종로 1가에 나왔다. 앰뷸런스가 대기하고 있었다. 그리로 들어가라고 했다. 앰뷸런스엔 의자가 없고 바닥에 가마니가 깔려 있었다. 송남수는 그 위에 앉았다. 캡을 쓴 사나이도 따라 들어와서 권총을 겨눈 채 옆에 앉았다.

 머리 위에 얹은 손을 내리려고 하자

 "그대로 있어."

하고 사나이는 고함을 질렀다. 땀방울이 눈으로 흘러들어 눈을 뜨고 있을 수가 없었다.

 앰뷸런스가 멈춘 곳은 중부경찰서 앞이었다. 송남수는 여전히 손을 머리에 얹은 채 경찰서로 들어갔다. 서장실로 끌고가더니 그제야 손을 내리라고 했다. 캡을 쓴 사나이의 용무는 거기까지 송남수를 데려다놓는 일인가 보았다. 묻는 사람도 상대하는 사람도 없이 한 시간 동안 송남수는 서장실 한구석의 의자에 앉아 있었다. 그러고는 또 다른 사람, 그들의 말로 치면 내무서원이라고 하는 정복을 한 사나이가 나타나 일어서라고 했다. 유치장으로 가나보다 했더니 그게 아니고 밖으로 데리고 나왔다. 거기서 걸어 300미터쯤의 거리에 있는 어느 적산가옥의 2층으로 끌려갔다.

 "거기 앉아."

하고 턱으로 가리킨 그는 노동복을 입고 방 안인데도 캡을 쓰고 있었는데 책상을 사이에 두고 그 정면에 놓인 의자에 앉으라는 것이었다.

 송남수가 앉자, 사나이는 책상서랍을 열더니 모젤 3호 권총을 꺼내 찰카닥 장전을 하곤 그것을 책상 위에 놓았다.

 "여기서 살아나갈 작정이면 바른대로 말해."

사나이의 눈은 매섭게 이글거렸다.

이상하게도 송남수는 당황하는 감정도 겁을 먹는 마음도 없었다. 눈앞의 사나이가 아무래도 어디서 본 적이, 그것도 한 번 두 번 본 것이 아닌 것 같아서 어디에서 봤던가, 하고 그걸 기억 속에서 찾아내려고 애쓰고 있었다.

"이름은 송남수지?"

"그렇습니다."

"유중열을 잘 아나?"

"잘 압니다."

"오늘 거긴 뭣하러 갔지?"

"그 사람이 병상에 있어서 병문안 갔습니다."

"지금이 어느 때인지 아나?"

"……."

"지금은 전체 인민이 모든 힘을 집결해서 조국전쟁을 벌이고 있는 때인데 한가하게 병문안을 다녀?"

하고 어이가 없다는 듯 혀를 쳇 하고 찰 때 비로소 송남수의 기억이 되살아났다.

그 사나이는 지난 4, 5월경 송남수가 명동에 있는 백룡이란 다방에 자주 드나들 때 몇 번인가 본 얼굴이었다. 언제나 기름독에 빠졌다가 나온 사람처럼 머리에 기름칠을 하고 최신 유행의 양복을 쭉 빼입고 파이프를 물곤 버텨 있어서 그 다방에 드나드는 사람들 가운데선 '마카오 신사'로 통하고 있었던 것이다.

'그자가 저런.' 하는 생각과 더불어 세상은 요지경 속이라고 내심으로 쓴웃음을 웃으려는 참인데 책상을 탕 치며 그 사나이가 고함을 질렀다.

"유중열과 그렇게 친하다면 백순성이 있는 곳을 알겠지."
"모릅니다."
백순성은 유중열이 근무하고 있던 조선통신사의 사장이었다.
"뭐라구? 배때기에 바람 구멍이 나기 전에 순순히 불라우."
"정말 난 모릅니다."
하며 송남수는 비로소 자기가 붙들려온 내력을 알 것 같았다.
백순성은 개성 사람으로서 개성극장을 경영하고 있기도 했다. 그리고 개성에선 손꼽히는 우익계 인사였다. 지금 눈앞에 있는 사나이는 개성 출신의 좌익일 것이었다. 백순성을 잡으려고 유중열의 집 부근에 그물을 깔아놓았다. 유중열을 아는 사람이면 백순성을 알 것이고, 그렇다면 혹시 그가 잠적한 곳을 알 것이 아닌가, 하는 속셈으로 자기를 잡아 온 것일 거라고 송남수는 추측했던 것이다.
사나이는 책상 위에 놓인 권총을 집어들어 송남수를 향해 겨누며 방아쇠에 손가락을 걸었다.
"바른대로 말햇, 백순성은 어디에 있지?"

13

"바른대로 말해서 나는 모르겠소."
송남수는 침착하게 말했다.
"흥, 이 녀석 죽을려고 환장한 놈이로구나."
하고 전 마카오 신사는 권총을 내려놓고 턱으로 무슨 신호를 했다.
거의 동시에 억센 팔이 송남수의 어깨를 짚는 듯하더니 송남수는 마룻바닥에 뒹굴었다. 졸지에 당한 일이라 저항을 할 엄두도 나지 않았다. 그저 뒹군 채 있었다.

한 놈이 송남수의 어깨를 걷어찼다. 몹시 아팠다. 그러자 한 놈이 그의 머리채를 잡아 일으켜 앉히더니

"무릎을 꿇엇!"

하고 호통을 쳤다. '죽어도 무릎을 꿇지 않겠다!'고 다짐을 하며 앉은 자세대로 있었다.

"이 녀석이."

하고 또 한 놈이 옆구리를 찼다. 이어 막대기로 어깨를 치는 놈이 있었다. 송남수는 다시 마룻바닥에 뒹굴었다.

"바른대로 말해. 백순성이 있는 곳을 대란 말이다."

전 마카오 신사는 되풀이했다.

송남수는 대답하지 않았다. 눈을 감아버렸다.

차고 치고 하는 동작이 거듭되었다. 아픔에 잇따른 고함이 터져나오려고 했으나 입을 악물었다.

'이 원수놈들 앞에서 비명을 지를 순 없다.'

송남수는 비로소 자기의 적이 무엇인가를 알았다. 그는 여태껏 이승만과 그 일당을 적이라고 생각해왔다. 그리고 공산당은 스스로 입당할 의사까진 없었지만 막연히 장차 동맹관계를 맺을 수 있을 것이라고 생각해온 터였는데 그들의 입경入京과 더불어 그 생각은 무너져갔다. 그랬던 것이 이제는 '공산당이야말로 나의 적'이란 관념으로 굳어진 것이다.

"꽤 고집이 센 모양인데 어디 두고 보자."

전 마카오 신사가 또 무슨 신호를 하는 것 같았다.

한 놈이 길다란 각목을 들고 오더니 그것을 송남수의 정강이와 허벅다리 사이에 끼우곤 어깨를 눌렀다. 살점이 우드득 떨어져 나가고 뼈가

바스락 하는 느낌이었다. 그러니 아픔은 극도에 다다랐다. 그러나 송남수는 얼굴을 찌푸렸을 뿐 비명은 꿀꺽 삼켰다.

'네놈들이 나를 죽일 순 있어도 나를 굴복시키진 못할 것이다.' 하고 그는 이를 뿌드득 갈았다.

"백순성이 있는 곳을 말하면 될 것 아닌가. 그자가 뭐 그렇게 대단하다고 이 꼴을 당하구 있어."

언제 들어와 있었던지 다른 사람이 눈앞에 서서 부드럽게 말했다.

"모르는 것을 어떻게 말해요. 나는 그의 숨은 곳을 알 만큼 그와 친한 사이도 아니오."

부드러운 말엔 부드럽게 대할 수밖에 없었다. 그 사나이와 마카오 신사 사이에 귀엣말이 오가는 것 같더니 마카오 신사의 말이 있었다.

"일어서요."

송남수는 곧 일어설 수가 없었다. 그러나 기를 쓰고 일어섰다. 그리고 내준 의자에 앉았다. 담배를 피우라고 내밀었지만 거절했다.

"가도 좋소."

하고 마카오 신사가 등을 돌렸다.

송남수는 엉금엉금 걸어 밖으로 나왔다. 7월의 태양이 눈에 부셨다. 행길로 나와 플라타너스의 그늘에 기대서서 태양이 깔린 거리를 멍청히 바라보았다. 불과 두 시간 남짓한 동안의 일이 한평생을 산 일처럼 느껴졌다.

'어떻게 그처럼 사람들이 잔인할 수가 있을까.'

'어떻게 그처럼 지각 없이 굴 수가 있을까.'

'어디서 사람을 함부로 고문할 수 있는 권능을 얻어온 것일까.'

플라타너스에 기대서서 한시름 돌린 송남수는 멍청한 눈을 뜨고 어슬렁어슬렁 걷기 시작했다. 각목의 아픔이 좀처럼 가셔지지 않았다.

목이 타는 듯 말랐다. 그러나 가게문이 굳게 닫혀 있는 거리에선 물 한모금 얻어 마실 곳이란 없었다. 여름의 햇빛이 내리쬐는데 물 한방울 찾아볼 수 없는 거리란 황량한 사막보다도 황량했다.

송남수는 옛날 어느 여름에 중국 남경의 거리를 걸을 적을 회상했다. 가게 앞마당에 끓인 찻물을 가득 채워둔 항아리가 있었다. 항아리는 얌전하게 나무뚜껑으로 덮여 있었는데 그 뚜껑 위엔 쪽박과 찻잔이 놓여 있었다. 목마른 사람이면 누구나 그 항아리를 열고 찻물을 마실 수 있게 되어 있었다. 그것은 행길에 면한 쪽에 가게를 차려놓은 사람들의, 이를테면 시민들에게 대한 호의였던 것이다.

호의로 점철되어 있던 그 거리와, 악의와 공포로 가득차 있는 이 거리와……. 송남수는 진정 슬펐다. 자기가 이제 막 고통을 당했대서가 아니라 이 도시에 미만해 있는 불행이 슬펐다.

안국동 입구까지 왔을 때 저편에서 걸어내려오는 사람이 있었다. 낯이 익은 사람인 것 같아서 잠깐 쉬기도 할 겸 가로수 그늘에 서버렸는데 다가온 사람은 안영달이었다. 섬뜩했다.

안영달은 남로당 가운데서도 극열하다는 소문이 나 있는 자였다. 그는 가는 모시의 노타이 셔츠 위에 베이지 색 양복을 입은 깡마른 체구다. 그러나 얼굴엔 화색이 있었다. 자기 세상을 만났다는 그런 표정이기도 했다.

"송형, 이거 얼마 만이오."

카랑한 경상도 사투리로 안영달이 먼저 인사를 했다.

"안형, 참 오래간만입니다."

하고 송남수도 인사를 차렸다.

"남북협상 문제가 났을 때 만나보곤 처음 아닙니까."

하며 안영달은 수행원으로 보이는 세 청년에게 먼저 가라고 손짓을 했다. 그들은 안영달에겐 약간 머리를 숙이고 송남수에겐 어색한 곁눈질을 하곤 멀어져갔다.

"남북협상, 그렇죠, 그때 만나구……."

송남수는 애매하게 맞장구를 쳤다.

'남북협상! 전설과도 같은 얘기다.'

송남수는 가슴이 무거워졌다.

빨리 헤어졌으면 하는데 안영달은 버티어 선 채 담배를 꺼내 물고 라이터로 불을 붙였다. 정교하게 만들어진 꽤 사치스런 라이터였다. 노동자 농민의 지도자로 자처하는 사람에겐 어울리지 않는 물건이란 생각이 들었다.

아까의 청년들이 멀어져간 거리를 가늠하고 있었던 모양으로 안영달이 입을 열었다.

"송형, 우리 손잡고 같이 일을 합시다."

"나도 놀고 있는 건 아닌데요."

송남수는 어름어름 대답을 했다.

"물론 놀고 있진 않겠죠. 허나 그보다 더 의의 있는 일을 하잔 말입니다."

안영달은 이렇게 서두를 하고 김규식 박사를 앞장 세워 성남 호텔에 모인 사람들을 규합해서 미제국주의를 통박하는 성명서를 내자고 했다.

"우사 선생은 지금 병환 중이십니다."

송남수는 단호하게 말했다.

"병환이시면 또 어떻습니까. 그 뜻을 받들어 송형이 작성을 하면 될 게 아니오. 그 사람들이 미제를 비난하는 성명서를 내기만 하면 1개사단의 병력만큼의 위력이 있을 것 아니겠소."

안영달의 능글능글한 말에 송남수는 와락 구토증을 느꼈다.

"그렇게만 하면 송형의 공적으로 높이 평가하도록 내가 당에 반영을 시키겠소. 어때요, 송형!"

송남수는 속으로 웃었다. 안영달이 그런 수단으로써 자기의 공적을 만들려고 하는 것이라고 짐작할 수 있었기 때문이다. 송남수는 안영달의 말엔 대답하지 않고 물었다.

"참, 지금 안형은 뭣을 하고 있소?"

"경기도 인민위원회에서 일하고 있소."

"경기도 인민위원회라면……."

"위원장 직을 맡아 있소."

"출세하셨군요."

빈정대는 투가 아니게 송남수가 말했다. 도 인민위원장이면 공산정권에선 큰 감투인 것이다.

"출세가 다 뭐요."

안영달은 아무렇지도 않게 말하고 아까의 제안으로 말을 돌렸다.

"아마 불가능할 것이오."

송남수는 잘라 말했다.

"왜, 어째서 불가능하단 말입니까."

안영달이 쌀쌀하게 태도를 바꾸었다.

"생각해보시오. 우사 선생이 그런 성명서를 내실 분 같소?"

"미제국주의를 통박하는 성명을 어째서 못 낸단 말이오. 지금 우리 인민군의 진격을 방해하고 있는 건 놈들 아니오? 인민들이 살고 있는 도시에 마구 폭탄을 퍼붓고 있는 건 놈들 아뇨? 말하자면 인민의 적 아뇨? 민족의 적 아뇨? 조국의 적 아뇨? 그러한 적을 통박하는 성명을 못 낼 까닭이 없지 않소. 나는 우사 선생을 그런 비애국자론 생각하지 않는데요."

안영달이 이렇게 열변을 토하고 송남수를 노려보며 대답을 기다렸다.

"미국을 통박하기에 앞서 빨리 평화를 되찾아야 할 게 아니오."

"미국놈만 없으면 벌써 평화가 왔을 거요. 그러니까 미국놈들이 손을 떼도록 국제사회에 호소해야 할 것 아뇨. 허기야 미국놈들이 아무리 버텨봤자 한 달을 넘기지 못할 것이지만."

"성명서를 낸다고 미국이 손을 떼겠소?"

"명분을 밝히는 효과는 있겠죠. 성명서는 먼저 유엔으로 갈 테니까."

"내가 틈을 봐서 우사 선생께 말씀드려보겠소."

송남수는 귀찮아서 이렇게 말해버린 것인데 이 때문에 일이 더욱 까다롭게 되었다.

"틈을 봐서가 아니라, 곧 빨리 서둘러야 합니다. 한 달만 있으면 미국놈들이 바다로 밀려들어갈 판인데 늦으면 모처럼의 공적이 허사가 되잖소."

하더니 안영달은 송남수에게 자기의 사무실로 가자고 했다. 그럴 틈이 없다니까 두리번거리더니 대문이 열려 있는 집을 가리키며

"저리로 갑시다."

하고 송남수를 끌었다.

송남수는 바쁜 일이 있다며 거절했으나 안영달은 막무가내였다.

"이런 일은 빨리 서둘러야 합니다. 20분이면 되니까 저리로 갑시다."

송남수는 하는 수 없이 그 뒤를 따라갔다. 불쾌하기 짝이 없었지만 경기도 인민위원장의 비위를 거스르면 무슨 화가 닥칠지 모른다는 생각이 앞섰기 때문이다. 더욱이 안영달의 성격은 용렬하기 짝이 없는 것이다.

안영달은 남의 집 대문을 밀고 들어서더니 다짜고짜

"시원한 방 좀 빌립시다."

하고 고함을 질렀다.

송남수에겐 무인의 집처럼 보였는데 부엌 쪽에서 할머니가 나타나더니 멍청히 두 사람을 바라보았다.

"방 좀 잠깐 빌려주시오."

안영달이 말했으나 할머니는 무슨 소린지 납득할 수 없다는 표정이었다.

"귀먹은 모양이구만."

하고 안영달은 청마루에 걸터앉았다. 그리고 송남수더러 앉으라고 했다. 엉거주춤 송남수는 안영달과 나란히 앉았다. 안영달은 연필과 수첩을 꺼내들더니 성명서의 내용을 설명하며 메모하기 시작했다.

"첫째, 미군은 남반부를 강점한 이래 줄곧 반동들과 결탁해서 인민을 탄압했다는 사실을 밝혀야 할 것입니다. 둘째, 미국은 남반부에 괴뢰 단독정부를 조작한 후 계속 38선을 침범하는 만행을 거듭해서 긴장을 조장했다는 사실을 밝혀야 합니다. 셋째론 이것이 가장 중요한 대목인데, 남반부의 국방군을 충동해서 북반부를 점령할려고 이번의 사변을 도발했다는 사실을 명백히 해야 합니다. 그래서 우리의 영용한 지도자 김일성 원수께서 반격 명령을 내린 것이다, 이렇게 쓰고, 그러니 미국은 한시바삐 철군하여 조선 반도를 조선의 인민들에게 돌려줘야 한다고 주장하는 겁니다. 알았죠?"

송남수는 어이가 없었다. 다른 것은 고사하고 이번의 전쟁을 미국의 충동을 받고 대한민국이 일으켰다고 해야 한다는 덴 놀라지 않을 수 없었다. 그래서

"송형, 그럼 되겠죠?"

하고 안영달이 되물었을 때

"성명서를 낸다고 하면 진실을 밝혀야 하지 않겠소."

하고 말해보았다.

"진실 아닌 게 어딨소. 내가 한 말 그대로가 아닙니까?"

안영달이 정색을 했다.

"내가 알기론, 아니 서울에 있는 모든 사람들이 알기론 이번 전쟁의 시작은 북쪽에서 한 짓입니다. 그런데 어떻게······."

안영달은 송남수의 말을 중간에서 막아버리더니

"송형도 참 딱하오. 어찌 나무만 보고 숲은 볼 줄 모르오. 이번의 사건은 6월 25일에 시작된 것이 아니라 1948년의 5월에 시작된 거요. 미국이 남반부에서의 단독선거를 지시했을 때 시작된 거란 말요. 그 후의 일을 쭉 보시오. 미군은 한국군을 무장시켰죠? 그 목적이 어디에 있었겠소. 북반부를 칠려는 데 있지 않았겠소? 그리고 38선에서 무력충돌이 몇 번 있었는지 아시오? 무려 400번이 넘습니다. 그게 전부 미군의 충동에 의한 것이었소. 북반부는 견디다 못해 철저한 대비를 한 거요. 그런데 이번에 또 그런 도발이 있었단 말요. 하는 수 없이 반격을 한 거요. 다신 그런 일이 없도록 하기 위해서 철저하고 장기적인 반격을 한 거란 말이오······."

송남수는 안영달의 말을 귀담아듣지 않았다. 들을 필요도 없었다. 당

에서 만들어놓은 문안대로 녹음기처럼 외우고 있는 말엔 이미 식상해 있었던 것이다.

그러나 송남수는 안영달의 말을 납득하는 척했다. 그러지 않고선 놓아주질 않을 것 같아서였다.

"그럼 됐소."

하고 안영달이 일어서며 메모를 건네며 덧붙였다.

"그대로 문장을 하나 만들어보소."

그 집 문을 나서면서

"송형, 그 일만 잘해보이소. 송형의 입장은 훨씬 나아질 것이오. 김규식 씨에 대한 대접도 달라질 거고……."

하고 제법 생색을 냈다. 헤어질 땐

"내일이라도 문장이 다 되거든 경기도 인민위원회로 나를 찾으시오."

하는 말을 잊지 않았다.

송남수는 안영달의 모습이 보이지 않는 지점까지 와서 아까의 그 메모를 꺼내 갈갈이 찢어 길바닥에 버리곤 발로 밟았다. 비굴했던 스스로에 대한 혐오가 일시에 일었다. 동시에 눈물이 와락 솟았다. 송남수는 김규식 선생이 있는 원서동으로 가려다가 말고 발길을 청운동 집으로 돌렸다. 어쭙잖은 꼴을 보이기도 싫었거니와 누워서 쉬어야 했기 때문이다.

집으로 돌아가 눕자 송남수는 높은 열을 내고 혼수상태에 빠졌다. 육체적인 고통과 정신적인 고통이 일시에 엄습한 것이었다.

그 혼수상태에서 깨어난 것은 완전히 1주야를 지난 뒤였다. 돌연 소식이 없어진 송남수를 걱정하고 김규식이 비서 권태양을 보내보았던 것인데 그것이 송남수를 살린 것이라고 해도 과언이 아니다. 권태양이 의사를 불러오고 미음을 쑤어 먹이고 하지 않았다면 아무도 없는 빈집에서 송남수는 속수무책으로 저 세상에 갈 뻔했던 것이다.

겨우 정신을 차리고 일어난 것은 일주일 뒤. 송남수는 뜻밖인 사람의 방문을 받았다. 박건웅과 최능진이었다.

박건웅은 황포군관학교 출신으로 중경에서 해방동맹을 결성하고 활약한 사람이다. 해방동맹은 임정 산하에 있는 좌익단체로선 유일한 것이라고 해도 좋았다. 해방 후 귀국해선 좌우합작위원회의 좌측 멤버로서 일했다. 입법의원의 의원이기도 했다. 민족자주연맹의 상임위원이기 때문에 송남수완 비교적 친숙한 사이였다.

최능진은 미군정 당시, 군정청의 경무부 수사국장을 지낸 사람이다. 5·10선거 때는 동대문구에서 이승만에게 대항, 출마했다. 이것은 이승만을 싫어한 군정청의 종용에 의해서 취해진 일이었는데, 남북협상이 있은 후 김규식이 끝내 단독정부수립에 반대하자 이승만의 입장을 살려야겠다고 생각한 미군정청이 그의 출마를 포기하게 한 일이 있었다.

먼저 박건웅의 말이 있었다.

"사태를 그저 관망만 하고 있을 것이 아니라 무슨 수습책을 강구해야만 하지 않겠소. 동족상잔의 이 불행을 그냥 보고 넘길 수가 없지 않소."

"그냥 보고 넘기지 않을려면 어떻게 해야 한단 말이오?"

송남수는 이렇게 되물었다.

"휴전을 제의하잔 말이오."

하고 박건웅이 설명했다.

"한강선을 중심으로 즉각 휴전하고 사후의 처리는 유엔에 맡기도록 하자는 건데요."

"공산군은 지금 승승장구하고 있는 판인데 그런 제의를 받아들이겠소?"

송남수는 터무니없는 일이라고 생각했지만 진지하게 반문했다.

"인민군도 전도가 만만치 않다는 걸 알고 있을 거요."

최능진이 말을 끼웠다. 그의 말에 의하면 진격의 속도가 무저항 상태인 호남을 제외하고는 대단히 둔화되었다는 것과 대한민국을 위한 증원군이 날이 갈수록 늘어나는 판이라서 북쪽도 당황하기 시작했을 것이니 혹시 우리의 제안이 쉽게 받아들여질지 모른다는 것이었다.

"그렇게 간단한 문제는 아닐 거요."

하고 송남수는 한숨을 쉬었다.

"그렇다고 해서 가만있을 수가 있소?"

박건웅이 흥분했다.

결국 하는 데까진 해보자는 합의가 이루어졌다. 박건웅의 의견은 서울에 잔류하고 있는 이른바 중간파 인사를 총망라해서 결의안을 만들자는 것이다.

그 이튿날 성남 호텔에서 모임이 있었다. 참집한 사람은 50여 명이었는데, 한 사람도 그 제안에 반대하는 사람은 없었다. 만장일치로 결의안이 채택되고 그 전달자로선 박건웅·최능진과 함께 송남수가 뽑혔다.

송남수는 그 임무가 마음에 내키지 않았다. 안영달을 다시 만나게 되면 미국을 비난하는 성명서는 어떻게 되었느냐고 따지고 들 것이기 때문이다. 그런데 뒤에 안 일이지만 그런 걱정은 안 해도 되었다. 안영달은 송남수를 만난 바로 그 이튿날 경기도 인민위원장 직을 파직당하고 일선으로 추방되었다. 사변 직전 그가 남로당의 남한 책임자 김삼룡을 잡아 한국경찰에 넘겨준 사실이 탄로난 것이다.

마음에 내키지 않는다고 해서 회피할 수는 없었다. 결의안이 채택된

다음날, 송남수는 박건웅·최능진과 함께 서울시 인민위원장인 이승엽을 찾아갔다.

서울시청 지하실의 방공호를 겸한 사무실에서 이승엽은 세 사람의 대표를 접견했는데, 그 어조와 동작이 거물인 양 꾸미려고 드는 부자연한 것이었다. 해방 직전 인천에서 배급조합 서기 노릇을 하고 있었던 그의 전력을 알고 있는 송남수는, 그가 거물연巨物然한 포즈를 취할수록 아니꼽기 짝이 없었다.

"어떤 용무로 오셨소?"

그는 손을 내밀어 일일이 악수를 하곤 턱으로 의자를 가리켰다.

박건웅이

"우리 서울에 남은 인사들이 시국을 걱정해서 하나의 건의안을 만들었습니다."

하고 결의안을 내놓았다.

이승엽은 결의안의 문안을 한번 훑어보더니 야릇한 웃음을 띠었다. 그리고 한다는 말이

"전쟁은 불행한 일이오. 더욱이 동족상잔은 안 될 일이죠. 그러나 여러분, 이 사실은 알아야 합니다. 이번 전쟁은 절대로 동족상잔이 아닙니다. 인민이 인민의 적을 무찌르는 거예요. 말하자면 인민의 적은 인민일 수 없죠. 그러니 동족이란 말은 한낱 센티멘털한 관념에 불과합니다. 여러분은 동족상잔이란 말을 쓰고 있으나 그것은 사실의 핵심을 잘못 잡은 것이오. 인민이 인민의 적을 무찌른다는 것이 어떻게 동족상잔이 되겠소. 동족의 탈을 쓴 역적놈들의 가면을 벗겨야죠."

그 능글능글한 소리를 그냥 듣고 있을 수가 없어서 송남수가 입을 열었다.

"헌데 무찔러야 할 역적들은 죽지 않고 애꿎은 인민들만 죽을 판이니 그게 탈 아닙니까."

"그게 무슨 소리죠?"

이승엽의 눈이 이글거리고 있었다.

"예를 들어 말하면, 당신들이 역적으로 알고 있는 이승만은 죽지 않고 불쌍한 백성들만 죽는단 말입니다."

"백성이건 뭐건 우리 인민 군대에 대고 총을 쏘는 놈은 인민의 적이오."

이승엽이 뱉듯이 말했다. 그러자 박건웅이 나섰다.

"인민 군대에 대해서 총을 쏘지 못하게 하는 방법은 우선 휴전이 아닙니까? 그래서 즉각 휴전을 하자는 겁니다. 휴전을 하느냐 안 하느냐 하는 문제의 열쇠는 인민군이 쥐고 있는 것 아닙니까. 지금 한국군이 밀리고 있는 형편이니까요."

"뜻은 잘 알겠소. 그러나 내 마음대로 할 수는 없는 일이니 상부에 보고해서 지시를 받도록 하겠소."

하고 이승엽은 전쟁의 전망에 관한 설명을 다음과 같이 했다.

"이것은 공표할 성질은 아닙니다만 모처럼 오셨으니 하는 얘기요. 미군의 사령관인 딘, 전에 군정장관을 한 그놈 말요. 그놈을 포로로 잡았소. 사령관이 포로로 잡힌 정도니 전세는 짐작이 가겠죠? 아무튼 8월 15일까진 부산을 점령할 것이오. 부산을 점령하게 되면 그들은 바다로 떨어지든지 비행기로 날아 도망을 치든지 할 것 아니겠소. 사태가 이러니 과히 걱정하지 마십시오. 그렇다고 해서 이 건의안을 무시하진 않겠소. 즉각 상부에 올리겠소……."

이승엽의 사무실에서 나오며 송남수는 괜한 짓을 했다고 뉘우쳤다. 그러나 동행한 사람들에게 그런 내색은 하지 않았다.

"딘 장군이 포로가 되었다는데 그게 참말일까?"

박건웅이 고개를 갸웃했다.

"공산당은 거짓말을 잘한다지만 그런 거짓말을 하겠소."

송남수는 힘없는 대답을 했다.

"그런 거짓말을 하겠는가, 하는 거짓말을 예사로 하는 게 공산당이오."

최능진이 쓰게 입맛을 다셨다.

"곧 탄로가 날 건데 그런 거짓말을 해?"

하고 박건웅이 웃었다.

"내일 탄로가 날 거짓말도 예사로 해요. 인민에게 봉사하기 위한 거짓말은 얼마라도 하게 돼 있으니까. 그러니 양심의 가책이니 뭐니 하는 게 있을 까닭도 없구."

최능진은 자기의 생각을 좇고 있는 듯 중얼거렸다.

그런데 딘 장군을 포로로 했다는 이승엽의 말은 사실이었다.

다음의 전황에 곁들여 딘 장군의 행적을 살펴보기로 한다.

7월 17일.

대구 제8군 사령부에선 맥아더의 구두지령을 받고 워커 중장이 한국군의 지휘권을 장악했다. 이날 워커 중장의 사령부엔 카친 대령이 가지고 온 국련기國聯旗의 게양식이 있었다. 형식적으로 역사상 최초의 국련군國聯軍이 형성되어 한국동란은 국제연합의 경찰행동의 대상이란 새로운 의미를 갖게 된 것이다.

이때 딘 소장은 대전에 있었다. 딘 소장은 정보를 정리한 결과 북괴군의 제4사단이 공주에서, 제3사단은 대평리에서, 그리고 제2사단은 동북 방면에서 침공해올 것이라고 판단했다.

딘 소장은 논산에 위치하고 있던 34연대를 대전 서교의 갑천으로 이동시키고, 대전 남방의 금산에 정찰중대를 파견했다.

다음에 대전에서 동으로 뻗은 도로에 주목하여 옥천에 이르는 터널 부근에 21연대, 옥천의 동쪽 영동에 사단사령부와 19연대를 배치했다.

그리고 딘 소장 자신은 대전에 머물러 있기로 작정했다. 그는 일본으로부터 제1기병사단이 18일 포항에 도착할 것을 알고 있었다. 그러나 그 병력이 대전에 도착하는 것은 21일쯤일 것이다. 딘 소장은 북괴군이 본격적으로 공격해오면 대전의 방어는 불가능할 것이란 판단을 내렸다. 그래서 북괴군의 총공격이 시작되는 날 철퇴하기로 결심했다.

7월 18일 정오.

워커 중장이 대전에 왔다. 워커는 34연대본부에서 딘과 회담하는 도중 '언제 어디서 적의 전진을 정지시키고 공격해야 할까' 하는 문제를 제기했다. 그리고 마지막으로 제1기병사단이 도착할 때까지 '이틀 동안'만 대전이 유지되었으면 좋겠다는 희망을 말했다. 7월 20일까지란 뜻이었다.

그러나 이 워커 중장의 말은 명령이라기보다 희망의 표현이었다. 딘 소장의 재량으로 철퇴해도 좋다는 함축도 있었다. 그런데 딘은 그 희망이 바로 명령이라고 생각하고 20일까지 대전을 사수할 각오를 했다.

영동에 있는 19연대와 제13야포대대 B중대를 대전에 이동시켜 대전의 방어를 강화했다.

대전엔 이미 7월 17일 저녁부터 북괴군 게릴라가 준동하고 있었다. 딘이 최후까지 자기가 대전에 머물러 있어야겠다는 이유는 한국군 지휘관에게 모범을 보이겠다는 것이었는데, 당시 대전엔 한국군 관계자는 수 명밖에 없었다.

연락장교 김종면 대령, 통역 김환덕, 그리고 병사 2명이었다. 김종면 대령은 18일 통역 김환덕과 같이 딘의 지시를 받고 보은에 주둔해 있는 한국군 제1군단장 김홍일 소장을 방문했다.

용무를 마치고 김 대령이 대전으로 돌아왔을 땐 거리엔 거의 인적이 없었다. 밤이 깊어지자 대전을 둘러싼 산이란 산, 언덕이란 언덕에서 일제히 신호탄이 올랐다. 그 신호탄의 광망은 날이 샐 때까지 대전을 조명했다.

7월 19일 아침.

북괴군의 대전 공격이 시작되었다. 야크전투기 6기가 옥천 서북방에 있는 철교를 폭파했다. 이와 때를 같이해서 북괴군 4사단이 공주로부터 동진東進을 시작하여 대평리 남동방 유성에 포진하고 있는 아이레스 중령 지휘하의 34연대 제1대대를 공격했다.

북괴군 제4사단은 일부 병력을 논산으로 돌려 논산에서 동으로 빠져 갑천경유로 대전을 향했다.

딘은 연락장교 김종면 대령과 통역 김길준을 데리고 유성의 전선을 시찰했다. 박격포탄이 날아왔으나 딘은 아이레스 중령에게 침착한 작전지시를 했다.

연락장교 김종면은 대전이 완전포위된 것과 전술적으로 수비가 불가능하다는 것을 깨닫고 탈출할 생각을 했다.

북괴군의 전술은 틀에 박힌 것이었다. 어떤 경우이건 갖가지 수단을 써서 우회하여 적의 배후에 진출해서 적을 섬멸하고 야간행동을 강화, 공격속도를 더욱 빠르게 한다는 방식이었다. 즉 야행과 포위가 그들의 기본전술인 것이다. 대전에서도 꼭 그와 같은 전법을 썼다.

7월 19일의 해가 저물자 미군 제24사단장 딘은 약간 낙관적인 기분이 되었다. 북괴군은 대전 교외까지 진출했지만 갑천 지구를 비롯하여 각처에서 후퇴하거나 정지했기 때문이다. 이런 상태이면 워커 중장의 희망대로 20일까진 지탱할 수 있을 것이라고 딘은 생각했다.

대전을 직접 수호할 책임을 진 건 34연대였다. 연대장 보샴 대령은 아이레스 중령의 제1대대를 유성 부근에 배치하여 경부본도京釜本道를 경계케 하고, 맥그레일 중령의 19연대 제2대대를 갑천 동편에, 랜트론 소령의 제3대대를 비행장에 배치하고, 포병과 연대본부는 대전 시내에 두고 있었다.

7월 20일.

오전 0시부터 오전 두 시 사이에 제1대대와 제2대대와의 틈으로 북괴군이 침입한 흔적이 보였으나 파견한 패트롤이 돌아오지 않아 상황은 불명이었다.

대전 남방 6킬로미터에 있는 낭월리에서도, 옥천 부근에서도 패트롤이 공격당했다. 북괴군이 우회해 있다는 사실은 알았으나 병력은 알 수가 없었다.

오전 세 시. 제1대대장 아이레스는 돌연 전방과 우편에서 소총과 기관총의 소리를 듣고 화염이 오르는 것을 보았다. 전방 관측소의 장교가 적 전차와 보병부대가 진격해왔다고 본부에 보고했다. 길 양편으로 미 육군이 2차대전 때 개발한 3.5인치 바즈카 포가 배치되어 있었다. 10일 전에 지급된 것인데 '세계의 어떤 전차도 파괴할 수 있다.'는 정평 있는 신병기였다.

아이레스 중령은 어둠 속에서 귀를 기울였다. 그러나 기대했던 바즈카 포의 소리는 들리지 않고 전차에 명중하는 섬광도 보이지 않았는데, 오전 네 시가 되었을 무렵엔 대대본부에 총탄이 날아들어오기 시작하고 전선에 배치한 부하들이 퇴각해왔다. 전차는 싸워보지도 않고 그냥 돌아왔다. 단번에 자신마저 전의를 잃었다. 아이레스 중령은 후퇴했다.

제1대대가 위급하게 되었다는 보고가 34연대본부에 들어온 것은 오전 네 시 반경, 그 후의 연락은 단절되었다. 연대장 보샴 대령은 제1대대가 수비위치를 이탈했다는 사실을 몰랐다. 아니 그는 제1대대가 건전한 줄만 알았다. 일단 중단된 전화연락이 회복되었다고 들었기 때문이다.

연대본부의 통신장교에 의하면 제1대대의 무선은 밝은 목소리로 '오케, 오케, 컨디션 굿!'이라고 되풀이하고 있더란 것이다. 사실은 북괴군이 제1대대의 무전기를 포획해서 위보를 한 것이었다.

날이 밝았을 땐 북서방으로부터 두 량의 전차가 대전 시내에 진입했다. 그 뒤에 또 한 량의 전차가 달려왔다. 세 량의 전차가 시 중심부에 이르자 보병들은 뛰어내려 사방의 빌딩에 잠입해선 저격을 시작했다.

전차는 34연대의 보급중대를 겨냥하고 요리차와 탄약차를 포격했다. 보급중대는 두 명의 사상자를 내고 도망치다가 3.5인치 바즈카 포로 응전했다.

발사된 백인白燐 로켓 탄은 1발로써 민가를 염상炎上케 했는데 그 불길이 이웃으로 옮아가 거리는 순식간에 화염에 싸였다.

세 량의 전차 가운데 두 량은 통신중대의 바즈카 포탄을 맞고 파괴되었는데, 그 조금 전 사단장 딘은 잠을 깼다.

"아더, 일어나라. 시작한 모양이다."

딘 소장은 옆에서 자고 있는 부관 크라크 중위의 어깨를 흔들었다. 시각은 다섯 시 반.

크라크 중위는 근접해지는 총성을 들으며 간이침대를 치우곤 딘 소장에게 말을 걸었다.

"각하, 오늘밤 이 침대에서 잘 수 없을지도 모르겠습니다."

"아무렴, 다시 이곳에 돌아오진 않겠지."

그때 창밖으로 북괴군의 전차가 달려가고 있었다.

바깥으로 나온 딘은 34연대본부로 향했는데 전황을 파악할 순 없었다. 시내엔 화재가 번져 있었다. 팔방에서 화염과 연기가 일고 있었다. 전차는 그 연기 사이로 나타났다간 사라졌다.

"적 전차의 수는 얼마냐, 어딜 목표로 하고 있는가?"

딘은 미군 거점에 이를 때마다 지휘관에게 물었으나 소대장도 중대장도 명확한 대답을 하지 못했다.

그런데 34연대본부에 들어온 보고에 의하면 침입한 적 전차는 다섯 량이었는데 그 가운데 네 량을 격파했다고 했다.

정오. 아이레스 중령이 지휘하는 제1대대와 맥그레일 중령이 지휘하는 제2대대는 같이 대전 남방의 보문산에 집결하고 있었다. 그런데 이 양 대대의 후퇴와 위치는 연대장에게도 사단장에게도 전달되지 못하고 있었다.

34연대본부에는 전차 격파대가 편성되어 있었다. 이 격파대는 부관 크라크 중위, 연락계 로렌즈 대위, 통역 김길준, 요리사, 전령, 서기 등으로 구성되어 있었다. 바즈카 포는 제3공병전투대대에서 조달했다.

한 대의 북괴군 전차가 제3공병대대와 바즈카 포에 의해 격파되었다. 이어 또 한 대의 전차가 나타나 34연대본부 옆을 통과했다. 딘 소장을 선두로 한 전차 격파대가 민가를 누벼 담을 넘고 전차 뒤를 쫓았다. 드디어 한 시간 후에 시내 상점가의 한구석에 서 있는 적의 전차를 발견했다. 어딘지 모르는 데서부터 소총의 총탄이 날아왔다.

전차 격파대는 우회해서 전차가 서 있는 상점의 뒷문으로 들어갔다.

2층으로 올라가 도로 쪽의 창으로 내다보았다. 12피트의 근거리에 전차는 있었다. 딘 소장의 손짓에 따라 바즈카 포수가 창문에 접근했다. 크라크 중위는 화염병을 쥐었다.

딘 소장은 전차의 포탑과 차체의 접점에 조준을 정하게 하곤 '쏘라'고 낮은 소리로 명령했다.

3.5인치 로켓 포가 발사되자 방 안에 연기가 가득차고 천장의 흙이 눈처럼 날았다. 로켓은 명중했다. 엄청난 굉음이 있었다. 비명 소리가 전차 내에서 일었다. 두 발째에는 비명 소리가 희미해지더니 세 발째의 로켓이 명중하자 그 소리도 끊어졌다. 전차는 새까만 연기를 뿜어내더니 곧 화염에 싸였다.

딘 소장이 이끄는 전차 격파대가 연대본부에 돌아온 것은 오후 두 시. 이 무렵엔 북괴의 대전 포위태세가 정비되어 동의 옥천, 남의 금산에 걸쳐 종선縱線을 이루어 대전을 압박하기 시작했다.

보문산에 집결한 제1대대와 제2대대는 측배側背에 포격을 받고 도망치기 시작했다. 그러나 대전 시내엔 소수의 게릴라가 있을 뿐 조용했다.

딘 소장과 보샴 대령은 시내가 평온한 것은 양 대대가 건투하고 있기 때문이라고 믿고 C형 휴대양식을 먹으며 전차 격파 얘기를 하며 웃었다.

그러나 딘은 대전을 계속 유지하긴 곤란하다고 보고 병력을 온전하게 후퇴하는 방략을 세웠다.

34연대 제3대대, 혼성 포병대대, 위생중대, 연대본부, 제19연대 2대대 이런 순서로 철퇴할 계획을 세우고 영동의 사단사령부에 연락하는 동시, 각 부대에 유선·무선·전령을 통해 통지했다. 그러나 제1대대와 제2대대와는 연락이 취해지질 않았다. 그런데도 연대본부에선 아직도 양 대대가 건재해 있을 것이라고 믿었다.

오후 세 시. 철퇴명령을 받은 각 대대가 연대본부에 집결하기 시작했을 때 영동으로부터 진발한 제1기병사단의 선발대 소속의 M24전차 1개중대가 대전 시내로 들어왔다. 34연대본부의 연락으로 철퇴부대의 호위를 하기 위해 왔다는 것이었다.

딘 소장은 기뻤다. 그리고 각 부대가 태세를 갖추었을 때 같이 출발하자고 했으나, 전차 중대장은 북괴군의 전차가 근접하고 있다며 집합해 있는 제1진과 함께 대전을 떠났다.

이 시기의 전투에 있어서 알 수 있는 것은 소련의 T34전차에 대한 공포감은 한국군에만이 아니라 미국군 사이에도 전파되어 있었다는 사실이다. 특히 미군의 전차대는 자기들의 M24전차가 T34보다 열세하다는 것을 알고 있었기 때문에 교전을 피하는 경향이 있었다.

34연대장 보샴 대령은 철퇴부대의 제1진을 대전시의 남동단까지 차를 타고 가서 전송했다.

24정찰중대의 전차 네 량이 집결해 있는 것을 보고, 보샴 대령은 부근의 확보를 명령한 뒤 시내로 들어왔다. 그런데 차에서 뒤돌아보니 네 량의 전차가 동쪽으로 퇴각을 시작하고 있었다. 보샴 대령은 그 전차를 뒤쫓았다.

도중에 북괴군의 총격을 받았기 때문에 대령은 가까운 언덕으로 기어올라 사태를 살폈다. 북괴군의 대대가 옥천으로 향하고 있는 것이 보였다. 척후斥候들이 가까이에 있는 모양으로 대령의 주위에 총탄이 날아왔다.

대령은 옥천 가까운 고갯길에 전차와 일부 철퇴부대로써 방어선을 구축하고 주력主力의 후퇴를 원호할 결심으로 두 량의 전차를 지휘하며 전진했다.

오후 네 시 반. 고갯마루에 이르러 아래를 통과하는 보병중대에 신호를 했는데 중대장은 깃발을 흔들고 있는 대령의 동작을 격려하고 있는 것으로 오인하고 손을 흔들어 보이곤 통과해버렸다.

보샴 대령의 낙담은 이만저만한 것이 아니었다. 이때 대전역으로 기관차가 진입하고 있는 것이 보였다. 기관차는 대전역 구내에 남아 있는 탄약, 자재를 적재한 열 량의 화차를 끌어내기 위해 징발된 것이었다. 역엔 사단의 수송담당 참모 해트필드 대위가 대기하고 있었다.

그런데 기관차가 역 구내에 들어갔을 때는 북괴군에 의한 전면공격이 시작되었을 무렵이었다. 기관차를 조작하고 있었던 사람은 김재현·황남호·현재영이었는데 총탄과 포탄의 세례를 받은 3인은 화차를 연결할 여유도 없이 기관차를 역주逆走시켜 대전역을 탈출했다.

해트필드 대위가 돌아오라고 고함을 질렀지만 영어를 모르는 그들에게 통할 까닭이 없었다. 역을 나섰을 때 북괴군의 총격을 받고 김재현은 즉사, 현재영은 오른팔에 관통상을 입었다. 황남호는 필사적으로 기관차를 운전하여 옥천으로 향했다.

이 기관차의 상황을 멀리서 보고 있던 보샴 대령은 대전으로 돌아가느니보다 옥천으로 가서 철퇴로를 확보할 필요가 있다는 판단을 내리고 차를 달렸다.

보샴 대령은 연대 제1대대의 지휘소에 도착하여 옥천의 연대본부로 연락했다. 상세한 상황을 알기 위해 보샴 대령은 옥천으로 향했던 것인데 연대장의 지프차 뒤에 제1대대가 따라왔다. 옥천에 도착해보니 연대본부는 철퇴를 개시하고 있었다.

이러한 보샴의 동정은 딘 소장에겐 알려지지 않았다.

딘 소장은 철퇴부대의 제1진이 출발한 후 하버트 소위가 지휘하는 소대가 공격당한 소식을 듣고 비로소 북괴군의 총공격을 알았다. 그러나 격렬한 총포성이 계속되는 것을 듣고 하버트 소대는 연락이 없는 채로 적을 억제하고 있는 것으로 판단했다.

오후 다섯 시. 딘 소장은 34연대본부로 갔다. 그리고 보샴 대령이 없어졌다는 사실을 알았다. 이땐 보샴 대령이 옥천 21연대본부에 도착하고 있었던 것이다.

"어떻게 된 일이냐?"

고 딘 소장이 물었다.

"오후 세 시쯤부터 보샴 대령을 보지 못했습니다."

하는 연대본부 장교들의 말이었다.

"그래? 아니 보샴은 제1대대를 걱정하고 있었다. 제1대대에 갔을지 모르지."

그렇게 자답自答하곤 걱정 말라고 장교들에게 일렀다.

추측, 그것도 단순한 희망적 추측이다. 대전에서의 전투를 살펴볼 때 딘 소장은 자기 자신이 전차격파에 앞장을 설 정도의 용감성을 발휘하는 한편 그 작전지휘는 간혹 이러한 터무니없는 추측, 희망적 관측에 의거해 있었던 것이다. 때문에 시가가 불타고 있고 북괴의 게릴라가 준동하고 있어 연락이 저해된 사정이 있은 탓도 있어 위급한 징후는 간과되어 각 부대는 고립해서 싸워야 하는 꼴이 되었다.

전쟁터에서 지휘관과의 연락두절은 전의 상실의 가장 큰 이유가 된다.

걱정없을 것이라고 추측한 하버트 소대는 20분 동안의 총격전으로 격파되고 북괴군은 서남에서 치열한 총격을 해왔다. 옥천을 향한 철퇴군도 습격을 당했다. 불타고 있는 트럭을 시내에서도 볼 수 있었다. 오후 다섯 시 반. 딘 소장은 영동의 사단 사령부에 평문으로 무전을 쳤다.

"전차를 보내라. 적은 대전 동단의 도로를 봉쇄하고 있다, 딘."

그러나 전차의 도착을 기다릴 시간은 대전의 미군에겐 없었다.

"어느덧……"

하고 부관 크라크가 이상하다는 감회를 섞어 기록하고 있듯이 이미 대전 시내엔 어디서 솟아난 것처럼 북괴군이 범람하고 있었다.

딘 소장은 제34연대장 대리 와드린튼 중령에게 퇴각을 명령했다. 오후 여섯 시가 넘어 각 부대는 트럭을 타고 대전을 이탈했다.

이렇게 해서 대전은 실질적으로 이렇다 할 전투도 없이 함락됐다.

포위당한 데다 총공격을 받으면서도 미군부대가 전멸을 면할 수 있었던 것은 거리의 대부분을 태운 화재와 미군이 유기遺棄한 물자 때문이었다. 미군의 모습은 불길에 싸여 잘 보이지 않았는데 북괴군의 관심은 대량으로 발견되는 식량·술·담배·과자 등에 집중된 것이다.

물론 화염과 연기와 저격병의 총탄 속을 누벼나가야 했던 미군의 도피행도 여간 어려운 것이 아니었다.

선두에 선 와드린튼 중령은 길을 잘못 잡아 막힌 골목에 들어서서 드디어는 자동차를 버리고 걷지 않으면 안 되게 되었다. 옥천으로 간 부대도 도중에서 북괴군으로부터 요격을 당해 사분오열했다.

딘 소장은 부관 크라크 중위, 통역 김길준과 함께 화염에 싸인 상점가를 통과하다가 방향을 잃고 남쪽 산중으로 기어들었다. 딘 소장은 그 산중에서 방황하다가 드디어 포로가 된 것이다.

그러나저러나 딘 소장을 사로잡았다는 사실이 북괴군의 사기를 크게 돋우었다는 것은 두말할 나위가 없다. 이승엽이 8월 15일까진 부산을 점령할 수 있을 것이라고 호언할 만도 했던 것이다.

허상과 실상

1

 그 무렵의 부산. 피난민이 한없이 쏟아져 들어오고 있었다. 그것이 그대로 전세를 말해주고 있는 것이나 다름이 없었다. 적은 북방·서방·북동방의 세 방면에서 압력을 가해오는 것이다. 그 압력의 폭이 부산으로 밀려들어오는 피난민의 수로 표시되는 것이라고 해도 과언은 아니다.
 학교를 비롯해서 공공시설의 비어 있던 곳은 모조리 난민의 수용소가 되었다. 여관이란 여관엔 골마루에까지 사람이 넘쳤다. 민가도 빈틈 없이 꽉 찼다. 들이닥치는 난민의 애소에 부대껴 경남도청은 가마니를 나눠주었다. 아무데서나 그걸 깔고 자라는 것이었다.
 공지에 천막촌이 나타나고 산비탈로 판잣집이 기어올랐다. 거리는 콩나물시루처럼 되었다. 그러니 사람들은 걸어다니는 콩나물일 수밖에 없었다. 그래도 의식은 있어 각기 별의별 생각을 머릿속에서 폭탄처럼 제조하고 있을 것이었다.
 다행한 일은 미국에서 엄청난 양의 밀가루가 들이닥친 것이다. 그로써 모두들 아사는 면하게 되었다. 그러고 보니 최소한도 먹을 걱정은 없어진 셈인데 똥을 싸고 오줌을 쌀 시설은 미치지 못했다. 그런 배설 시설을 만들 틈이 있으면 우선 사람이 들어앉아야 하기 때문이다. 결과적으로 도시 전체가 변소가 되었다. 푹푹 찌는 한여름, 과밀하게 붐비는 사람들, 거리마다 골목마다에 풍겨나는 분뇨의 냄새! 그러나 수백 수천의 시체가 썩고 있는 전쟁터가 바로 100리 바깥에 있는 것이다.

하여간 분뇨의 냄새보다도 강한 불안이 부산을 휩쓸고 있었다. 서울에서 대전, 대전에서 대구, 대구에서 이곳까지 올 때는 그래도 부산이라고 하는 갈 곳이 있었다. 그런데 여기에서 또 피난을 해야 한다면? 운이 좋은 사람은 배를 타고 어느 곳에든 갈 수가 있을 것이고, 그런 팔자가 못 되는 사람은 바다에 뛰어들어 죽든지, 이처럼 피해왔는데도 끝내 놈들에게 붙들려 죽든지 할 수밖에 없는 것이다. 그렇게 해서 부산은 불안의 도시였다.

그런가 하면 그 가운데서도 북괴군을 기다리는 사람들도 없지 않았다. 좌익운동을 하다가 우익의 세력에 밀려 기세를 펴지 못했던 사람들이다. 그들의 수는 물론 적다. 그러나 북괴군이 서울을 점령한 뒤에 어떤 일이 있었던가를 알고 있는 당국은 가만히 있을 수는 없었다. 의심스러운 놈이면 모조리 체포해야 한다는 방침을 정했다. 그런데 의심스럽다는 한계가 모호할 뿐 아니라 중상과 모략과 무고가 날뛰기 시작하고 보니 대강의 경우 신분에 자신이 있는 사람이란 없었다. 또 이렇게 해서 부산은 공포의 거리가 되었다.

분뇨의 냄새, 불안한 기분, 공포의 분위기……. 시민들의 평균의식은 '어떻게 하든 살고 볼 일이다.' 하는 정도에서 '아무리 엄청난 악이라도 살 수 있는 수단이라면 서슴지 않겠다.'는 극악의 의식으로 옮아갔다.

이 무렵 이동식은 자기의 수첩에 '깨어 있어야 한다. 결단코 깨어 있어야 한다.'고 써놓고 불안과 공포가 지배하는 도시에 있어서 미학이 어떻게 가능한가, 윤리가 어느 정도로 가능한가를 관찰하려고 했다. 그러나 그 결과는 생명이 스스로를 지탱하기 위해선 얼마나 추잡하게 될 수 있는가의 극한을 보았을 따름이다. 산다는 것이 얼마나 슬픈 일인가 그 증거를 보았을 뿐이다. 이러한 감회와는 달리 동식은 비록 순간적인 것일지 모른다는 전제를 하면서도 스스로의 행운을 생각하지 않을 수 없었다.

마산이 함락되지 않았으니 부모는 아직 평온하게 나날을 지낼 수 있었다. 사랑하는 송남희를 데리고 무사히 피난할 수도 있었다. 이종문의 덕택으로 아무런 구애를 받지 않고 마산과 부산 사이를 왕복할 수 있었다. 그런데 이 모든 것이 우연의 연속인 것이다.

그는 어떤 역사도 어떤 철학도 우연을 넘어서지 못한다는 것을 뼈저리게 느꼈다.

'서울에 남아 있는 친구들은 어떻게 되었을까!'

'진주의 친구들, 전라도의 친구들은 어떻게 되었을까!'

친구들을 생각하는 그 마음의 연장으로 그는 민족을 생각하는 것이다. 그 양심의 한가닥이 '깨어 있어야 한다. 나는 깨어 있어야 한다.'고 일기에 기입한 것이겠지만 이렇게 쓰고 앉아 있을 수 있는 여유를 가졌다는 사실 자체가 죄스럽게 느껴지지 않는 것도 아니었다.

드디어 마산에서도 대포 소리를 듣게 되었다. 바로 3, 40리 밖인 함안에서, 진동에서 치열한 공방전이 벌어지고 있는 것이다.

'절대로 마산은 뺏길 수가 없다.'고 동식이 아는 국군의 대대장이 굳은 결의를 표명하고 있었지만, '절대로 마산을 뺏길 수가 없다.'는 것은 '마산을 빼앗기면 그로써 나라의 운명은 마지막이다.' 하는 말로 풀이할 수가 있었다.

그런데 서울·대전·광주·진주가 함락된 이 마당에 마산이 함락되지 않을 것이란 예측은 누구도 할 수 없는 일이었다. 마산에 불안의 그림자가 덮였다. 동식은 최악의 경우를 생각하고 일단 부산에 가보기로 했다. 부산에 가서 종문을 찾았다. 이종문은 부산 동광동에 대아부흥기업사란 간판을 내걸고 사무실을 차려놓고 있었다. 사업의 내용은 하역, 미군공사, 국군의 부식품조달이라고 했다.

넓은 사무실에 30여 명의 사람들이 바쁘게 돌아가고 있었다. 이종문은 사장실에서 러닝셔츠 차림으로 선풍기를 등지고 앉아 열어젖혀놓은 문으로 일하는 사람들을 바라보고 있었다.

동식을 보더니 얼른 상의를 입으며

"이것 얼마 만이고."

하며 반겼다.

"사업이 번창하고 있는 모양이네요."

동식은 안부말을 이렇게 대신했다.

"번창이고 뭐고……이건 까꾸리로 돈을 검는기지 버는 게 아닌기라."

이종문은 헛허 하고 웃었다.

"그런디 모두들 편하나?"

"편치를 못합니다."

하고 동식은 마산의 사정이 급박해졌다는 설명을 했다.

"괜찮다, 괜찮아. 마산은 걱정 없을끼다."

종문이 주저 없이 말했다.

"어떻게 그렇게 장담할 수 있습니까?"

"장담이 아니라 사실을 말하는기라."

하고 종문은 포로수용소에 가서 포로를 몇 만나본 결과 그렇게 확인했다는 것이다.

"뭘 묵고 있었노, 하고 물었더니 보리밥 덩어리를 소금에 굴린 것 한 개를 하루 얻어먹으몬 운이 좋은 편이라고 안 하나. 그런 꼴로 함안 각금산, 마산 뒷고개를 어찌 넘어오노. 미군의 대포가 사방에 배치되어 있고 비행기가 계속 날고 있는디……게다가 우리 국군의 사기는 대단하거든. 한 달 전과는 딴판인기라."

그리고 또 이은 말이

"포로를 보고 대포나 탄환을 어떻게 운반하느냐고 물어봤더니 밤중에 인근의 농부들을 시켜 지게로 운반한다쿠더라. 지금 부두에 양육되어 있는, 그리고 서면에 쌓여 있는 군수물자 좀 가서 봐라. 지게로 지고 오는 탄환을 갖고 당할 수가 있겠는가……."

종문은 또 이런 말도 했다.

"내가 물어본 포로 가운데는 의용병으로 끌려온 놈이 몇 명 있었는디 그들 얘기를 들은께 지금 각 전선에 배치되어 있는 병정의 반 수 이상이 이남에서 강제 모병한기란다. 전투기술도 서툴 뿐만 아니라 싸울 의사도 별루 없는기라. 독전대督戰隊라는 것이 있어갖고 후퇴를 하기만 하면 쏘아 죽이는 바람에 할 수 없이 전진한다는기라."

그런데 다음의 말이 동식으로 하여금 종문의 얼굴을 새삼스럽게 바라보게 했다.

"선동으로 맹글아낸 용기는 한도가 있는기라. 협박으로 맹글아낸 용기는 자포자기한 광란인기라. 선동으로 맹글아낸 용기와, 협박으로 맹근 광란 갖고 전쟁에 이기것나. 놈들의 마지막도 얼마 남지 않았어."
　동식이 뒤에 안 일이지만 종문의 이와 같은 사태판단은 거의 정확한 것이었다.

　당시의 적의 상황은 다음과 같았다.
　부산 교두보는 동남으로 바다에 면하고 포항·창녕·마산을 연결하는 이른바 낙동강 방어선을 치고 있었는데 북괴군은 이에 대해 그 북서의 측면으로 전개되어 있었다. 그런데 북괴군의 내부사정은 가혹하기 짝이 없었다.
　당시 북괴군의 병력은 보병 13개 사단, 기갑 1개 사단, 기갑 2개 여단을 주축으로 하여 약 10만에 가까웠다. 총지휘관은 김책, 참모장은 강건, 전선사령부는 김천에 두고 있었다. 김웅이 지휘하는 제1군단은 서쪽, 김무정이 지휘하는 제2군단은 북쪽을 담당했다.
　총병력이 10만 가까웠다고는 하나 정원 1만 1,000명을 보유하고 있는 보병사단은 하나도 없었다. 게다가 제7사단, 제9사단은 남쪽에서 강제 모병한 의용군이 대부분인 신편사단이어서 사기도 저조했을 뿐 아니라 훈련도도 미숙했다.
　38선을 기습으로 넘고 북괴군은 파죽지세로 진격해왔다고는 하나 그 동안 인력과 무기의 소모도 많았다. 보급은 극도로 곤란했다.
　제공권과 제해권을 미군에게 빼앗기고 있었기 때문에 육로수송밖엔 방법이 없었는데 철도도 트럭도 발견되기만 하면 미군기에 의해 폭격당했다. 공습의 사이를 뚫거나 또는 야간을 이용하는 것이었는데 약 30만의 시민들을 동원했다. 이종문의 말따나 30만이 지게로 져 탄약, 기타 전쟁에 필요한 자재를 운반했던 것이다. 그래도 필요량을 운반할 순 없었다.

포탄은 부족하고 소총도 소요수의 3분의 1을 충당했을 뿐이고 연료는 바닥이 났고 의류의 보급은 전무한 상태였다. 특히 식량 사정이 곤란했다.

식량은 현지에서 조달하는 방식을 취하고 있었는데 6, 7, 8월은 단경기여서 충분한 식량 징발을 할 수가 없었다. 무엇보다도 그들을 당황하게 한 것은 일단 북괴군이 남하하기만 하면 일시에 반정부의 기운이 남한을 휩쓸어 전 국민이 북괴군을 환영하고 열렬한 지원을 할 줄 알았는데 그 기대가 송두리째 수포로 돌아간 것이다.

한국국민은 소수의 좌익인사를 제외하곤 강제로 굴복하는 경우는 있어도 적극적인 호응은 하지 않았다. 북괴가 무모한 짓을 한 건 남한 국민들의 심정을 제대로 파악하지 못한 데 있었다.

이에 비해 유엔군 측은 날로 보강되어갔다. 미8군 8만 5,000명, 한국군 9만, 그 밖에 공군 약 4만, 해군 약 4만이 낙동강 전선에 투입되어 있었고 무진장한 보급물자가 있었다.

시간은 결정적으로 유엔군의 편이었다. 하루를 경과하면 북괴군은 그만큼 보급부족과 자멸에 접근하는 것이 되었고, 유엔군은 이와 반대로 전력의 축적이 되는 것이다.

하여간 이종문의 의견은 그 구체적인 숫자만 빼고 이상의 설명과 대동소이한 것이었다.

"그런께 별로 걱정할끼 없는기라. 그래도 불안하거든 부인 데리고 부산으로 와. 아무리 부산이 복잡하다고 해도 우리 이 박사 가족은 편안히 모실낀께."

하고 그날 밤 이종문은 동식을 온천장으로 데리고 가서 큰 잔치를 베풀었다.

동식이 마산으로 돌아가고 난 며칠 뒤의 일이다.

이종문이 서면의 공사현장을 돌아보고 지프차를 타고 오는 길에 고관古舘 입구쯤에서 축 처진 어깨를 하고 걸어가는 사람을 보았다. 어디서 본 듯한 사람인데, 하고 그 옆을 지나치는데 분명 그 사람은 고재석이었다. 고재석은 종문이 고향에 있을 적의 노름 친구였다.

종문은 차를 멈추게 하고 뛰어내렸다. 그러고는 다가서며

"재석이 아니가?"

하고 반겼다. 고재석은 종문을 못 알아보는 듯 멍청한 눈으로 그를 바라보았다.

"날 몰라? 내 종문이 아니가."

했을 때 고재석은 그제야 알아차렸다는 듯 중얼중얼했다.

"그런가 했지만 하두 젊은 청년이라서 자넬 종문으로 못 봤다."

아닌 게 아니라 같은 나이인데도, 이종문은 아직 서른 살 안팎으로밖엔 보이지 않는데 고재석은 예순을 넘은 노인의 몰골이었다.

"아따 반갑다. 별 바쁜 일 없으면 같이 가자."

하고 종문이 고재석을 차에 끌어올렸다. 카키색 여름 군복 차림에 헬멧을 쓴 이종문과 삼베 고의적삼에 밀짚모자를 쓴 고재석을, 같은 나이이자 불과 5년 전까지 같이 노름방을 굴러다니던 사람이라고 하면 아무도 믿을 사람이 없을 것이었다. 5년 동안의 이종문의 변화는 그처럼 심했다.

자동차가 달리기 시작했을 때 종문이 물었다.

"되게 늙었구만. 어디 아픈디라도 있는가?"

"요새 그렇게 됐다."

고재석은 눈에 눈물이 글썽해졌다.

"와 그러노. 얘기나 해봐라."

고재석은 겁을 먹은 사람처럼 두리번거리더니 목멘 소리로 말했다.

"내 아들놈이 오늘 죽을까 내일 죽을까, 하고 안 있나."

"죽다니, 그게 무슨 말고?"

"보도연맹했다고 잡아 안 갔나. 지금 부산형무소에 있다……."

"형무소에 있다꼬?"

"아직은 거기 있는 모양이라, 확실힌 몰라도…."

고재석은 바다 쪽으로 외면을 하며 중얼거렸다.

이종문은 더 묻지 않아도 대강의 사정을 짐작할 수 있었다. 전에 좌익운동을 한 사람은 보도연맹에 든 사람까지 모조리 잡아들이고 있었다. 그리고 전세가 악화됨에 따라 즉결처분도 더러 한다는 것을 종문도 들어서 알고 있었다. 고재석의 아들이 그런 운명에 놓여 있는 것이었다.

서울이 함락된 뒤 서대문에서 나온 좌익수들과 어울려 보도연맹원들이 서울에 남아 있는 우익인사들에게 혹독한 박해를 가했다는 풍문을 듣고 이종문은 보도연맹의 조치는 부득이한 노릇이라고 치고 있어 별반 관심을 두지도 않았던 것인데 고재석의 아들이 그 꼴이 되었다는 얘기를 듣자 가슴이 뭉클했다.

"네 아들 이름이 석관이재?"

종문은 가끔 노름을 벌이고 있는 집 앞에서 얼쩡거리고 있던 동글납작한 얼굴의 아이를 상기하며 물었다.

"그래 석관이 아니가."

고재석은 땀과 눈물이 범벅이 되어 있는 눈 언저리를 소매로 훔쳤다.

허상과 실상

석관을 구해주었으면 하는 충동이 일었다.

"그놈 열렬하게 좌익운동 했나?"

"열렬한기 뭣꼬? 해방 직후 청년동맹엔가 댕기다가 대한민국이 되자 그만둔기라. 그라고 그렇게 하는 것이 좋다캐서 보도연맹에 든기라."

그랬을 것이라고 짐작이 갔다. 제가 뭣을 안다고 좌익운동을 했겠는가 말이다.

"그라몬 앞으로 좌익운동 안 하겠재."

"좌익운동이 뭣꼬. 들먹이기만 해도 이가 갈리는데."

"지금 나라를 요꼴로 만든기 빨갱이들 아니가. 쥑일 놈들인기라. 서울에서 빨갱이들이 우익인사를 수없이 죽였단다. 그런 일이 있어놓은께 보도연맹을 잡아디린기라. 무슨 일을 꾸밀지 알 수가 없거든. 헌데 다시 그런 짓 안 한다쿠몬 내 우떻게 해서라도 석관일 살려내볼께."

"뭐라꼬? 석관일 살려준다꼬?"

고재석은 종문의 손을 잡고 부들부들 떨었다.

"아아, 그래만 주몬 내 널로 신주 모시듯 할께."

"아이 이 자석아, 살아 있는 놈을 신주 모시면 우떻게 될끼고."

종문이 너털웃음을 웃었다.

종문은 사무실로 돌아가기가 바쁘게 고재석을 옆에 앉혀놓고 경찰국장에게 전화를 걸었다.

"국장인기요? 잘 있었소?"

"이 사장, 이거 웬일이십니까?"

"오늘 특청이 있그만."

"뭔데요? 말해보시오."

"꼭 들어줘야 합니다아."

"들어줄 만한 것이면 누구의 청이라고 거역하겠소."
"못 들어줄 만한 것을 들어줘야 청을 들어주는 게 되는기라."
"하여간 말씀을 하이소."
"전화 갖곤 안 될지 모르겠구마. 내 그리로 갈까요?"
"우선 전화로 말씀하시오. 사정에 따라 오시기로 하든지 내가 그리로 가든지 해도 될 게 아니오."
"되에기 중요한 문젠디요. 내 체면과 내 정리에 중대한 문제가 되는 깁니다."
"하여간 말씀하시오."
"내 친구의 아들인디, 친구라캐도 이만저만한 사이의 친구가 아닌디. 그 아들이 죽게 됐단 말입니더. 결론부터 말하면 그 사람 구해달라 이 말입니다. 책임은 내가 질 테니까요……."
 전화를 걸고 있는 품과 말투를 보고 들으며 고재석은 넋을 잃었다.
 종문이 서울 가서 큰돈 벌었단 소문은 듣고 있었지만 경찰국장을 상대로 그런 전화질을 할 수 있을 만큼 되었다는 것은 아무래도 믿기지 않는 일이었다.
 그러나저러나 이해할 수 없는 기적이 눈앞에 나타나고 있었다. 아들을 구출할 수 있을지 모른다는 희망이 솟아오르자 고재석은 안절부절못할 기분이 되었다. 정신을 차려야만 했다.
"……그런께 특무대장헌테로 가야 한다, 이거그만……. 알았소, 알았어……. 하여간 그동안 무슨 일이 없도록만 해주이소. 아, 그런디 대통령 각하 대구 가셨다 돌아오셨지요? 알았습니다.……운제 또 만나 술이나 한잔 합시다. 그럼."
 전화를 끝내고 나더니 이종문이 일어서며

"내 특무대에 가봐야겠다."
고 말하고 직원을 부르더니 일렀다.
"금고에 있는 돈 죄다 꺼내봐라. 셀 것도 없다. 포대에다 집어넣고 자동차에 실어라."
그리고 고재석을 돌아보았다.
"자넨 꼼짝 말고 그 자리에 앉아 내가 돌아오길 기다려라. 석관이란 놈 내가 가서 데리고 올께."

특무대에 도착한 이종문은 문간에서 '경무대 요원증'을 제시했다.
"누굴 만나러 오셨습니까?"
문간의 수위가 물었다.
"특수부대장 김창룡 씨를 만나러 왔소."
이종문이 뻣뻣하게 말했다.
잠깐 전화 연락이 있더니 들어가라고 했다.
"2층 안쪽에 대장실이 있습니다."
하는 소리를 등 뒤로 들으며 이종문은 지프차에 실어둔 돈 포대를 어깨에 메었다. 포대를 어깨에 메고 들어서는 종문을 보고 수위가 엉겁결에 물었다.
"그것 뭡니까?"
"돈이오."
해놓고 이종문이 뒤도 돌아보지 않고 2층 계단으로 올라갔다.
김창룡과 이종문은 두 번째의 대면이었다. 첫 번째는 경남지사 관사인 임시 경무대에서 만났다.
이종문은 돈 포대를 김창룡이 앉아 있는 의자의 마룻바닥에 놓았다.

"이것 돈인디, 얼마나 되는진 세보지도 안 했소. 빨갱이 잡느라고 수고하는 부하들에게 고깃국이나 끓여주이소."

김창룡이 아연한 얼굴로 이종문을 보았다. 아무 말도 없었다. 이종문이 용건을 꺼냈다. 그러자 김창룡의 얼굴이 굳어졌다.

"빨갱이 석방하려고 우릴 매수하는 거요?"

"천만의 말씀."

이종문은 자초지종을 설명하고 나서 이렇게 맺었다.

"만일 그놈이 앞으로 불미한 짓을 하기만 하면 내 목을 쳐도 좋소."

"누구나 다 그런 소릴 하지요. 그러니 그런 소리 다 들어주었다간 잡아놓은 빨갱일 모조리 석방해야 될 거요."

김창룡의 눈은 싸늘하게 빛났다.

'이자가 대통령과 가까운 놈만 아니면 당장에 처넣어버릴 건데.'

하고 그 눈은 말하고 있었다.

종문은 사정을 하고 또 사정을 했다. 그러나 김창룡의 태도는 차가운 벽과 같았다. 김창룡은 마룻바닥에 놓인 돈 포대를 툭툭 차며 거칠게 말했다.

"이것 당장 가지고 나가시오. 우린 이런 것 못 받겠소."

이종문이 버럭 화를 냈다.

"뭐라꼬? 이걸 못 받겠다꼬요. 이것과 고석관의 문제는 별개요. 나는 이걸 당신 사복 채우라꼬 가지고온 것이 아니오. 고생하는 특무대 동지들에게 고깃국이나 끓여먹이라고 가지고온기요. 국방헌금이란 말이오. 요 비상시에 백성이 국방헌금 한긴디 당신 기분 하나로 못 받는다, 안 받는다, 할 수 있소?"

이 말엔 김창룡이 반박할 수 없었다. 그는 조용히 말했다.

"좋습니다. 받아두겠소. 그러나 당신의 청은 거절하겠으니 돌아가시오."

이종문이 어이가 없었다.

"절대로 그는 악질이 아니고 앞으로도 나쁜 짓을 할 사람이 아니라고 내가 보증한다는데도 꼭 그 사람을 죽여야 하겠소?"

"그런 걸 판단하는 건 우리지 당신은 아닐 거요. 남의 일 방해 말고 돌아가시오."

"여보시오, 김 장군. 나는 이래뵈도 이승만 대통령 각하의 아들이오. 대통령 각하 아들의 말도 못 믿겠다는 거요?"

"당신이 아들이면 나도 아들이오."

"그라몬 우린 형제가 되는 거 아니오? 내가 나이 많은께 내가 형이구만. 그런디 아우가 형을 못 믿겠소?"

김창룡은 다시 흥분하기 시작했다.

"형제보다 더한 부자간이라도 이 일은 어떻게 할 수가 없단 말요. 빨갱이가 어떤 건지 알기나 하오?"

"빨갱이를 누가 어쩌라쿠요? 빨갱이 아닌 사람이 빨갱이로 몰려 있으니 그걸 풀어달라쿠는 것 아닙니까."

"어떻게 아닌 줄 아오?"

"내가 보장하겠단 말요."

얘기는 다시 원점으로 돌아갔다.

"그럼 좋소. 내가 조사를 해볼 테니 한번 다시 와보시오."

하고 김창룡이 돌아섰다. 이종문의 분격은 극도에 달했다.

"그럼 좋소. 나는 이 길로 대통령아부지에게 찾아갈라요. 빨갱이 아닌 사람을 빨갱이라고 잡아놓고 내가 쎄가 닳도록 간청하고 뒷책임까지 지겠다는데도 꼭 죽여야 하는긴가 물어볼끼요. 세상에 경우가 이래도 되겠소? 내가 바로 아부지에게 안 가고 김 장군을 찾은 것은 이런 일 갖고 아부지 성가시게 하기 싫어서였는데, 이젠 할 수 없구만."

이종문은 이렇게 퍼부어놓고 발길을 돌렸다. 계단까지 왔을 때였다. 김창룡의 부관이 달려와서 오라고 했다. 창룡이 말했다.

"당신을 믿고 고석관을 풀어주겠소. 그 대신 각서를 쓰시오."

세상에 가장 하기 싫은 일이 있다면 그건 글 쓰는 일이었지만 이종문은 김창룡이 부르는 대로 맞춤법이고 받침이고 무시한 한글로 겨우 각서란 것을 썼다.

"내일 새벽 내보내겠소."

김창룡의 말에 이종문이 감사하다며 눈물까지 짜고 특무대를 나왔다.

이종문의 덕택으로 고석관이 풀려나왔다고 듣자 이종문의 고향인 면은 물론이고 같은 군이란 연고를 빙자하여 형무소에 들어 있는 사람들의 부형이 꾸역꾸역 종문을 찾아왔다.

며칠 사이에 그 수가 200명을 넘었다. 김창룡의 태도를 생각하면 일체 거절하고 싶었지만 아들 또는 형제를 위해 사색이 되어 있는 그들의 간청을 물리칠 수가 없었다. 이종문은 골똘하게 그 문제를 생각하게 되었다. 200명이 넘는 사람을 같은 고장 출신이란 명분만으로 구해낼 수는 도저히 없는 일이었던 만큼 그의 생각도 또한 심각했다. 이렇게 해서 이종문의 할 일이 또 증가되었다.

2

8월 15일이 왔다.

임시수도 대구에서 영화극장을 식장으로 하고 독립 2주년의 기념식전이 베풀어졌다.

정부요인·유엔군 대표·유엔 한국위원단 대표들이 내빈으로 참석했다. 이종문도 그 말석에 있었다. 그 행사를 보기 위해 일부러 부산에서 올라온 것이었다. 물론 다른 목적도 있었다.

그 자리에서 이승만 대통령의 연설이 있었다.

"……이 전쟁도 기왕 일본의 침략자들이 패망한 것처럼 공산주의 침략자들의 패망으로 끝날 것입네다. 머지않아 우리 태극기 아래 전국이 통일될 것입네다. 우리의 용감한 장병이 있고 미국을 비롯한 우방의 도움이 있고 유엔의 정신이 우리를 돌보고 있는데 우리의 목적이 달성되지 못할 까닭이 없습네다……"

이승만은 만장의 박수를 받았다. 그리고 대단히 만족한 모양이었다. 동석한 미국대사 무초도 만족의 뜻을 보였다. 독립 2주년 기념식전을 서울에서 조금이라도 가까운 대구에서 해야 한다는 것을 굳이 주장한 사람은 다름아닌 무초 대사였던 것이다.

무초는 식전이 끝나자 이승만을 찾아가 축하의 뜻을 표했다.

"북괴군의 압력에도 불구하고 이렇게 한국의 해방기념일이며 독립기념일인 이날을 축하함으로써 대통령과 정부의 건재를 내외에 과시할 수 있다는 것은 한국국민에 대한 다시 없는 선물이라고 생각합니다."

이에 대해 이 대통령은 기쁨을 감추지 못하는 표정으로 대답했다.

"정말 그렇소, 대사 각하. 내년의 기념식전은 평양에서 할 것이외다."

그러나 내년의 일은 어떻게 되든 우선 대구의 사정이 절박하게 되어 있었다. 북괴군은 이미 대구 교외에까지 침투해 있었다. 워커 중장은 무초 대사의 간곡한 부탁을 들어 대구에서 기념식을 할 때까지 머물러 있게 된 것인데 내일엔 단호히 모든 정부기관을 부산으로 퇴거하도록 권할 작정으로 있었던 것이다.

북괴군은 집요하게 대구 공략을 목적으로 밀고 들어오고 있었다.

8월 15일이 한국에 있어서 해방과 독립을 기념하는 날이라면 북괴에 있어서도 마찬가지의 뜻을 가진 날이다. 대전을 함락한 뒤 북괴군 최고사령관인 김일성은 충주 지방의 전선사령부에서 떠벌였다.

"조선해방 제2주년 기념일까지 부산을 점령해야 한다. 적에게 숨을 쉴 사이를 주지 말고 낙동강을 건너 대구·부산을 점령하라!"

김일성은 개전 전인 6월 7일, 이 해의 8월 15일엔 서울에서 통일회의를 연다고 장담하기도 했다. 북괴군은 8월 15일에 서울에서 전승의 열병식을 할 것이라고 예정하고 있었다는데, 그런 공언에 비하면 8월 15일의 부산 점령 운운은 그들로서는 스케줄의 후퇴라고 하겠지만 그런 대로 뜻은 없지 않을 것이었다.

그러나 그들도 차츰 지치기 시작했다. 유엔군과 한국군이 낙동강 방어선을 구축하기 시작했을 무렵 그들의 힘은 거의 빠져가고 있었다.

개전 후 1개월 반밖에 경과되지 않았는데도 줄곧 달음질을 치고 온 북괴군은 상당한 전과를 올리긴 했어도 그만큼 많은 손해도 있었다.

병력과 물자의 보급을 받고 있었긴 하지만 보충된 신병들의 전투력은 보잘 것이 없었다. 300킬로미터나 연장된 병참선은 미군기의 폭격으로 만신창이가 되어 있었다. 게다가 도작稻作의 단경기端境期인데다

작전지대가 주로 산악이었기 때문에 군량미 부족 사태가 발생하고 있었다. 그래도 북괴군은 8월 15일 부산점령을 목포로 진격을 서둘고 있었던 것이다.

북괴군은 낙동강 방어선의 서와 북의 측면에 따라 남으로부터 제6·제4·제3·제10·제15, 제13·제1·제8·제12·제5사단의 순으로 배치했다.

이 가운데 제6·제4·제3·제10사단은 김웅이 지휘하는 제1군단에 소속되고, 나머지 6개 사단은 무정武亭 지휘하의 제2군단에 속했다.

그리고 대강 다음과 같은 것이 북괴군의 진격계획이었다.

제6사단은 마산으로부터 부산을 향하고, 제4사단은 그 북방 영산에서 부산 대구 간을 차단한다. 제3사단과 제10사단은 각각 왜관의 남측과 북측에서 대구를 공격하고, 그 북동의 선산·낙동리·군위·영천으로부터 제15·제13·제1·제8사단이 남하해서 대구를 공략한다. 제12·제2사단은 동해안지구를 담당하고, 제12사단은 포항, 제5사단은 영덕을 공략해서 부산으로 진출한다.

그러나 그들이 이 계획대로 낙동강 방어선을 돌파하지 못했다는 것은 이미 역사적인 사실로 되어 있거니와 한편 우리 사정도 험난하기 짝이 없었다.

워커 중장은 낙동강 방어선을 확정하자 8월 7일 제25사단을 시켜 마산 정면에 있는 적을 공격하도록 명령했다. 부산의 좌편을 안전하게 하는 동시, 대구 방면의 북괴군을 유도해서 대구에 대한 압박을 완화시키는 것이 목적이었다.

이 작전은 제25사단장 W. 킨 소장의 이름을 따서 '킨 작전'이라고 불렸다. 이 작전으로 방호산이 지휘하는 북괴군 제6사단을 공격하여 4,000명 이상의 손해를 입혔지만 제25사단도 심각한 타격을 받고 후퇴했다. 결국 북괴의 제6사단을 격파하지 못하고 대구 방면의 북괴군을 유도하지도 못한 채 실패로 끝난 작전이었다.

북괴군 제4사단의 직격 루트인 영산지구는 낙동강이 서쪽으로 돌출하는 모양으로 곡절하고 있었기 때문에 낙동강 돌출부라고 불렸는데 이곳의 북괴 제4사단은 보급난과 미군의 포격으로 사기가 저하되어 있었다. 그런데 지키는 미 제24사단도 기진맥진해서 8월 15일 사단장 J. 처치 소장은 일단 후퇴하겠다고 워커 사령관에게 청원해왔다. 하는 수 없이 워커는 제1해병여단을 투입해서 겨우 전선을 유지했다.

동해안지구에선 8월 9일 영덕이 공략되고, 8월 13일부턴 포항이 북괴군의 압박을 받았다. 한국군의 수도사단장 김석원 준장은 8월 6일 제3사단장으로 취임했는데, 용전을 계속했지만 영덕 남방의 해안으로 몰려 고립상태에 있었다. 그러니 대구가 위태롭지 않을 까닭이 없는 것이다.

정면을 수비하는 기병 제1사단은 8월 9일 공격을 감행한 북괴 제3사단을 격퇴했고, 8월 11일에도 북괴군 제10사단을 격퇴했다. 북괴군 제10사단은 8월 14일 공격을 재개했지만 공군의 지원을 받은 제1기병사단은 다시 이를 격퇴할 수가 있었다. 그러나 북방에서 북괴군 제15, 제13, 제1사단이 남하해오고 있었다.

이상이 8월 15일, 독립기념일을 맞이했을 때의 전황의 개요이다.

적에게 어느 정도의 손해를 주었는지 알 수 없었던 탓으로 워커는 사태를 비관적으로 판단하지 않을 수 없었다. 남과 북, 그리고 동쪽으로 뻗은 낙동강 전선은 일단 그 방위적인 의미를 유지하고 있다고는 하나 언제 돌파될지 알 수 없는 일이었다.

워커 중장은 8월 16일 아침, 무초 대사를 방문하고 맥아더 원수의 배려이기도 하다는 전제를 두고 한국정부와 외교단의 대구에서의 퇴거를 요청했다.

"만일 방어선이 돌파되면 여섯 시간 이내에 적은 대구 시내에 들어옵니다. 말하자면 돌연 적이 침입할 수가 있다, 이겁니다."
하고 워커는 강조했다.

"맥아더 원수는 한국정부와 8군사령부의 안전에 특히 관심을 가지고 있습니다. 가장 중요한 건 한국정부의 안전입니다."

워커는 이어 다음과 같이 말했다.

"나 자신 대구를 포기할 생각은 없습니다. 그러나 막료들은 사령부를 보다 안전한 데로 옮기고 싶어하고 있습니다. 나로서도 미군 지휘관의 퇴각은 한국국민의 사기를 크게 손상할 것이란 사실을 알고 있습니다. 한국정부와 대통령의 후퇴도 한국군 장병과 국민의 사기에 악영향을 미칠 줄 압니다. 그러나 대통령과 각료가 살해되거나 붙들리는 경우가 있으면 이건 사기의 문제가 아니라 한국 자체가 붕괴되는 일 아닙니까."

요컨대 워커는 대통령과 정부에게 후퇴를 권고해달라는 부탁이었다.

무초는 그렇게 하기로 승낙하고 참사관 드램라이트, 일등서기관 노벨을 동반, 대통령의 임시숙사인 경상북도지사 관사로 향했다.

언젠가 이승만은 일등서기관 노벨에게 "나는 대구에서 후퇴하지 않겠다. 적이 오면 나를 신봉하는 자 100명과 같이 싸울 작정이다. 그땐 라이플 총 100정을 조달해달라."고 얘기한 적이 있었다. 그래서 노벨은 '혹시 이승만이 라이플 총 100정을 달라고 할지 모르겠는데.' 하는 생각을 했었다고 한다. 아니나 다를까 이승만 대통령은 무초 대사가 대구로부터 퇴거하라는 진언을 하자 펄쩍 뛰었다.

"노, 천 번이라도 노다. 나는 국민을 버리고 도망치느니보다 적과 싸우다 죽겠다. 부탁이다. 내게 라이플 총 100정만 주시오. 100명의 부하와 같이 싸우겠소."

무초가 정중하게 말했다.

"각하는 대통령이십니다. 대통령이 병사들처럼 거리에서 싸울 필요가 없습니다. 각하가 해야 할 일은 정부를 지도하는 일입니다."

"그럼 나는 사직하겠소. 다른 사람이 대통령 노릇을 하면 될 게 아니오. 그렇게 되면 나는 자유이니까 여기서 싸울 수 있지 않겠소."

흥분한 이승만을 보며 노벨과 드럼라이트는 서로 눈을 맞추었다.

대전에서 퇴거할 때도 이승만은 '퇴각보다는 죽음'이라고 외쳤는데 그때의 태도에 비해 어쩐지 이번엔 진지함이 결여된 것처럼 느껴진 때문이었다.

'나는 대통령의 말이 어디까지가 진실이고 어디까지가 연극인지 알 수가 없었다.'고 노벨은 그의 수기에 기록하고 있는데, 참사관 드럼라이트가 국무성에 보낸 보고는 신랄하기 짝이 없었다.

이 대통령은 자기를 영웅적인 광명으로 조명하기 위해 극적인 행동을 취했다. 그러나 본관으로선 그가 적의 직접적인 위협에 직면하면서까지 대구에 머물러 있을 생각은 전연 없었다고 확신한다…….

무초 대사는 이승만이 반대하기 때문에 국방국무회의를 소집해서 토의해달라고 요청했다.

국방국무회의는 국무총리대리 겸 국방부장관 신성모·내무부장관 조병옥·재무부장관 최순주·상공부장관 김훈·교통부장관 김석관 등 다섯 사람으로 구성되어 있었다.

무초는 5인의 각료가 모이자 사태가 절박하다는 설명을 하고 대통령과 정부의 대구에서의 퇴거를 권유했다.

신성모, 조병옥이 곧 찬의를 표했고 다른 각료들도 동의했다. 그러나 이승만은 끝끝내 반대였다.

"한국인은 이젠 퇴각할 수 없습네다. 정부는 떠나더라도 나는 떠날 수 없습네다. 나는 사직하고라도 싸울 것입네다."

참사관 드램라이트에 의하면 이럴 때의 이승만은 '일종의 황홀상태에 빠진 것 같은 영탄 조의 말투가 되었다.'고 한다.

무초 대사와 5인의 각료가 입을 모아 설득하자, 이승만은 그렇다면 정부 퇴거의 계획이나마 세워보자고 양보했다.

무초 대사는 국민 대중에 대한 영향을 생각해서 신중을 기할 필요가 있다는 것을 강조하고 다음과 같은 방책을 제안했다.

1. 정부 이전의 성명은 대구시민을 혼란케 할 염려가 있으니 그 발표의 시기는 검토한 끝에 정한다.
2. 대통령은 진해 또는 부산에 있게 될 것이지만 가끔 대구로 온다. 단 위험을 피하기 위해 그날 안으로 돌아간다. 대통령의 모습을 빈번히 보면 대구시민은 안심한다. 정부 이전의 마이너스를 커버할 수 있다.

이승만과 각료들은 무초의 그 제안을 받아들였다.

그 이튿날인 8월 17일. 이승만은 부인 프란체스카와 비서들을 동반하고 정오쯤 미 수송기로 부산으로 떠났다. 대통령의 부산행은 '긴급용무가 있기 때문'이라고 발표되었다.

그날 밤 외무부장관 임병직은 국련 한국위원회 대표를 비롯해서 외교단에게 정부의 부산이전을 전했다. 외교단은 속속 대구를 떠났다.

8월 18일.

북괴군 제1·제13·제15사단은 대구의 북서부에서 수비하고 있는 한국군 제1사단에 공격을 가해왔다.

대구에선 연일 포성이 들려 불온한 공기가 감돌고 있었는데 이날 오전 아홉 시쯤 되었을 때 유탄 여섯 발이 대구역 부근에서 터졌다.

이 일에 놀라고 있는데 시내에 전단이 살포되었다. 한국정부와 경상북도청이 발표한 포고였는데 내용은 간단했다. 정부가 부산으로 이전했다는 사실을 알린 것이었다.

뒤에 각료의 한 사람이 노벨에게 말한 바에 의하면 각료들은 무초의 권고에 따라 성명발표의 시기를 보류할 작정이었지만 서울을 철퇴할 때 시민에게 알리지 않았다는 사실을 뉘우치는 일부의 의견도 있어 전단을 살포하기로 한 것이라고 했다.

그런데 경북도청의 포고문은 단순히 정부의 이전을 알린 것만이 아니고 북괴군의 대구 침입이 있을지 모르니 시민들은 빨리 피난하라는 경고도 곁들여 있었다. 포탄의 낙하와 도청의 포고는 순식간에 대구 시내를 공황 상태로 몰아넣었다.

대구시의 인구는 전쟁이 나기 전엔 약 30만이었는데 피난민이 흘러들어 약 70만으로 팽창해 있었다. 그 70만의 시민이 일제히 피난처를 찾아 거리로 나온 것이다. 대구역엔 시민의 무리가 쇄도했고 부산으로 향하는 길도 피난민으로 넘쳐 부대의 이동도 곤란할 정도로 되었다.

"정부는 우리를 버렸다."

"남은 것은 우리들뿐이다."

하는 유언이 한국군 부대 안에 퍼져 장병 간에 동요를 일으켜 도망자가 나기도 했다. 국방부장관 신성모와 내무부장관 조병옥은 대구역으로 달려가 확성기로 시민들을 진정시키려고 애썼다.

무초 대사와 미국대사관 관계자들은 이런 사태를 모르고 있었다.

오전중으로 대사관 대부분은 출발하고 무초 대사는 노벨과 스튜어트 두 사람을 데리고 마지막으로 떠날 참이었다.

"서둘 것 없지 않은가. 점심이나 먹고 떠나자."

는 무초 대사의 말에 스튜어트는 사환을 시켜 김치와 쌀밥을 가져오도록 했다. 그는 오랜 한국생활에서 매운 김치맛을 익히고 있었던 것이다.

일등서기관 노벨은 자기는 대구에 남았으면 한다고 무초 대사에게 간청했다.

부산엔 대구 이상으로 난민들과 군인으로 붐비고 있었다. 생활환경도 나쁠 듯했다. 게다가 제8군사령부는 대구에 있다. 한국정부도 각료 가운데 국방 신성모·내무 조병옥·외무 임병직·재무 최순주는 대구에 잔류하도록 되어 있었다. 그러니 당연히 그들과 미국대사관 사이의 연락사무도 필요하게 된다.

노벨은 이와 같은 이유를 들고 대구에 남기를 청했으나, 무초는

"그 일은 드램라이트에게 명령해놓았다. 자네는 이 대통령의 측근에 있어줘야 하겠다. 그는 지금 진해 별장에 있을 것이다."

하고, 진해는 군항이지만 풍광이 좋은 해수욕장이기도 하니 진해에 가

서 휴식을 취하는 것도 좋을 것이라며 노벨의 어깨를 두드렸다.

시내에 살포된 정부와 경북도청의 포고가 입수된 것은 그들의 점심 식사가 오기 직전이었다. 통역을 통해 그 전단의 내용을 알자, 무초는 "갓뎀." 하고 소리를 질렀다.

통역이 이어 거리는 이미 혼란 상태에 빠졌으며 시민들은 겁을 먹고 피난을 서두르고 있다는 보고를 했다.

"약속위반이다."

"누가 그런 짓을 했단 말인가."

하고 분개하고 있을 때 전화가 걸려왔다. 노벨이 수화기를 들었다. 대구비행장의 미군 당직 장교로부터 온 전화인데 이승만 대통령이 방금 도착해서 지금 자동차로 시내를 향하고 있다는 내용이었다.

"뭐라구?"

하고 무초는 포크를 떨어뜨릴 정도로 놀랐다. 무초 대사는 이승만이 각료들이 모여 있는 도청으로 갔을 것으로 추측하고 그리로 달려갔다. 노벨과 스튜어트에겐

"한 시간쯤 기다렸다가 내가 오지 않거든 먼저 부산으로 떠나라."

고 일러두었다. 도청에 도착한 무초는, 이승만이 전날 출발하기 직전 "곧 돌아올 테니 그때까진 정부를 이동하지 말라."고 각료들에게 밀명密命을 내려놓았다는 사실을 알았다. 동시에 조병옥이 정부는 미군의 권고에 따라 이동해야 한다고 주장한 사실도 알았다.

이승만 대통령은 "나의 허락 없이 정부 이전의 성명을 발표한 건 명령위반이다. 나는 퇴각하지 않는다."고 소리소리 지르고 있었다.

무초 대사는 "약속은 약속 아니오. 빨리 떠나야 합니다." 하고 이승만을 설득하여 같이 비행장으로 나갔다. 그리고 거기서 동승하여 부산으

로 향했다.

　노벨과 스튜어트는 하오 세 시 두 대의 차로 대구를 떠났다. 두 사람은 악로를 달려 8월 19일 오전 0시쯤 진해에 도착해선 오전 열 시 대통령 별장을 찾아갔다.

　이승만 대통령은 별장 앞바다에서 낚싯줄을 드리우고 있더니 노벨이 가까이로 가자 "부산으로 언제쯤 가게 되느냐?"고 물었다.

　"언제든지 좋습니다."

　노벨의 말이었다.

　그 이튿날 8월 20일, 이승만 대통령은 진해를 떠나 부산으로 이동했다.

　그러나 사실은 이승만이 벌써부터 경남지사 관사를 임시 관저로 하여 그곳을 정무의 근거지로 하고 있었다. 다만 일선의 작전을 독려하기 위한 뜻과 8·15 기념식전을 위해 비교적 오래 대구에 머물러 있었던 것이고, 대내적으론 부산을 근거로 하고 있다는 사실을 미국 측에 알리지 않았던 것뿐이었다.

　부산으로 돌아간 이승만은 무초 대사를 불렀다. 부랴부랴 달려간 무초를 이승만은 침통한 표정으로 맞이하더니

　"대사, 나는 일본 동경으로 가야 하겠소."

하는 말을 꺼냈다. 무초는 놀라 되물었다.

　"일본으로 가시다니 한국정부가 일본으로 망명하시렵니까?"

　"노. 맥아더 원수를 만나고 싶소. 만나서 의논할 일이 있소."

　이승만은 한국의 위기는 무기의 부족에 있다고 말했다.

　"실지로 청년의용병을 20만 명이나 모집해두었는데 무기를 주지 않습네다. 무기만 있으면 우리 국군은 적을 격퇴할 수 있습네다. 나는 내 친구 맥아더 원수를 만나 특히 이 점을 얘기하려 합네다."

그 말엔 미군은 한국을 지켜내지 못할 것이 아닌가, 하는 불신감이 풍겨 있었다. 무초 대사는

"맥아더 원수는 이미 자기의 권한 내에서 할 수 있는 모든 가능한 것을 동원하여 한국군을 돕고 있다고 나는 생각하는데요."

하면서도 그의 방문 의사를 맥아더 총사령부에 전달했다.

즉각 답은 왔다. 안 된다는 거절이었다. 그 이유는 '원수는 지금 몹시 바쁘다.'였는데, 사실 맥아더는 바빴다. 인천 상륙작전의 구상과 그 준비에 바빴던 것이다.

3

그러나 이종문이 이런 사태를 알 까닭이 없다. 그런 만큼 언제나 낙천적이었다.

이종문이 경남도지사 관사였던 임시경무대로 간 것은 무초를 통해 맥아더 사령부의 회신을 듣고 이승만의 심기가 심히 침울해 있을 때였다.

경무대 입구에서 김형근 비서를 만났다. 김 비서는 이제 막 외출할 참으로 밖으로 나오는 길이었는데, 종문을 보자

"이 사장 오래간만입니다."

하며 인사를 하곤 덧붙였다.

"그런데 오늘은 각하를 안 만나시는 게 좋을 겁니다."

그러면서 그는 우울한 표정을 지었다.

"와 그렇소?"

하고 이종문이 되물었다.

"그럴 일이 있습니다."

김형근 비서는 구체적으로 설명은 하지 않고 차를 타버렸다.

그러나저러나 들어가볼 일이라고 생각하고 이종문은 현관 옆방에 얼굴을 들이밀었다. 황규면 비서와 김광섭 비서가 이마를 맞대고 밀담을 하고 있는 중이었다. 두 사람은 종문을 보더니 밀담을 멈추고 일어섰다.

"대구에 오셨더먼요."

황 비서가 인사 대신 이렇게 말했다.

"아부지 연설 들으러 갔지요. 그런디 무슨 일이 있습니까?"

"무슨 일이라뇨?"

황 비서는 의아한 표정이 되었다. 종문이 김형근으로부터 들은 얘기를 했다. 황 비서는 말없이 애매한 웃음을 띠었다.

"그러나 이 사장이면 각하가 만나실지도 모르지. 각하의 기분이 이 사장 덕분으로 풀릴지도 모르구. 황 비서, 각하께 말씀드려보시지."

김광섭 비서가 한 말이었다. 황 비서가 안으로 사라지고 난 뒤, 김 비서는 담배를 권하며 물었다.

"이 사장 요즘은 어떻소?"

"옛날이고 지금이고 내 형편엔 다른기 없소. 그런디……."

하고 오늘 자기가 대통령을 찾아온 이유를 간추려 얘기했다. 언제나 차분해보이는 김광섭 비서를 이종문은 특히 좋아했다. 더욱이 그가 일제 때 5년이나 감옥생활을 했다고 듣고부턴 다른 비서에게와는 다른 존경심을 품고 있었던 것이다.

이종문의 얘기를 듣고 있더니 김광섭이 차분히 말했다.

"바로 그런 문제가 중대합니다. 그런 만큼 어려운 문제이기도 하구요. 억울한 죽음은 없도록 해야죠."

마지막은 중얼거리는 말이 되었다.

사실 보도연맹에 들었다고 해서 모조리 잡아가두어 즉결처분을 한다는 것은 아무리 전쟁 중이기로서니 있을 수 없는 일이었다.

"그러니 김 비서도 좀 도우시오."

김광섭은 이렇게 말하는 이종문을 바라보며 씁쓸하게 웃었다. 그리고 말했다.

"물론 도와드려야죠. 그러나 우리는 지금 비서로서의 직분도 다하고 있지 못하는 처집니다. 각하의 마음은 날로 어두워가시는데 그 마음을 가볍게 해드리지도 못하는 주제에 그런 말을 꺼내놓을 수가 있겠습니까. 그런 말씀은 이 사장 같은 분이 하셔야 합니다. 각하께서 혹시 물으실 땐 나도 최선을 다하죠."

그 정도의 말이라도 이종문은 고맙게 여겼다. 다른 비서들에게 그런 사정을 말했더라면 하나같이 쉬쉬 하며 아예 그런 말은 각하 앞에 꺼내지도 말라고 야단이었을 것이니 말이다. 황 비서가 나왔다.

"들어가보시오."

하는 황 비서의 표정이나 말투는 밝은 것이 아니었다. 그로써 종문은 대통령의 기분이 별로 좋지 않다는 것을 짐작했다.

'날을 잘못 잡은 건가?' 하는 움찔하는 마음이 들었지만 종문은 형편 보아가며 말을 꺼내든 꺼내지 말든 하면 되겠지, 하는 배짱으로 담배를 끄고 일어섰다.

"잘해보시오."

김 비서의 말이 있었다.

큰절을 하고 일어섰을 때야 이승만은 얼굴을 이편으로 돌려 탁자 위에 놓인 안경을 집어들어 눈에 걸었다. 그것은 흡사 모르는 사람의 얼굴을 익혀두기 위한 동작 같았다.
　이승만은 나이가 나이라서 시력이 감퇴하고 있었는데 마음이 우울하면 시력이 더욱 나빠졌다. 눈앞의 사람을 분간 못할 정도로 되는 것이다.
　"앉게."
하고 이승만이 턱으로 탁자 건너편의 의자를 가리켰다. 의자에 앉기 전 종문은 프란체스카 여사를 눈으로 찾아 그 방향으로 고개를 숙여 절을 했다. 프란체스카의 머금은 듯한 미소가 응접탁자 쪽에 있었으나 조심조심 동작을 취하고 있다는 느낌이 들었다. 프란체스카 여사마저 대통령의 신경을 건드리지 않기 위해 저처럼 신경을 쓰고 있는 것이라고 생각하니 종문은 겁에 질렸다.
　사실 이승만은 그때 극단의 우울증에 빠져 있었다. 자신은 이미 진해에도 가고 부산에도 오고 해서 대구를 떠나는 사실을 별로 중시하지 않고 있었지만, 미군사령부와 미국대사관으로부터 정부를 부산으로 옮기라고 들은 것은 충격이었다.
　"이 이상의 후퇴는 전쟁의 결정적인 패배를 의미하는 것이오." 하고 "그러니 절대로 이 이상의 후퇴는 없을 것이다." 고 워커 중장이 대구의 북서부로부터 왜관·창녕·함안을 연결하는 선을 지도 위에 그려 보이며 설명한 것은 불과 두 주일 전쯤의 일이었던 것이다.
　그랬던 것인데 갑자기 정부를 대구에서 퇴거하라는 것은 전세가 결정적으로 불리해졌다는 얘기가 아닌가. 따라서 낙동강 방위선이 무너질지 모른다는 말이 아닌가. 낙동강 방위선이 무너지면 어느 곳에도 그만한 방위선을 구축할 곳이란 없다. 그보다도 그 철통 같은 방위선을 뚫고 넘어선 적의 세력을 감당할 수단이 있을 것 같지가 않았다.
　그런데 이승만이 우울한 원인은 전황 그 자체보다도 끝까지 싸울 의사가 미군에게 결여되어 있는 것이 아닌가, 하는 회의에 있었다. 의심을 하기 시작하면 한없이 그 증거가 쏟아져 나온다. 2차대전 때 독일을 굴복시키고 일본을 승복시킨 그 막강한 미국군이 아니 미국이 무슨 까닭으로 북쪽에서 밀고 내려온 불과 2, 30만의 적에게 계속 밀리고만 있단 말인가. 꼭 전쟁을 승리로 이끌려고 하는 마음이 있다면 왜 이편이 요구하는 대로의 무기를 주지 않는가 말이다. 그 무진장한 무기를 무엇 때문에 아끼는가 말이다. 아무래도 납득할 수가 없는 일이었다.

그러니 자연 국공전쟁을 상기하지 않을 수가 없었다. 미국은 8년 동안이나 국민당을 도왔고 막대한 무기와 재산을 중국에 투입하고 있었는데도 중공군이 약간의 우세를 보였다고 해서, 이때야말로 미국의 도움이 필요하다고 절실하게 느낀 바로 그 시점에서 국민당을 포기해버리지 않았던가. 기왕의 공이 아까워, 또는 기왕의 노력이 아쉬워 끝끝내 하나의 일을 성취해야 한다는 그런 태도를 미국에게선 찾아볼 수가 없는 것이다.

따라서 이승만은 미군이 낙동강 방위선의 붕괴를 한국을 포기하는 계기로 이용하지 않을까, 하는 겁까지 먹게 되었다. 그렇지 않고선 그 다정하던 맥아더, 동란 초기만 해도 자기의 등을 두드리며 격려해주었던 맥아더가 불과 30분, 아니 15분이면 넉넉한 면회마저 거절할 까닭이 없는 것이란 결론에 이르렀을 때 이승만은 절벽 위에서 등을 떠밀린 것 같은 절망감에 사로잡혔다.

'맥아더가 나를 만나지 않겠다는 이유가 달리 있을 수 없다. 나를 보기가 거북한 것이다. 왜 거북한가. 머잖아 한국을 포기하기로 결정한 때문이다. 이유는 그것밖에 없다.'

생각이 여기에 미치자 '정부는 대구를 절대로 떠날 수 없다.'고 끝까지 버틸 것을, 하는 후회가 있었다. 그때 결판을 내야 하는 것이었다. 이왕 대통령을 그만두겠다고 했으니 대통령 직을 내던질 테니 라이플 총 100정을 달라고 끝끝내 버텼어야 했다. 거기서 죽기로 결단을 내야 하는 것이었다⋯⋯.

이승만은 최악의 경우를 예상하지 않을 수 없었다.

'아아, 그 최악의 날, 최악의 순간⋯⋯.'

그 이상은 생각하기도 싫었다. 생각할 수조차도 없었다.

종문이 대하고 앉은 이승만의 심리는 이렇게 되어 있었던 것이다. 그러니 그의 눈에 무엇이 보일 까닭이 없었다. 프란체스카마저도 이승만의 신경을 건드리지 않으려고 숨을 죽이고 있어야만 했다. 그런 상황이었는데 어떻게 이종문을 그 방 안으로 불러들였을까. 그런데 사실은 이승만이 허락한 건 아니었다. 황 비서의 말을 들은 프란체스카가 이종문을 데려다놓으면 혹시, 하고 그를 데려오라고 한 것이었다.

이승만은 안경까지 쓰고 앞에 앉은 자가 이종문임을 확인하고서도 한마디 말이 없이 다시 얼굴을 창밖으로 돌렸다. 종문이 우두커니 앉아 있을 수밖에 없었는데 그 무거운 공기를 견디기가 힘들었다. 그래서 불쑥 말을 꺼냈다.

"대구에서 하신 아부지 연설 들었습니다."

이승만의 태도엔 변화가 없었다.

"명년 광복절은 평양에서 한다는 연설을 듣고 전 울었습니다."

여전히 이승만은 꼼짝도 안 했다.

"명년 광복절은 평양에서 하게 될깁니더. 틀림없습니다."

가까스로 이종문은 '더, 더' 하던 어미를 '다'로 고쳤다. 이때 이승만의 말이 있었다.

"자네도 광복절 축하를 평양에서 했으면 하는가?"

그 말투가 너무나 처량했기 때문에 이종문은 눈물을 쏟을 뻔했다. 단번에 목이 콱 막혔다. 겨우 말을 짜내듯했다.

"했으면 하는 마음뿐이겠습니까."

"그럴 테지."

하고 이승만은 다시 잠잠해졌다.

"평양 가는 건 명년까지 기다리지 않아도 될 겁니다."

이종문이 엉뚱한 말을 했다.

"벌써 빨갱이 놈들은 맥을 못 추게 되었으니 말입니다."

하고 말을 이었다.

"빨갱이가 맥을 못 춘다?"

이승만의 귀가 번쩍하는 것 같았다. 그러나 곧 아까의 표정으로 되돌아가며 물었다.

"그 무슨 소리냐?"

이종문이 언젠가 동식에게 한 말을 되풀이했다.

"어떻게 자넨 그처럼 잘 아는가?"

"포로들과 만나 얘기해봤습니다."

"포로들을 자네가 어떻게 만났나?"

종문은 포로수용소에 부식물을 납품하고 있기 때문에 관리하는 미군을 사귀어 그런 기회를 가졌노라고 대답했다. 사실은 부식물의 조달을 위해선 포로들의 의견을 물어두는 것이 좋다고 미군들에게 교섭을 한 것이다. 그랬더니 철조망을 사이에 두고 얘기를 할 수 있도록 기회를 만들어준 것이다.

그런데 종문이 만난 그 포로는 북한에서 온 사람이 아니고 의용군으로 강제징병된 사람이라서 자기를 구해달라는 뜻도 있어 갖가지 실정을 말해주었다.

보급이 엉망이어서 하루 한 끼를 먹을 수 있을까말까 하다는 것, 의료시설이 부족해서 부상을 하거나 병에 걸리면 영락없이 죽어야 한다는 것, 탄환의 배급이 없어 제대로 전투를 못하는 부대도 있다는 것. ……그래서 북괴군은 자체 내에서 붕괴하고 있다는 얘기였는데, 이승만은 이종문의 말을 듣자

"그렇다면 어째서 워커는 괴뢰군의 압력이 강화될 것이라고 했을까."
하고 중얼거렸다.

"지금 그놈들은 마지막 판이라서 광분하고 있는 겁니다. 앞으로 며칠만 버티면 놈들은 무너집니다. 두고 보십시오."

어느덧 이종문의 말은 웅변이 되었다. 전쟁터의 사정을 잘 알 턱이 없는 그는 희망적 관측만 가지고 지껄여댔다. 그런데 무식한 사람의 말투라는 것은 이상한 작용을 한다. 유식한 사람의 말보다도 그럴 경우 훨씬 설득력이 있다.

"두고 보십시오. 이 달 안으로 판이 날낍니다."

이종문이 이렇게 단언하자, 이승만이 탁자를 쾅 쳤다.

"이때 무기가 필요헌데……."

종문은 그 말뜻을 알아들을 수가 없었다. 무기는 부산 부두에, 서면에 산더미처럼 쌓여 있었으니 말이다.

이승만의 얼굴이 밝아오는 것 같았다. 아니나 다를까

"마미, 나 차 한잔 주구려."
하고 프란체스카를 돌아보고 하는 말은 밝고 가벼웠다.

"자넨 시원한 걸 한잔 허게."

프란체스카가 차를 날라오자 이승만은 이렇게 말하고 종문에게 주스를 갖다주라는 시늉을 했다.

이승만은 차를 마시며 종문의 낙관론을 검증해보는 마음으로 되었다. 그런 마음이 되니 작금의 공방전에 관한 보고가 종전의 것과는 다르다는 데 생각이 미쳤다. 후퇴했다는 보고가 별로 없고 사상자의 수도 훨씬 줄어들었다.

'그런데 워커나 무초는?' 하다가도 '만사 안전을 좋아하는 미국인의 심리겠지.' 하는 방향으로 생각을 돌렸다.

어쩌면 낙동강 방위선은 지탱될지 모른다는 희망이 솟아났다. 그렇게만 되면 전세를 바꿀 날도 있을 것이 아닌가.

"요즘 자네 하는 일은 어떤가?"

이런 말이 나올 만큼 이승만의 마음은 한결 가벼워졌다.

"돈이 너무 많이 벌려서 셀 수가 없습니다."

하고, 종문은 이때다 싶어

"며칠 전에도 특무대에 돈을 한 포대 갖다줬습니다."

고 자랑을 했다.

"한 포대?"

이승만의 눈초리에 의아하다는 빛이 돌았다.

"셀 수가 있어야지요. 그래 돈을 포대에 꽁꽁 눌러 담아갖고 김창룡 대장에게 갖다주었습니다. 병정들 고깃국이나 끓여먹이라구요."

"창룡에게 돈을 한 포대 갖다주었단 말인가?"

"예."

이승만은 정색을 하더니

"그건 잘했다만 아무리 바빠도 돈을 헤아려서 주든지 받든지 해야 하

허상과 실상 213

는 법이다."
하고 나무랐다.

"예, 앞으론 그렇게 하겠습니다. 그런디 아부지에게도 돈을 좀 갖다드리면 어떻겠습니까?"

"지금은 필요 없다. 아무튼 돈은 소중히 해야 해. 필요할 때 쓰기 위해서 아껴두어야 헌다."

"예, 그런디 언제라도 필요하시면 말씀하이소. 제 돈 잔뜩 갖다드리겠습니다. 지금은 주로 미군공사만 하고 있는디 참말로 벌이가 잘 됩니다."

"필요하면 말하지."

하더니 이승만이 무슨 생각을 했는지 탁자 옆에 붙은 벨을 누르더니 김 비서를 불렀다. 김 비서가 나타났다.

"자네 김창룡헌테 전화를 걸어. 종문이가 돈을 한 포대 갖다줬다는데 그걸 헤아려보았으면 얼마나 되던가 한번 물어보게. 뭣 때문에 묻느냐고 하거든 그저 내가 알고 싶어서 물어보는 거라고만 말하게."

그러고는 이승만이 이종문을 보고 싱긋 웃었다. 그 웃음의 뜻을 알 수 없어 종문은 그저 덤덤히 앉아 있었다. 이승만은 다시 생각에 잠기는 듯했다.

4, 5분쯤 지났을까. 김 비서가 들어왔다. 그 보고는 이랬다.

"헤아려보니 4,858만 3,000원이었다고 합니다. 그걸 가져올까 하고 물었습니다."

"아니다. 알았으면 돼. 4,800만 원이라구? 그 돈은 특무대에서 잘 쓰도록 허구, 이종문의 성의에 보답하는 것이 있어야 할 거라고 내 말을 전하게."

그제야 이종문은 아까의 웃음을 이해했다. 그것은 '내 너에게 생색을 한번 내주지.' 하는 것일 것이었다.

"참으로 종문인 장한 놈이다."

김 비서가 나가고 난 뒤 이승만이 뚜벅 말한 소리다.

이종문은 망설이는 마음이 되었다. 자기가 오늘 찾아온 용건을 말할까 말까 하고. 말을 안 하면 다시 기회를 만들기가 힘들 것이고 말을 하면 조금 좋은 소릴 들었대서 으쓱하는 것 같아서였다. 그런데 뜻밖이었다.

"오늘은 무슨 용건이 있어서 온 것 같구나. 어서 말해보게."

하고 이승만이 인자한 얼굴을 종문에게 돌린 것이다. 하도 반가워 종문이

"아부지."

하곤 말을 골랐다.

"아부지 덕택에 한 사람이라도 덜 죽어야 하는기 좋은 일 아니겠습니까. 아니 아부지 덕택으로 한 사람이라도 더 살 수 있게 하는기 좋지 않겠습니까."

"말을 계속해보게."

"전쟁터에서 죽는 건 하는 수가 없습니다. 여게 앉으셔서 뜻대로 살릴 수도 죽일 수도 없으니까 말입니다. 그런디 가두어놓은 사람들은 아부지 마음대로 하실 수 있지 않겠습니까. 죽이든 살리든."

"가두어둔 사람을 죽이고 살리고 하는 건 법이지 내가 아니다."

이승만의 말은 준엄했다. 이종문은 잠깐 말이 막혔다.

"무슨 말인지 구체적으로 허게."

이 말이 종문에게 용기를 주었다. 종문은 보도연맹에 관한 이야기를 꺼냈다. 즉결처분으로 많은 사람이 죽었는데 불가피한 일이긴 하지만 그 가운덴 억울한 사람도 있을 것이라며 자기의 군내 사정을 누누이 설

명했다.

"보도연맹에 들었다는 것은 빨갱이를 안 하겠다고 한집니다. 서울에서 놈들의 행패가 있었다고 들었습니다만 그렇다고 원수를 엉뚱한 사람에게 갚아서야 되겠습니까. 지금도 매일 즉결재판이 있고 매일 밤 처형이 있는 모양인데, 아부지 우리 군내 사람들만이라도 살려주이소. 제가 전부 아는 놈들입니다. 풀어만 주시면 제가 데리고 있을랍니다. 그 가운데 한 놈이라도 배신하몬 제가 목을 내놓겠습니다. 그라고 다른 사람들도 빨갱이가 부산에까지 들어오는 날이면 몰라도 그렇지 않을 땐 그냥 가두어두지 죽이진 않는 게 좋을까 합니다. 아부지 덕택으로 한 사람이라도 더 살아야 하지 않겠습니까. 그게 덕이라꼬 하는 것 아니겠습니까."

지껄이다가 일순 말을 멈추고 이종문이 이승만을 보았다. 이승만은 눈을 감고 있었다. 표정은 굳어져 있었다. 어떻게 폭발할지 모르는 위험이 느껴지기까지 했다. 종문이 숨을 죽였다.

"왜 말을 도중에서 끊어."

눈을 감은 채 이승만이 한 말이었다.

"아부지는 이런 사정을 잘 모르고 계시는 게 아닌가 하고……. 하여간 아부지의 심기를 어지럽히는 말 같아서 황송하옵니다……."

종문은 그 위엄 앞에 이 이상 말을 계속할 수가 없었다. 말을 계속하면 공자님 앞에서 문자 쓰는 격이 되리라는 것을 그의 본능은 예민하게 직감한 것이다.

"네 말뜻은 잘 알았다. 그러나 그러한 일은 아무리 대통령이라도 혼자 결정할 순 없다. 내 사람들과 의논을 해보지."

"감사합니다."

하고 이종문이 일어섰다.
 다시 큰절을 하고 나오는데 등 뒤에 말이 있었다.
 "자넨 엉뚱한 생각 말고 당분간 돈이나 많이 벌게. 그리고 나허구 의논하기 전엔 그 돈을 쓰지 말게."
 "예."
하고 다시 절하고 이종문은 밖으로 나왔다. 그의 등은 소낙비를 맞은 것처럼 흥건히 젖어 있었는데 그것은 날씨 탓만은 아니었다.

 그날 밤 이종문은 미국 공병대 책임자들과 송도의 댄스홀에서 실컷 술을 마셨다. 숙소로 돌아왔을 땐 한 시가 넘어 있었는데
 "경무대 김 비서로부터 전화가 있었는데 아무리 늦어도 이리로 연락해달라던데요."
하고 유지숙이 전화번호를 내놓았다.
 전화를 걸었다. 한 시가 넘었는데도 김 비서의 음성은 초랑초랑했다.
 "각하께서 오늘 낮에 이 사장이 말한 사람들의 명단을 제출하시랍니다. 빠를수록 좋으니 내일 아침까지 제게로 갖다주십시오."
하는 전화내용이었다.
 이종문은 기뻐 어쩔 줄을 몰랐다. 옆방에서 자고 있는 정성학을 깨워 그 명단을 챙겨놓도록 이르고 유지숙을 얼싸안고 춤을 추었다.
 그 이튿날 이종문이 김 비서로부터 들은 애기론 이종문이 나가자마자 이승만 대통령은 법무부장관·계엄사령관·특무부대장 등을 불러들여 회의를 해선 이종문의 소청을 들어주도록 결론을 맺었다는 것이었다.
 그렇게 해서 이종문의 고향사람으로서 형무소에 그런 이유만으로 갇혀 있던 사람은 전원 풀려나왔다. 이종문은 그의 고향에서 일약 영웅이

되었다.

그 후 군법회의에서 그런 종류의 사람들에 대한 극형이 없어지고 즉결처분하는 사례도 없어지게 되었는데, 그것까지도 이종문의 그날의 건의 덕택인지는 알 수가 없으나 아무튼 이종문은 큰일을 해낸 셈이었다.

이승만이 200명이 넘는 이종문의 고향사람들만 먼저 석방하라고 조치를 취한 데 계산이 없지 않았다는 것은, 그로부터 4년이 지난 어느 날 종문에게 국회의원 출마를 권하면서 다음과 같이 한 말로써 짐작할 수가 있다.

"자네의 당선은 틀림없을 걸세. 자네 덕으로 살아난 사람이 200명이면 가족을 다섯씩으로 잡아도 1,000명의 운동자는 벌어놓고 들어가는 셈 아닌가. 그런데도 당선이 안 되면 자네의 고향은 사람 사는 곳이 아닐세."

4

9월에 들어섰다.

마산의 바다와 하늘은 어느덧 가을빛을 띠기 시작하고 있었다. 그러나 전투엔 계절이 없었다. 포성이 삼방三方에서 울려오고 있었다. 마산을 축으로 30킬로미터쯤 반경을 그린 3면이 최전선인 것이다.

그런데 어느 날 동식은 전선이 갑자기 둔화한 것 같은 느낌을 가졌다. 들려오는 포성의 빈도는 다름이 없는데 왠지 전선에 긴박감이 풀린 것 같은 느낌을 받았다.

점심 시간이 다 되어갈 무렵, 동식은 보급창에 근무하고 있는 플림프 중위에게 전화를 걸었다. 우연한 기회에 어느 친구의 소개로 플림프 중위와 아는 사이가 되었는데, 플림프가 하버드의 철학과 학생이었다는 것과 동식이 철학교수임을 알게 되자 두 사람의 교의는 날이 갈수록 두터워졌다.

플림프는 자리에 있었다.

"오늘 점심을 같이 하고 싶은데 어떨까?" 하는 동식의 청에 대해 "아베크 플레질." 이라고 프랑스어로 승낙했다.

"장소는?" 하고 동식이 묻자 플림프는 "콘티넨털." 이라고 하다가 "오랜만에 김치하고 밥하고 고음탕을 먹고 싶다."고 말을 고쳤다.

"그렇다면 우리집엘 와."

동식의 말에 열두 시 반까지 오겠다고 플림프는 답했다.

플림프는 레이숀·담배·기타 보급품이 든 큰 상자를 둘러메고 약속한 시간에 찾아왔다.

"초콜릿·담배·비누·비스킷·비어·고기깡통 뭣이든지 있습니다. 사이소."

플림프는 마중을 하는 남희의 눈앞에 큰 상자를 내려놓고 한국말로 이렇게 농담을 했다. 한국에 온 지 한 달 반밖에 안 되었다는 플림프가 그 정도로라도 한국말을 한다는 것은 대단한 일이었다.

"한국말 잘하시네요."

인사 대신 남희가 이렇게 말하자, 플림프는

"나는 못하는 것 빼놓고 전부 잘합니다."

하고 더듬더듬 말하곤 웃었다. 그리고 동식을 쳐다보곤 영어로 "동어반복으로 엮어지는 한국어에 독특한 재미가 있다."는 뜻을 말했다.

하여간 플림프는 장교라고 하기보단 영리한 학생이었다. 그는 어느 날 자기가 한국전선에 지원한 이유와 경로를 다음과 같이 설명했다.

"소련이 이데올로기 싸움을 걸고 나오면 우리도 이데올로기로써 대항하려고 했지. 그 편에 마르크스와 레닌이 있으면 우리 편엔 제퍼슨과 링컨이 있거든. 그런데 무력으로 나왔으니 무력으로 대항하자는 거지. 미안한 말이지만 한반도에 동정한 것이 아니라 우리의 신념에 충실하려고 한 거다. 행동 없는 철학을 우리는 싫어해."

그리고 그는 열두 사람으로 구성된 그들의 서클이 모여 의논한 결과 모조리 같이 지원했다고 했다.

"순수한 사명감에 의한 행동이었구먼."
하고 동식은 부러워했다.

"그런데 공산주의자들은 우리를 미국제국주의의 앞잡이라고 하겠지. 헌데 모처럼 전선에 나왔는데도 초콜릿이나 배급해주는 유치원의 선생같이 되어버렸으니."
하고 플림프는 자기의 걸프렌드에게 보낼 것이란 엽서를 내보인 적이 있다. 그 엽서엔

내게 영웅을 기대하지 마시오. 나는 초콜릿과 비스킷을 무상으로 배급해주는 배달부에 불과하오. 그러나 내겐들 전투할 기회가 없는 것은 아니오. 주로 쥐 상대를 하는 작전이고 전투이긴 하지만. 그런데 코리아의 쥐는 미국의 쥐와는 달라 그 모양이 날렵하고 동작이 무척 민첩하오. 쥐는 한국인을 닮았다기보다 일본인을 더 많이 닮은 것 같소. 하기야 불과 5년 전만 해도 일본의 영토였었다니 무리는 아닌 얘기죠…….

하고 장난스럽게 씌어 있었다.

식사 준비가 되었다. 한번 슬쩍 훑어보더니 "원더풀!"이라며 숟가락을 들고 먼저 곰탕을 떠서 마셨다. 동식의 집에서 20미터쯤 떨어진 곳에 있는 곰탕집에서 시켜온 것이었다.

"트루먼 대통령도 이런 수프는 못 얻어먹을 거야."

플림프는 이런 익살을 섞었다.

그리고 오이지를 씹곤

"원더풀!"

열무김치를 먹고도

"원더풀!"

젓국에 담근 배추김치를 먹곤

"핫, 벗 원더풀."이라고 연발했다.

한동안 말없이 먹고 있더니 플림프는 문득 뜨락의 화단에 시선을 보냈다. 시들어가는 꽃은 칸나였고, 피어나고 있는 꽃은 국화였다.

"다잉 칸나, 리바이빙 크리샌시멈."(죽어가는 칸나꽃, 다시 살아나는 국화들)이라고 중얼거리더니 담장 옆의 석류나무를 가리켰다.

"저 나무는 뭐라고 합니까."

"석류."

"뉴해븐 근처의 숲에 가면 저런 열매를 여는 나무가 많지. 저걸 보니 갑자기 가을 생각이 드는데……"

"그런 감각은 동양적이군요."

"동양적?"

하고 플림프는 놀라는 표정이 되었다. 그리곤 이렇게 말했다.

"죽음엔 동양적이고 서양적이고가 없더라. 폭탄을 맞으니까 꼭 같이 죽더먼."

곁에서 남희가 십자十字를 긋자, 플림프는

"이것 실례했습니다."

하곤 그때부터 말없이 식사를 계속했다.

식사를 끝내고 차를 마시며 플림프는 동식의 서재와 마루와 뜰을 새삼스러운 눈으로 둘러봤다. 그러고는

"이 가정의 평화와 행복을 위해서도 미군이 싸우고 있는 보람이 있겠군."

하고 자기의 마음을 다짐하듯 중얼거렸다.

"멀리서 와서까지 당신들은 싸우고 있는데 나는 이렇게 편안하게 살고 있으니 부끄럽군."

동식이 이렇게 말하지 않을 수가 없었다.

"편안하게 살고 있는 사람도 있어야 해. 그래야만 전쟁 후의 일을 담당할 것 아닌가. 전쟁도 중요하지만 뒷일도 중요한 거야."

"대단히 너그러운 말씀인데."

"너그러운 게 아니라 사실의 파악이다. 전쟁이 났다고 해서 모두들 총을 들고 나가버리면 어떻게 하는가. 또 전쟁은 오래 끌지 모르니 지금 나가지 않은 사람은 후에 나가야 할 것 아닌가."

"그러나저러나 전쟁은 어떻게 되는 거지?"

동식이 비로소 화제를 핵심으로 돌렸다. 그가 플림프를 점심식사에 초대한 것은 전황을 물어보기 위해서였다.

"뜻밖에 빨리 끝날지도 모른다."고 하고서 다음과 같이 설명했다.

진동정면鎭東正面의 적도, 함안 전선의 적도, 영산부근의 적도, 모두들 전력을 소모한 모양으로 공세보다는 수세를 취하고 있는 것 같다.

포탄 낙하의 빈도로 미루어 적의 탄약은 대단히 부족한 모양이다. 적은 탄약을 야간에 농민들의 힘으로 수송하고 있는 형편인데 우리 공군의 야간 폭격 기술이 월등하게 발달했으니 놈들이 당해낼 까닭이 없다. 그러니 아직은 버티고 있지만 소련이 일대 공수작전을 해주지 않는 한 그들의 전선유지는 요 몇 주일에 불가능하게 될 것이란 예측이다. 그러니 일단 놈들의 전선이 붕괴되기만 하면 일사천리로 놈들을 38선 밖으로 내쫓을 수가 있을 것이다.

"그러나."

하고 플림프는 말을 이었다.

"이건 어디까지나 나의 희망적 관측이고 사태는 극히 유동적이라고 봐야 할 거다."

당시의 전황은 플림프가 설명한 그대로였다.

북괴군은 겨우 경주, 영천 지방에서 공세를 취하고 있을 뿐이었다. 북괴군 제5사단이 제21사단과 더불어 영일迎日의 서쪽으로 진출해서 한국군 제3사단을 압박하고 있었다.

그러나 위기가 있는 곳은 그곳뿐이고 영천지구에 진출한 북괴군 제15사단은 워커 중장의 지휘하에 있는 한국군 제11, 제5연대와 한국군 제8사단에 의해 포위되었다.

창녕을 공격하는 북괴군 제2사단은 공격력을 잃고 수세에 몰리고 있었다. 마산 정면의 적도 655고지를 확보하곤 있었으나 포력砲力의 부족으로 그 이상의 행동은 취할 수 없게 되어 있었다.

대구 정면에선 북괴군 제1사단 제2연대가 팔공산을 점령하기 위해 결사적인 공격을 해왔다. 신병부대를 제1파, 고병부대를 제2파로 해서 돌격을 시도했지만, 지원화력의 부족으로 요격하는 한국군 제1사단의 포격 앞에 무참히 꺾이고 말았다.

그렇게 해서 북괴군 제2연대의 3분의 2 정도가 타격을 입고 퇴각했다. 다른 전선에 있어서의 전황도 호전했다. 드디어 경주에 있어서의 북괴 제13사단도, 영천의 북괴 제15사단도 후퇴했다. 이 무렵,

"북괴군의 전력은 극한점에 이르렀다. 머잖아 반격명령을 내릴 수 있을 것 같다."고 워커 중장은 작전참모 다브니 대령에게 말했다.

플림프가 돌아가고 난 뒤, 동식은 오래간만에 평온한 기분이 되었다. 남희를 돌아보고 말했다.

"남희 씨, 우린 이제 딴 곳으로 피난가지 않아도 될 것 같소."

"모두 천주님의 덕택이에요."

남희의 답이었다.

"또 천주님이오?"

동식이 피식 웃었다.

"또가 아니라 백만 번 천만 번이라도 천주님 덕택이에요."

천주님을 들먹일 때의 남희의 얼굴은 행복한 빛으로 화려하다.

"난 당신이 부러워."

동식이 뚜벅 한 말이었다.

"그것 무슨 뜻이죠?"

남희의 눈이 살짝 치켜 떠졌다.

동식은 그저 웃음을 머금었다. 그 기분을 말로 하자면, 남희에게 있어서의 천주님 같은 존재를 자기는 가지고 있지 못하니까 남희처럼 낙관할 수가 없다는 뜻일 것이었다.

철학이 신념을 주지 못하는 미망에 불과하다면 촌부의 미신만도 못하다는 생각을 가꾸고 있는 작금의 동식이었던 것이다. 포성은 여전히

울려오고 있었다.

　동식은 생각에 잠겼다. 트럭에 실려 부상한 흑인병사들이 실려오는 광경을 본 적이 있었는데 그때의 그 처참한 광경이 망막에 떠올랐다. 동시에 그만한 숫자의 북괴군이 죽었으리란 짐작이 갔다. 탄약을 지고 개미떼처럼 줄을 지어 산길을 기어오르다가 폭격으로 죽은 농민의 수는 또 얼마나 될까.

　선뜻 하늘의 구름이 시야로 들어왔다. 가을의 하늘, 가을의 구름이다 싶으니 언제 평화로운 가을을 맞이할 수 있을까 하는 안타까운 심정이 되었다.

　저 포성이 나는 곳에 죽음이 있는데 이렇게 한가로이 앉아 이런 생각을 하고 있을 수 있다는 건 행복일까, 죄악일까.

　동식은 어릴 때의 가을, 산길을 걷다가 본 도라지꽃을 회상했다. 보랏빛의 초롱 모양으로 도라지꽃은 말라가는 풀 사이에 아담하고 단정하게 그리고 정답게 피어 있었다. 그 도라지꽃들이 지금쯤 피어나고 있을 것이 아닌가. 그 꽃을 깔고 죽어 넘어진 시체도 있겠지. 썩어가는 시체 옆에 도라지꽃이 피어 있겠지. 동식은 어느덧 「플란더즈의 앵속꽃」이란 시를 마음속으로 외우고 있었다.

　플란더즈는 1차대전 때 가장 처참했다는 전쟁터다. 그 플란더즈의 들판에서 독일군, 프랑스군 할 것 없이 수만 명이 죽었다고 했다. 그 수만 명이 죽은 플란더즈에 앵속꽃이 피어 있었던 모양이다. 누누한 시체에 깔리기도 하고 누누한 시체 옆에 피어 있기도 했을 그 플란더즈의 앵속꽃을 죽어가는 병사가 바라보며 단말마의 고통 속에서 그 마지막의 감상을 수첩에 적어넣었다. 이윽고 연필을 쥔 채 수첩 위에 엎드려 그 병사는 죽었다. 시체를 처리하던 사람이 그 수첩을 주워들었다. 수첩엔

허상과 실상

다음과 같이 씌어 있었다는 것이다.

　잠을 자고 있는 것이 아니다.
　모두들 죽어 있는 것이다.
　숨을 쉴 줄 몰라서 죽은 것이 아니다.
　포탄이 폐장을 앗아간 것이다.
　맥박을 치기 싫어 죽은 것이 아니다.
　포탄이 심장을 뚫은 것이다.
　아픔을 몰라 소리치지 않는 것이 아니다.
　소리를 칠려도 포탄이 턱을 부숴버린 것이다.
　꿈꾸기가 싫어 꿈을 꾸지 않는 게 아니다.
　포탄이 대뇌와 소뇌를 절단내어버린 것이다.
　걷기가 싫어 누워 있는 것이 아니다.
　포탄이 다리를 잘라버린 것이다.
　손 흔들기 싫어 가만있는 것은 아니다.
　포탄이 팔을 잘라버린 것이다.
　죽고 싶어서 죽어간 것이 아니다.
　포탄이 우리의 생명을 앗아간 것이다.
　앵속꽃이여!
　너의 빨간 빛이 여기서 흘린 우리의 피 빛깔을 닮았구나.
　앵속꽃이여!
　너의 가냘픈 생명은 여기서 잃은 우리의 생명을 닮았구나.
　앵속꽃이여!
　너의 비정非情의 눈은 보았을 것이다.

우리가 여기서 죽은 것은
죽고 싶어서 죽은 것이 아니란 것을.
그리고 너는 알 것이다.
결코 포탄이 우리를 죽인 것이 아니라는 것을.
그렇다면 누가 우리를 죽였을까!
그리운 어머니를 고향에 두고 우리를 여기서 죽게 한 건 누구일까!
플란더즈의 들에 지금 앵속꽃이 만발……한데…….

원형은 다소 다르겠지만 동식은 이대로 기억하고 있다. 동식이 이 글을 읽은 것은 중국 전지戰地에서였다.

돌연 잠잠해버리곤 침울한 얼굴이 된 동식을 남희는 근심스럽게 들여다봤다. 동식이 잠에서 깨어난 듯 중얼거렸다.

"내일쯤 부산에나 가볼까."

"이종문 사장헌테요?"

"가서 오늘 들은 얘기를 해줘야지."

"오래 걸려요?"

"아니, 참 당신도 같이 갑시다. 오랜만에 부산 구경도 할 겸."

"피난민이 붐비고 있다면서요."

"피난민이 붐비고 있대서 우리가 갈 곳이 없을까봐?"

"아녜요. 다만."

"다만 뭐요."

"모두들 고통스레 살고 있는데 우리만 놀러 다니는 게 죄스러워요."

"그럼 나도 총을 메고 전쟁터에 나갈까!"

"또 그런 소리."

"그러니까 그런 데 신경 쓰지 말아요. 우린 첫째 마산에 집을 가지고 있었다는 행운, 둘째 좋은 아버지 어머니를 두었다는 행운, 셋째 이종문 사장을 알게 되었다는 행운으로 이렇게 지내고 있는 것이 아니겠소. 세상엔 불우한 사람도 있고 운수 좋은 사람도 있는 거요. 운수 좋은 사람이 불운해질 때도 있고 불운한 사람의 운수가 좋아질 때도 있고, 행운을 잡았을 땐 그렇게 알고 삽시다. 불운이 언제 닥칠지 모르니까."

"싫어요, 불운은."

"허나 운, 불운을 마음대로 할 수가 있나."

"그래서 천주님이 계시는 거예요. 그래서 천주님을 믿어야 하는 거예요."

"결국 천주님에게로 돌아왔구나."

"결국 천주님헌테로 돌아가야죠."

"어쨌든 내일 부산으로 같이 갑시다. 유지숙 씨도 좋아할 거요."

유지숙이란 이종문의 새 부인이다. 서울로부터 후퇴할 때 같이 행동했기 때문에 남희는 유지숙의 사람 됨됨이를 잘 알고 있었다.

"유지숙 씨는 참으로 좋은 분예요."

"그러니까 같이 가자는 것 아뇨. 내가 갈 때마다 그분은 당신의 안부를 물어요. 요담엔 꼭 데리고 오라고 했소. 같이 가는 거지?"

남희는 고개를 끄덕였다. 그러고는 연상이 인 듯

"차 여사는 지금쯤 어떻게 지내고 있을까요." 하고 고개를 갸웃했다.

"글쎄 어떻게 지내고 있을지. 침착한 분이니까 별일 없겠지."

"다시 만나 뵐 날이 있을까요?"

"그야말로 천주님의 뜻에 달렸겠지."

동식은 남희가 할 말을 대신했다.

차진희 얘기가 나오면 송남수의 얘기가 안 나올 수가 없었다.

"차 여사 걱정보다도 난 송남수 선생의 걱정이 되는데."

"오빠는 김규식 선생과 같이 있을 테니까 별 탈은 없겠죠."

"빨갱이들이 그처럼 관대할 것 같진 않은데."

동식이 서슴없이 빨갱이란 말을 쓰게 된 것은 전쟁이 발생한 이후의 일이다. 그때까진 좌익에 동조는 안 했을망정 감정적인 용어로 그들을 비방하는 표현을 삼가고 있었던 것이다.

남희의 얼굴에 살짝 그림자가 서렸다. 송남수에 대한 불안감일 것이었다.

"걱정 말아요. 송 선생이야 어련하실려고. 그보다도 내일 부산 갈 준비나 합시다. 나는 나가서 술이나 몇 병 구해봐야겠어. 이종문 씬 정종을 좋아하거든."

하고 동식이 일어섰을 때 우편배달부가 뜰에 들어섰다. 마산으로 온 후 우편배달부가 집을 찾아온 것은 그때가 처음이었다. 전쟁 중에도 우편이 있구나 싶으니 반갑기도 해서 동식은 뜰로 내려가서 편지를 받았다. 봉피에 로푸심이란 이름이 적혀 있고 우표엔 일본 고베의 스탬프가 찍혀 있었다.

5

"李大兄."

로푸심의 편지는 이렇게 시작하여 모필毛筆로 씌어져 있었다. 화선지풍의 백지에 가늘게 행서行書로 된 그 필적은 달필達筆이라고 하기보다 명필名筆이랄 수가 있었다. 중국에서 나서 중국에서 자라 중국에서 교육을 받았으니 그럴 법도 하려니 하는 짐작이 들었지만 편지를 읽어나 감에 따라 편리한 만년필을 사용하지 않고 왜 모필로 썼는가의 그 까닭을 알 것 같았다. 사연은 다음과 같았다.

헤어진 지 불과 석 달도 채 되질 않았는데 수십 년이나 시간이 흐른 느낌이오. 나는 지난 7월초 한국을 떠나 일본으로 왔소. 그 까닭은 이러하오. 어머니의 나라 중국은 영영 불행의 늪으로 빠져들었소. 그런데 아버지의 나라가 또 불행한 꼴을 당하게 되었소. 나는 기왕 어머니의 나라 중국에 대해 힘이 되지 못했던 그대로, 아버지의 나라 한국에 대해서도 아무런 쓸모없는 놈이라고 인식하게 되었소. 슬픈 일이지만 할 수 없는 일, 사실인 걸 어떻게 하겠소. 그래서 나는 눈물을 머금고 한국을 떠나기로 한 거요. 홍콩으로 갈 참이었소. 홍콩에서 뿌리없는 부평초처럼, 많은 중국인의 그 하잘것없는 생활을 나도 닮아볼 참이었던 것이오. 그리고 홍콩에 가기 전 한 달쯤 머물 작정으로 동경으로 왔는데 거기서 옛날 친구 미국인을 만났소. 그는 지금 중대한 임무를 띠고 한국전쟁을 위해 일하고 있는 사람이오. 그런데 그는 자기의 일을 도와 달라고 합디다. 내용을 알아보니 아버지의 나라 한국을 위하는 결과가 될 수 있는 일이었소. 그 대신 생명을 무릅쓰고 위기에 들어가야 하는 매우 위험한 일입니다.

나는 꼬박 일주일을 생각했소. 그런 연후에 결심했소. 그 위험한 일을 맡을 각오를 한 것이오. 그런 각오를 한 덴 세 가지 이유가 있소. 그 한 가지는 내게 권유한 미국 사람은 내가 아버지의 원수를 갚는 데 있어서 큰 도움을 준 사람이오. 말하자면 나는 그의 기관을 이용해서 한국에서의 신분보장을 받고 내가 하고 싶은 짓을 할 수 있었던 것이오. 그는 그런 사실을 알고도 내게 이용을 당해준 겁니다. 그러니 이번에 있은 그의 청을 거절한다는 것은 의리에 어긋나는 짓이라고 생각하게 된 거요. 둘째 이유는 아버지의 나라 한국을 위해서 보람 있는 일을 하는 것이 사나이로서 떳떳한 일이라고 생각하게 된 거요. 셋째 이유는 이동식 교수와 당신이 사랑하는 송남희 여사에 대한 나의 우정을 당신의 나라에 대한 봉사로서 증거 세워보고 싶은 협기俠氣라고 할 수 있소. 정말 지난 서울에서의 나날, 대형大兄의 우정은 고독한 내게 있어서 거룩한 살 보람이었소. 사나이는 의리를 위해서 죽을 수가 있소. 그러나 그것 하나만으론 왠지 쓸쓸하오. 사람은 또 대의를 위해서도 죽을 수가 있소. 그러나 역시 그것만으로는 정열이 솟기엔 약한 것이오. 그런데 내 좋아하는 친구를 잘살게 하기 위해서, 그 행복한 가정이 깊이 뿌리를 박고 가지 무성하게 번창하도록 하기 위해서 일신을 희생해도 좋다는 의욕엔 정이 묻어 있고 열이 솟구치기도 합디다. 이렇게 해서 나는 지금 위지危地를 향해 떠나려고 합니다. 사지死地라고 해도 좋을 것을 위지라고 함은 설혹 그곳에 90퍼센트의 죽음이 기다리고 있을지라도 10퍼센트의 생의 가능성은 있기 때문이고, 충전한 승리는 내가 임무를 다하고도 살아오는 데 있다고 생각하며 그렇게 최선을 다할 작정이기 때문이오. 만일 내가 하는 일과 그것과 관련된 일이 성공만 한다면 한반도엔 불원 평화의 서광이 비칠 것이며, 우선 금년 맞이하는 추석명절을 살아남은 사람들은 소강적 기분으로 맞이하게 될 것이오. 나는 이번의 거사가 나의 생사와 관계없이 성공하리라고 굳게 믿소. 나라에 운이 있으면 성공할 것이오.

그런데 내가 이 편지를 쓰는 까닭은 내가 죽으면, 십중팔구 그런 운명일 것이라고 미리 짐작하고 있습니다만, 임무의 성격상 나 자신의 존재를 밝힐 수 없고 아버지의 나라이긴 해도 나의 국적이 애매하기도 해서 그대로 대양大洋의 포말泡沫처럼 꺼져 없어질 것인데, 그렇게 되면 흔적도 없어질 내 운명이 억울해서가 아니라 내가 생활을 보아주어야 할 유일한 사람의 장래가 심히 걱정되기 때문이오. 그 사람이 누구냐 하면 언젠가 이형께서 청량리 내 우지를 찾았을 때 한두 번 본 적이 있는 바로 그 중년 여자입니다. 전쟁통에 행방을 모른 채 한국을 떠났습니다만, 이후 전쟁이 끝나도 내가 나타나지 않거든 청량리의 그 집을 꼭 찾아주시오. 폭격에 집이 날아가도 나를 기다리기 위해 무슨 흔적이라도 해두고 있을 겁니다. 그리고 그 여자를 만나거든 다시 그 자리에 집을 마련해서 굶어죽지 않도록만 돌봐주시오. 그 여자와 나와의 관계는 설명하지 않겠소. 어쨌든 내가 그 여자를 부양할 의무를 가지고 있다는 사실만을 알립니다.

전쟁이 언제 끝날지 모르지만, 내가 죽고 나더라도 일본 고베에 사는 중국인 진삼복이란 사람이 한국에의 교통이 드이는 날 마산의 집 아니면 서울에 있는 대형의 집으로 찾아갈 것입니다. 길을 떠나는 마당에 나는 나와 관계되는 모든 것, 홍콩에 있는 재산, 한국에 있는 재산, 그 밖에 얼마 되진 않지만 보석류 그리고 미화 30만 달러와 재산처리에 필요한 인장을 그에게 맡겨두겠소. 진삼복은 그걸 들고 대형을 찾을 것이오. 그와 동시에 그 재산을 처리할 요령도 전할 것이니 번잡하겠지만 힘이 되어주어야 하겠소. 이종문 씨에게도 안부 전하시오만 대형께서 그분에게 세상은 항상 그렇게 호락호락한 것이 아니라는 사실을 깨우쳐주시오. 호방한 것도 좋고, 모험도 좋고, 때에 따라선 갖가지 실수도 하겠지만, 사람이라면 꼭 한 가지 보다 높고

보다 신성한 것에 대한 성실은 가지고 있어야 하지 않겠소. 지금 나는 내 나름대로 나의 성실에 순殉하려는 것이오. 내겐 공덕비도 소용없고 훈장도 소용없소. 이동식 교수의 마음 한구석에 자리를 잡고 세상에 이런 성실도 있었다는 기억으로만 남아도 내게는 다시없는 행복이겠소. 지금 고베 항엔 세찬 비가 내리고 있소. 내일이 출항인데 비가 이대로 쏟아지면 계획에 약간의 변동이 있겠지만 내일 새벽엔 떠날 작정으로 지금 이 편지를 쓰고 있는 것이오. 대형과 대형의 어질고 착한 부인에게 행복이 영원하길 바라며 아울러 대형의 학업이 암야의 별처럼 빛나는 날이 있기를 비는 바이오.
—8월 12일, 로푸심 배상.

P.S. 나의 생사를 확인하고자 할 의사가 있으시면 10월 10일쯤까지 기다렸다가 맥아더 사령부의 아몬드 소장이나 미 극동지구 CIC본부 스틸월에게 문의하면 기필 무슨 회답이 있을 것입니다.

P.S. 내가 맡은 임무의 대강이나마 알리고 싶은 마음 간절하지만 기밀인 때문으로 불가능합니다. 혹시 9월 중순부터 하순에 걸쳐 전선에 획기적인 대사건이 있으면 바로 그 사건과 내 임무와를 연결시켜 짐작할 수가 있을 것입니다…….

동식은 편지를 읽고 한동안 멍청해 있었다. 의아해하는 남희에게 편지를 넘겨주곤 마루 구석에 놓인 등의자에 가 앉아 담배에 불을 붙였다.
때론 승마복 차림으로, 때론 댄디한 차림으로, 때론 등산복 차림으로, 때와 장소에 따라 갖가지 모습으로 나타나긴 하되 풍겨오는 인상은 언제나 신비롭기만 하던 로푸심의 얼굴이 눈앞에 선명히 나타났다.

그 편지로 미루어 로푸심은 적지에 잠행할 계획을 가지고 있는 게 분명했다. 그리고 죽을 각오를 하고 있는 것이었다. 오로지 의리를 위해서, 우정을 위해서……

20세기의 정오正午라고 할 수 있는 이때, 강도적 원리와 사기적 술수가 판을 치고 있는 즈음에 로푸심 같은 인간이 실재하는 건 꿈 같은 얘기가 아닌가.

테러리스트와 인텔리와의 동재同在, 잔인의 비정과 따뜻한 인간애의 병존, 암흑가의 두목이면서도 대학교수의 자상한 친구가 될 수 있는 인품, 도무지 풀 수 없는 수수께끼 같은 인간 로푸심. 그렇다. 그는 로롭신이란 필명을 가진 사빈코프 같은 모순인 것이다. 사빈코프는 붕괴 단계에 있는 제정 러시아가 만들어낸 괴물이었다. 그와 마찬가지로 무너져가는 중국 대륙을 어머니의 나라로 하고, 분단되어 항쟁하는 한반도를 아버지의 나라로 하여 이 시대에 태어난 괴물이 로푸심인 것이다.

편지를 다 읽고 난 남희가 고개를 들었다.

"이분은 뭣을 하려는 걸까요?"

"어떻게 알겠소, 그걸."

송남희는 아무 말 없이 가슴에 십자가를 긋곤 일어서서 안집으로 들어갔다. 벌써 해는 기울어지고 있었다. 포성은 계속되고 있었다.

동식은 내가 뭣을 하려 했나 하고 자신의 외출복 차림을 유심히 훑어보는 마음이 되었다. 그리고 납득이 가지 않은 채 로푸심이 쓴 편지의 봉투를 들여다보았다. 고베의 소인이 8월 13일. 동식의 손에 들어오기까진 20일 가까이 걸린 셈이다.

20일! 로푸심의 생사는 벌써 판가름이 나 있을 시간이 아닌가, 하는 생각이 들어 동식의 가슴은 찡 하는 고통과 더불어 설렜다.

그러나 그때 로푸심은 살아 있었다. 로푸심은 인천상륙작전을 위한 사전탐색이란 중요한 임무를 맡고 있었던 것이다.

인천상륙작전의 구상이 언제 맥아더의 머릿속에 자리잡게 되었는지는 알 까닭이 없다. 알 수 있는 것은 이 계획은 맥아더 개인이 발안하여 그의 개인적인 신념과 결의로써 추진되었다는 사실이다.

맥아더 원수는 한국전쟁이 발생한 한 달쯤 후 벌써 그의 참모장 아몬드 소장에게 인천상륙작전의 연구와 준비를 지시했다고 한다. 그러나 이런 사실을 안 사람은 맥아더와 아몬드 이외엔 아무도 없었다.

맥아더는 7월 23일 워싱턴에 다음과 같은 보고를 했다.

9월 중순경, 제8군의 공세와 호응하여 적의 배후에 해병여단海兵旅團과 제2보병사단을 상륙시킬 계획을 추진 중에 있다. 그 예상지점은 인천·군산·주문진이다. 편의상 인천에 상륙하는 작전을 IooB계획, 군산상륙은 IooC계획, 주문진 상륙을 IooD계획이라고 한다.

그런데 맥아더는 인천 이외의 지구에선 상륙작전을 할 생각이 없었다. 맥아더는 전략적·전술적·정치적·심리적 네 가지 각도에서 인천상륙을 가장 유효한 작전이라고 판단한 것이다.

전략적으로 보아 인천은 서울의 서방 약 20킬로미터의 상거에 있어 인천에 상륙하면 서울진입이 용이하고 내륙으로 진공함으로써 제8군과 더불어 북괴군 주력을 포위할 수가 있다. 뿐만 아니라 북괴군의 보급 루트는 한국 도로망의 사정으로 반드시 북쪽으로부터 서울에 집결하여 남쪽으로 갈라진다. 인천에 상륙해서 서울을 탈환한다는 것은 그

보급선을 차단하는 것이 된다. 전사는 보급이 끊긴 군대는 패배한다고 가르치고 있는 것이다.

전술적으로도 인천상륙이 유리했다. 북괴군의 배치병력은 얇고 기습상륙도 가능했다. 그러니 성공할 공산이 컸다.

"적이 없는 곳을 쳐라. 이것은 2차대전 중에도 입증된 병리兵理인 동시에 나의 군사철학이기도 하다."

이것이 맥아더의 신념이었다. 상륙작전이 성공하여 수도 서울이 탈환되기만 하면 그것은 승리에의 결정적인 보장이 되는 동시에 한국민과 자유세계의 자신은 회복되는 반면 공산주의자들의 체면은 하락한다.

"정치적 심리적인 효과를 크게 기대할 수가 있다."

이렇게 해서 맥아더는 인천상륙작전에 한국전쟁과 자유세계의 명운을 건 것이다.

그러나 워싱턴을 비롯한 미국의 군부가 이 맥아더 안에 찬성한 것은 아니다. 합동참모본부가 난색을 표했고 해군도 이의를 달았다. 아무튼 맥아더의 강인한 개성과 권위가 아니었으면 도저히 실현 불가능한 계획이었다.

맥아더는 반대와 불평을 무릅쓰고 8월 12일 '크로마이트 IooB계획'이라는 이른바 인천상륙작전의 계획을 명령했다.

작전부대로선 이미 한국에 증파하기로 결정되어 있는 제1해병사단, 제7보병사단 그리고 한국인의 일부를 사용하기로 했다.

이어 8월 15일, 작전부대를 통할하는 제10군단 사령부를 편성하고 군단사령관에 참모장 아몬드 소장을 내정했다.

그러나 정식발령이 있기 이전이었기 때문에 제10군단 사령부는 총사령부의 '특별계획 막료반'이란 명칭으로 불렸다.

제1해병사단은 7월 25일 동원령을 받은 이래 캘리포니아의 펜들턴 기지에서 편성작업을 하고 있었다. 제5해병연대를 기간으로 하는 제1해병여단을 한국에 보낸 뒤여서 병원이 부족했기 때문에 제2해병사단, 예비역, 유럽 주둔 부대 등에서 끌어모아 정원을 채워야 했던 것이다.

제7보병사단은 약 9,000명의 정원부족으로 하는 수 없이 부산에서 가두모병한 한국병으로 충당했다. 미병과 같은 비율로 한국군을 분대에 편입시켰기 때문에 한미친선방식이라고 했다. 이른바 카투사 부대의 선구이다.

제10군단에 참가할 한국군은 백인엽 대령이 지휘하는 제17연대와 해병대였다. 그러나 계획은 이렇게 세워져 있어도 그 실시는 곤란했다. 그동안의 사정을 대강 설명해둔다.

8월 21일, 미 육군 참모총장 콜린스 대장, 해군 작전부장 셔먼 대장, 공군 참모차장 에드워드 중장이 특별기로 동경에 왔다. 인천상륙작전에 관한 맥아더의 진의를 타진하러온 것이다.

제1해병사단장 스미드 소장은 그 이튿날 왔다. 기다리고 있던 도일 해군소장은 인천해안은 조수의 간만차가 심하고 해저가 펄이며, 모든 조건이 상륙작전에 불가능하다는 뜻을 스미스 소장에게 전했다.

"흠, 예에 따라 또 육군이 해군에게 골탕을 먹일 작정이군." 하고 스미드는 불쾌한 표정을 지었다. 스미드는 아몬드를 만나 인천상륙은 불가능하다고 주장했다.

8월 23일, 총사령부의 회의실에 콜린스 참모총장을 비롯한 작전관계 간부들의 회의가 열렸다. 인천상륙작전을 반대하는 워싱턴의 의견은 이미 전달되어 있었다. 그 의견이란 다음과 같았다.

1. 인천에 상륙해도 부산이 위험하게 된다면 의미가 없다. 부산에서 너무 멀리 떨어져 있는 인천에 병력을 투입하는 것은, 병력을 분산하는 것이 되는 동시에 부산 교두보를 약화시킬 염려가 있다.
2. 제7보병사단의 투입은 일본의 육상방위력을 무無로 만들어버리는 결과가 된다.
3. 상륙작전을 위해 제8군에 대한 보급용 선박을 전용해야 하는데 만일 작전에 실패하여 이들 선박을 잃게 되면 제8군에의 보급이 두절될 뿐 아니라 철퇴할 수도 없게 된다.
4. 인천의 지리적·지형적·해상적 조건은 상륙작전에 부적당하다.

해군은 특히 마지막 4항에 중점을 두어 아홉 명의 설명자로 하여금 구체적으로 상륙작전의 부적당함을 설명했다. 요지는 다음과 같다.
인천항의 해저는 황해에서 밀려온 펄이 쌓여 간조 시엔 해안에서 약 3.1킬로미터의 이토지대泥土地帶가 출현하며, 평균 간만차는 6.9미터, 큰 물일 경우엔 10미터도 넘어 간조 시에 인천항으로 들어가는 방법은 펄 사이에 남는 폭 1.8~2킬로미터, 길이 90킬로미터, 깊이 6~10척, 유속 5노트의 수로를 지날 수밖에 없으니 부득이 저녁 무렵의 만조시를 이용해야 한다. 그런데 예정일 9월 15일의 만조는 오전 6시 59분과 오후 7시 19분이다. 일몰은 오후 6시 44분, 만조 시간은 두 시간이다. 그 두 시간 동안에 병원과 자재를 양륙해야 하는데 그것이 가능할 것인가. 상륙적시上陸適時가 한정되어 있다는 것은 적도 잘 알고 있다. 적도 경계하고 있을 것이다. 게다가 인천항 입구에 있는 월미도를 사전에 제압할 필요가 있는 것이니 우리의 기도는 미리 폭로되고 만다. 기습상륙이란 무망한 노릇이다. 그런데다 인천항의 안벽岸壁은 높이 5미터나 되어 상륙부대에 대한 자연적인 장벽을 이루고 있다.

도일 해군소장은 아홉 명의 설명이 끝나자

"각하, 이 상륙작전계획에 관해선 본관은 여태껏 의견을 말하라는 권을 받은 적도 없고 자발적으로 말한 적도 없습니다. 그러나 의견을 말하라고 하면 '인천상륙작전은 결코 불가능한 바는 아니다.'는 것이 본관이 말할 수 있는 최대한의 정도입니다."

하고 맥아더에게 말했다. 미국 해군의 명예를 위해선 어떤 작전이고 간에 못해볼 바는 아니지만 이 작전은 포기하는 것이 좋겠다는 함축이었다.

맥아더는 도일 소장을 본 척도 안 하고 벽의 지도에 시선을 쏟은 채 묵묵히 파이프를 피우고 있었다.

"요컨대 해군으로선 인천이 상륙작전에 부적당한 모든 요건을 갖고 있다는 말이로군."

하고 해군 작전부장 셔맨 대장이 말을 끼웠다.

"인천보다 군산에 상륙하는 것이 어떨까."

한 것은 콜린스 참모총장이었다.

셔맨 해군대장도 그 의견에 찬의를 표했다. 육해군의 수뇌가 일치하여 인천상륙안에 반대한 것이다.

맥아더는 계속 침묵하고 있더니 파이프를 입에서 떼곤 벽의 지도를 보고 나직이 말을 시작했다. 그러다가 점점 옥타브가 높아져 장장 45분 동안의 웅변이 되었다.

"인천에 상륙하는 것은 전략적 · 정치적 · 심리적으로 긴급하다······. 적은 우리들이 인천으로 상륙할 것은 상상도 안 할 것이다. 인천상륙이 곤란하다는 것을 알고 있기 때문이다. 그러니 우리는 성공한다······. 해군은 상륙의 곤란을 지적했다. 그러나 해군은 2차대전 중 이보다 더한 상륙작전에도 성공했다. 이번에도 성공할 것이 틀림없다……. 지금 전 세계는 한반도를 주시하고 있다. 여기서 지면 유럽에 불이 붙을 것이다. 이기면 유럽에서 전쟁이 발생하지 않는다……. 인천상륙작전은 반드시 성공한다. 10만의 생명을 구하게 된다.……"

그리고 한숨 쉰 뒤 소리를 높였다.

"인천상륙작전은 반드시 성공한다. 제군 우리는 상륙한다. 그리고 나는 적을 분쇄할 거다."

맥아더의 말이 끝나자 회의장은 물을 끼얹은 듯 조용했다. 박수는 없었다. 모두들 압도당해버린 것이다.

그러나 워싱턴에서 온 두 육해군 수뇌는 씁쓸한 표정을 하고 있었다. 몇 가지 질문을 맥아더의 부하들에게 했지만 사태가 번복될 까닭이 없었다.

맥아더는 참모장 아몬드에게 신호를 해선 회의를 폐막시켰다. 그러나 해군은 집요하게 인천상륙안을 번복시키려고 했다. 워싱턴으로부터도 맥아더의 재고를 요청하는 훈령이 왔다.

그래도 맥아더의 의지는 움직이지 않았다. 드디어 맥아더는 8월 30일, 국련군사령관의 자격으로서 인천상륙에 관한 '국련군 작전명령'을 내렸다.

6

우리의 운명을 좌우하는 가장 생명적이고 그만큼 중대하기도 한 일이 우리가 전연 모르는 곳에서, 우리가 전연 알 바 없는 사람들에 의해 결정되었다는 사실을 뒤에야 알게 된다는 것은 놀라움인 동시에 충격적이기도 하다.

 맥아더의 그 강인한 의지 하나에 한국의 산하의 명운이 걸려 있었다는 사실을 우리는 어떻게 이해해야 할까. 맥아더의 의지가 우리의 운명과 유관한 것이라면 그 작전에 있어서 가장 기초적인 역할을 했다고 할 수 있는 로푸심도 그와 꼭 같은 중요한 인물이었다고 말할 수 있을 것이다.

 8월 23일의 회의에 맥아더로 하여금 그처럼 자신만만하게 언동하게 한 장본인이 바로 로푸심이었다고 한다면, 역사라는 것은 그야말로 섬세하고 치밀하고 미분적으로 굴절하고 신비롭게 엮이는 드라마의 연속과 그 복합이라고 아니할 수가 없다.

 여기서 로푸심의 행적을 더듬어본다.

 로푸심은 그 해의 7월 중순, 동경으로 가는 미군용기에 편승하고 있었는데 기상機上에서 맥스웰이란 미군 정보장교를 만났다. 그는 한국에 본거를 둔 모 정보기관의 책임자였다. 로푸심은 과거 그의 비호를 받았다. 로푸심의 표현을 빌리면 로푸심이 맥스웰을 이용한 것이다.

 맥스웰은 중국인이며 한국인이며 홍콩인이며 영국 국적을 가진 이 청년에게 비상한 관심을 가졌다. 우선 로푸심의 출중한 무기武技에 감탄했다. 맥스웰은 시간이 나는 대로 로푸심으로부터 십팔기를 배웠다.

 그러는 동안 맥스웰은 로푸심이 그 무기에 못지않게 지적으로도 명석하다는 것과 신의 또한 대단하다는 것을 알았다. 드디어 로푸심을 그의 기관요원으로 중용하게 되었다. 물론 직무에 구애되지 않고 행동할 수 있도록 자유도 주었다. 로푸심이 원한다면 미국의 시민권을 부여하겠다고도 했다.

그러나 로푸심은 그의 아버지의 원수를 갚자 맥스웰의 곁을 떠나 일시 홍콩으로 돌아갔다. 곧 다시 돌아왔지만 맥스웰의 기관으로 돌아갈 생각은 안 했다. 한국·일본·홍콩을 맺는 무역사업을 시작했던 것이다. 한편 한국에서 사업을 일으키기도 했다. 기관을 떠났어도 맥스웰과의 우의는 계속되고 있었다.

6·25전란은 로푸심에게도 충격적이었다. 공산분자의 남침을 자기 눈으로 확인한 로푸심은 의분심에 이끌려 다시 맥스웰의 기관으로 돌아가 일을 할까 하는 생각을 가졌다. 그러나 뜻하는 바 있어 전쟁 동안엔 한국을 떠나 있기로 하고 동경행 비행기를 탄 것이었다.

피차의 연락장소만을 알리고 맥스웰과 로푸심은 다치가와 비행장에서 헤어졌던 것인데 돌연 어느 날 맥스웰이 호텔로 로푸심을 찾아왔다. 그러고는 깊은 신뢰가 없고서는 결코 말할 수 없는 중대한 기밀을 털어놓고 협력을 구해왔다. 그것은 인천상륙계획이며 맥스웰이 그 계획의 바탕이 될 수 있는 정보수집을 맡았다는 얘기였다.

"이 경우 백인을 쓸 순 없어. 동양인 2세를 쓸 수도 있지만 말이 통하질 않아. 한국군에서 물색하려고 해보았지만 요는 나와 절친한 사람이어야 하거든. 총사령부에선 인천상륙작전을 꼭 하고 싶어도 워낙 정보가 부족하니 어디서부터 손을 대야 할지 모르는 형편이다. 인천의 지리적 조건, 해양관계, 기상상황 등은 문헌도 있고 재료도 있고 거기서 산 일본인 전문가도 물색할 수가 있어 불편이 없지만 요는 그곳에 있는 적의 동태가 문제란 말이다. 인천상륙작전이 성공하기만 하면 한국전쟁은 일거에 해결되는 거다. 그런 만큼 한국의 입장으로 봐선 어떻게 하든 인천상륙작전을 유도하게끔 애쓰겠지. 그러나 나의 입장은 달라. 인천상륙작전이 성공할 수 있느냐 없느냐를 객관적으로 조금도 희망적 관측을 섞지 않고 판단할 수 있어야 하는 거다. 성공할 자신이 있으면 하라고 권할 것이고 자신이 없으면 중지시켜야 하거든. 맥아더 원수가 아무리 하고 싶어해도 우리가 정확한 정보를 분석한 연후에 노라고 하면 그만이야. 그러니까 내 입장이 아주 델리케이트해. 그래서 생각건대 자네의 도움이 필요해. 자네는 한국인이면서도 중국인, 또 미국인일 수도 있게 되어 있으니까 가장 정확한 판단을 할 것 아닌가. 안 될 것을 된다고 안 할 것이고 될 것을 안 된다고도 안 할 것이거든. 곧 한국군의 정보장교들이 정보수집을 위해 떠날 모양이지만 아까 말한 바와 같은 사정으로 그들의 정보를 어떻게 믿겠나. 자네와 같은 민첩하고 영리하고 신의가 두터운 사람이 꼭 필요해……."

맥스웰은 이렇게 한바탕 열을 올리다간 중간에서 뚝 말을 끊고

"그러나 굳이 권하고 싶지 않은 마음도 있어. 유엔군의 입장으로선 꼭 가달라고 하고 싶지만 임무가 너무 어렵거든."

하고 슬픈 얼굴을 했다.

로푸심은 일주일의 여유를 달라고 했다. 맥스웰의 태도를 보아 대단히 조급한 것 같았지만 '그래도 좋다.'고 한 것을 보면 그의 로푸심에 대한 애정을 짐작할 수가 있다.

로푸심은 깊은 생각에 잠겼다. 식사는 호텔에서만 하고 일체 외출도 하지 않고 꼬박 일주일을 생각한 것이다. 그 결과는 이동식이 받은 편지의 사연 그대로이지만 진정한 이유는 그 편지 속엔 없다. 로푸심은 맥스웰에의 신의에 배신하는 한이 있더라도 미군으로 하여금 인천상륙을 결행하게끔 해야겠다는 마음을 굳혔다. 자기가 응하지 않으면 다른 사람이 뽑혀가서 상륙계획을 포기케할지도 모른다는 생각이 결국 그를 일으켜 세웠다. 아버지의 나라 한국을 위해 봉사할 결심을 한 것이다.

90퍼센트의 죽음, 10퍼센트의 생환이라고 스스로 짐작한 위지에 뛰어들 각오가 그렇게 쉽게 이루어질 까닭이 없다. 로푸심은 미군을 인천으로 유도하는 역할과 동시에 끝끝내 그 계획이 성공할 수 있도록 해야겠다는 각오를 한 것이다.

로푸심이 자기가 각오한 바를 통고하자 맥스웰이 뛰어왔다. 그리고 감격 어린 치사가 있곤 다음과 같은 조건을 제시했다. 인천에 있는 적의 병력과 그 배치도, 두 시간 이내에 인천에 올 수 있는 적의 병력과 그 배치도, 특히 해안에 있어서의 화력 배치, 주민들의 동정, 그 밖에 가장 양호한 상륙지점 등을 일본의 규슈九州, 운젠雲仙에 있는 미군의 무전부대에 알리라는 것이었다. 무전 기호의 타합은 날을 정하여 하기로 했다. 맥스웰은 인원은 필요한 대로 데리고 가되 가급적 한국인은 데리고 가지는 말라고 했다. 가능하면 뒤따라 미국인 정보장교를 보낼 것이니 그와는 정보교환을 해도 좋지만 한국군 정보대와는 협력은 하되 기밀을 알리지 말라고도 했다. 맥스웰은 로푸심이 보내는 정보에 근사한 한국군의 정보만을 참고할 것이란 말도 했다. 요는 로푸심이 제공한 정보만 믿겠다는 것이었다.

"어디로 상륙하라는 지시는 현재 할 수가 없다. 그것은 자네에게 맡길 뿐이다. 항해 도중에도 시간을 정해놓고 통신하라. 이편에서도 편리한 정보는 알리겠다. 미군 정보장교가 갈 땐 미리 연락하겠다······."

그 밖에 필요한 항목을 세밀하게 설명하곤 미화 300만 달러를 주며 모든 준비를 갖추고 8월 13일엔 떠나야 한다고 못을 박았다.

로푸심은 15톤짜리 증기선을 사들이고 중국인 다섯을 고용했다. 배엔 맥스웰이 제공한 무전기를 달고 중국의 어선을 가장했다. 식량과 약품도 준비했다. 기관단총·라이플 총·모젤 권총·수류탄 등은 선창

밑에 숨기고 못을 쳤다.

로푸심이 고베를 출발한 것은 편지에 있는 그대로 8월 13일 새벽이었다. 고베를 출항한 배가 세도나이카이瀨戶內海를 지나 하카다博多에 이르렀을 때 맥스웰의 부하가 나타나서 한 통의 편지를 전했다.

성공을 빈다. 어제 아침 들어온 보고에 의하면 한국 해군 첩보대도 곧 부산을 출발할 예정이다. 혹시 부딪칠 경우가 있을지 몰라 암호는 미리 알려놓았으니 유루 없도록 하라. 한국 함대가 인천 부근의 작은 섬을 점령할 목적으로 미리 떠났다고 한다. 곧 귀하들이 상륙할 수 있는 지점을 통지할 수 있을 것 같다. M.

한국에 있어서의 상황은

8월 13일, 즉 맥아더가 '크로마이트 IooB계획'을 발표한 익일 손원일 해군소장이 해군정보국장 함명수 소령을 몰래 불렀다.

손 소장은 "이건 절대로 엄비에 붙여야 한다."며 인천상륙작전을 위한 준비명령이 내려졌다는 사정을 설명하곤

"빨리 특수첩보대를 조직해서 인천의 남남서 약 22킬로미터 상거에 있는 영흥도에 잠입해서 인천항의 정보를 수집하도록 하라."고 명령했다. 이어 다음과 같이 덧붙였다.

"알겠나. 모든 정보를 미군이 인천서 상륙작전을 전개하고 싶은 마음이 되도록 유리한 정보만을 보고하라."

"명령의 뜻 잘 알겠습니다. 불리한 정보는 절대로 보내지 않겠습니다." 함 소령의 대답이었다.

맥스웰이 이런 일이 있을 것을 짐작하고 로푸심을 보낸 것이다. 그

점 베테랑 정보장교다운 안력眼力이라고 하겠다.

함 소령은 부하인 김순기 중위, 장적택 소위, 임병래 소위 등 세 사람을 불러 "너희들의 생명을 내게 맡겨라." 하는 말과 더불어 첩보대의 조직을 명령했다.

세 사람의 부하는 각각 신뢰할 수 있는 하사관 병사 17인으로 된 첩보대를 조직했다. 이렇게 해서 일행은 8월 17일 새벽 어선 백구호를 타고 부산을 떠난 것이다.

일행은 8월 23일 영흥도에 도착했다. 영흥도는 개전 직후 북괴군의 지배 하에 있었던 것인데 바로 이틀 전 이희창 해군중령이 지휘하는 한국의 포함부대에 의해 탈환된 섬이다.

그들은 상륙하자마자 영흥중학교의 운동장에 청년들을 모으곤 청년의용대를 편성하는 한편 인천의 공작원들과 접촉을 시도하고 정보수집에 착수했다.

함 소령은 대원을 3조로 나누어 김순기 중위를 인천에 상주시키고 박·장 소위가 지휘하는 두 조는 수시로 인천을 왕복하도록 했다. 북괴군 기관에 있는 사람을 회유해서 자유롭게 통행할 수 있도록 길을 튼 것이다. 그들의 정보활동은 민첩하고 활발했다. 그들은 손 제독의 의도를 받들어 적 병력이 5,000이면 3,000하는 식으로 가감하여 정보를 보냈다.

로푸심은 이들보다 빨리 상륙하여 16일엔 벌써 인천에 잠입해 있었다. 로푸심이 한때 홍콩에서 오는 화물을 찾기 위해 인천 사람들과 낯을 익히고 있었다는 것과 그가 거기서 일시 하역업을 하고 있었다는 것이 커다란 이점이었다. 로푸심을 아는 사람은 로푸심에게 경복하거나 두려워했다. 로푸심이 범인凡人으로선 이해할 수 없는 신기한 기술을 가지고 있었기 때문이었다. 로푸심에게 밉게 보이면 살아남지 못한다는 공포심마저 심어놓았으니 로푸심은 거리낌없이 행동할 수가 있었다.

"불원 북괴는 패배한다. 도망친다. 그러니 지금 대한민국에 충성을 다해야 한다."

로푸심의 말이 단순한 협박으로 들리진 않았다. 그에게 경복해서 시키는 일을 충실히 하는 자도 많았고 단순히 겁을 먹고 그의 지시에 따른 사람도 있었다.

그런 까닭으로 로푸심은 인천에 잠입한 지 사흘도 안 되어 필요한 정보의 거의 전부를 파악했다.

월미도에 배치되어 있는 북괴군 병력은 약 400명, 제226독립해병연대 제3대대의 1개 중대와 제910야포연대의 1개 중대가 있을 뿐이었다.

그리고 인천지구 전체를 통해 북괴군은 제18사단, 제9사단 제87연대, 독립 제849대전차포연대가 있었다. 그러나 로푸심은 그 대부분이 낙동강전선을 향해 9월초 이동할 것이란 정보까지 확인했다.

로푸심은 또 인천 앞바다엔 기뢰가 없다는 사실을 확인했다. 증원부대는 서울에서 올 수밖에 없고 미군의 폭격과 도로사정으로 그나마도 두 시간 이내엔 인천으로 올 수 없다는 사실도 확인했다.

안벽의 높이는 이미 알고 있던 것을 재확인하면 그만이었다.

인천 부근의 해안선 일대에 설치된 대포는 열 문 미만이었다.

인천시민은 북괴군에 염증을 느끼고 있어 부득이한 강압이 없으면 절대로 유엔군에게 불리한 짓을 안 할 것이란 판단도 섰다.

로푸심은 미군이 인천상륙작전을 결행하여 인천에 가까이 왔을 때 진상을 알리기로 하고 모든 숫자와 수량을 반수로 해서 보고하고 끝에 "이런 상황이니 지리적 조건으로 약간의 애로가 있다고는 하나 상륙작전을 안 한다는 것이 오히려 이상한 일이다."고 덧붙이기도 했다.

그러고 있던 차 로푸심은 영흥도에 해군방첩대가 상륙했다는 소식을 듣고 그리로 가서 정보를 교환했을 뿐만 아니라 맥스웰의 이름은 숨기며 그가 말하는 내용을 함 소령에게 알려 정보의 보고를 일치시키자고 약속을 했다.

로푸심의 보고가 맥스웰의 판단에 결정적인 역할을 했을 것은 의심할 나위가 없다. 그러니 그것이 곧 맥아더의 자신만만한 태도와 연결되는 것이라고 짐작할 수가 있다.

함 소령과 로푸심의 정보가 일치했으니 의심할 여지가 없다고 생각하면서도 맥아더 사령부는 클라크란 해군대위를 선발해서 영흥도에 파견할 것을 지시했다. 상황을 백인의 눈으로 확인해야만 직성이 풀리는 미국인의 근성일진 몰라도 클라크의 파견에는 다른 의미도 있었다. 2차대전 중과 전후에 수송선을 지휘한 경험이 있는 그에게 상륙용주정과 수송선이 인천내의 어느 시점까지 들어갈 수 있는가를 확인시켜보고 싶었던 것이다.

클라크 대위의 일행은 영국의 구축함 채리티 호를 타고 8월 31일 오전 일곱 시 사세보佐世保를 떠났다. 9월 1일 덕적도 부근에서 영국 순양함 자마이카 호의 호위를 받아 한국 포함 703호에 바꿔 타고 영흥도에 상륙했다.

맥스웰의 지시가 있었던 모양으로 그는 상륙하자마자 로푸심을 찾았다. 그때 로푸심은 마침 인천에 나가 있었기 때문에 밤늦게야 두 사람은 만날 수가 있었다. 클라크는 먼저 맥스웰의 로푸심에 대한 치하의 뜻을 전하고

"당신의 정보가 맥아더 원수를 비롯한 사령부의 막료들에게 커다란 용기를 준 모양입니다."

하고 덧붙였다.

"그럼 인천상륙작전은 있게 되는 겁니까?"

로푸심이 초조해서 물었다.

"그러나 아직도 하프 앤드 하프죠."

클라크의 대답이었다.

"왜 하프입니까?"

"아직 대통령의 재가가 나오지 않았으니까요."

"총사령관이 정했으면 그만인데 대통령의 재가를 맡아야 하는 겁니까."

"대통령은 맥아더 사령관의 총사령관이기도 하니까요. 커다란 위험이 있을 수 있는 대작전이니까요."

"대통령이 재가할까요?"

"글쎄요. 그걸 알 수가 없으니 하프라고 한 겁니다."

"그렇다면 당신의 정보가 키를 쥐고 있는 거나 다름이 없겠구먼요."

로푸심이 이렇게 말하자, 클라크는 애매하게 웃었다.

"절대적으로 인천상륙작전은 성공합니다. 북괴는 인천지구에 있던 약 2개 사단 병력을 내일 새벽 철수합니다. 그렇게 되면 인천지구에 남는 북괴병력은 인원으로 쳐선 약 2,000명 남짓하게 되는 겁니다. 그 2,000명이 겁나서 상륙작전을 못한다고 하면 어디 미국의 위신이 서겠소."

"그거 참말인가요?"

하는 클라크의 눈은 반짝했다.

허상과 실상

"내일 아침이면 확인될 일이니까요."

두 사람은 앞으로의 협력을 약속하고 헤어졌다.

드디어 트루먼 대통령의 인천상륙작전에 대한 재가가 내렸다는 암호 무전이 맥스웰로부터 로푸심에게 날아들었다. "잉어를 낚았다."는 것이다.

그런데 로푸심에 대한 전문에 다음과 같은 암호가 붙어 있었다.

"어망을 거두고 돌아오라."

이것은 작전의 성과를 지켜보고 돌아오라는 지시였다.

이 전문을 받는 날 로푸심은 아버지의 나라를 위해 나름대로의 도리를 다했다는 흐뭇한 느낌을 가졌다. 그러나 그 느낌을 충전하려면 인천상륙작전은 기필코 성공해야 하는 것이다.

그 성공을 위해서 내가 해야 할 일은 무엇일까. 소리없이 보트를 저어 인천시에 가까워지면서 로푸심이 스스로 마음속에서 해본 물음이었다.

7

"인천에 미군이 상륙했다꼬?"

하고 이종문이 이불을 걷어차고 일어났다. 그리고 아내 유지숙에게 물었다.

"누가 그러쿠대?"

"누가 말한 것이 아녜요. 라디오를 들어보세요."

유지숙이 라디오의 볼륨을 높였다.

"뉴스를 되풀이하겠습니다. 맥아더 원수가 지휘하는 미군은 육해공군의 합동작전으로 어제 9월 15일 하오 5시 22분 인천에 상륙했습니다. 그리고 별다른 적의 저항도 받지 않고 인천시를 수복했습니다. 미군은 지금 시내의 잔적을 소탕하는 한편 일부는 서울을 향해 진격하고 있습니다. 서울의 탈환은 시간 문제라고 관측통은 말하고 있습니다……."

아나운서의 신이 나 있는 모습이 눈에 보이는 것 같은 음성이고 어조였다.

"인자 이깃고나. 인자 이깃고나."

하고 이종문은 가슴을 쿵쿵 쳤다. 어젯밤 마셨던 술의 숙취가 말쑥이 가셔버렸다. 그는 변소엘 간다, 세면장엘 간다 하여 분주히 설쳐대다가 옷을 입기 시작했다.

"어디에 가시려고 그래요. 지금 아직 여섯 시도 안 됐어요."

유지숙이 한 말이었다.

"이대로 가만있을 수가 있나. 아부지헌테 가봐야지."

"아직 일어나시지도 않았을 텐데……."

"왜 안 일어났겠어, 이 좋은 날에. 운전수나 빨리 깨워주소."

10분쯤 지났을 때 이종문은 지프차에 실려 온천장에서 부산으로 가는 가도를 달리고 있었다. 언제 시작한 것인지 비가 줄기차게 내리고 있었다. 빗속에서도 밤은 희뿌옇게 새어가고 있었다. 비 오는 거리에 사람들의 그림자가 드문드문 나타났다. 종문은 그런 사람들 옆을 지나칠 때마다 고함을 질렀다.

"요보이소. 미군이 인천에 상륙했소. 우리는 이겼소. 이겼단 말이오……."

빗소리 때문에 그 말뜻을 알아듣지 못한 사람들은 그를 미쳤다고 했을지 몰랐다. 그러나 누가 뭐라고 하든 아랑곳할 이종문은 아니었다.

이렇게 줄곧 냅다 고함을 지르며 부산 부민동까지 왔기 때문에 그가 임시 경무대 앞에 도착했을 때는 목이 쉬어 있었다.

인천상륙에 관한 보고는 어젯밤에 있었던 것으로 새삼스럽게 놀랄 일은 아니었지만, 임시 경무대는 오전 여섯 시의 그 무렵 벌써 술렁대고 있었다.

각료들, 국회 간부들, 군 관계자들이 비좁은 관저에 몰려들어 있었기 때문에 사람들이 우산을 받쳐 들고 뜰에까지 넘쳐 있었다. 그러나 모두들의 얼굴엔 희색이 번뜩이고 있었다.

이종문은 붐비고 있는 사람들 사이를 뱃심 좋게 헤치고 현관까지 들어섰다. 그 이상은 들어서지 못할 정도로 집 안엔 이미 사람들이 빽빽이 들어차 있어 경찰과 비서들이 막고 있는 처지였지만, 이종문의 얼굴을 보자 억지로 통로를 터주었다.

이종문이 비서실에 들어섰다. 김 비서가 책상 앞에 앉아 무엇을 열심히 쓰고 있었다. 그 김 비서에게 소릴 질렀다.

"김 비서 뭣하요. 나는 좋아 죽겠구만."

"곧 기자회견이 있을 거라서 그것 준비중입니다."

김 비서는 활짝 갠 얼굴을 이종문에게 들어 보이고 다시 시선을 책상 위로 떨구었다.

"맥아더란 사람 참 대단하재."

이종문이 특히 누구에게가 아니고 그 방에 모여 있는 사람들을 둘러보며 말했다.

"코가 큰 사람은 그기나 크고, 키가 큰 사람은 그저 싱거운 줄만 알았는디 이번 맥아더가 한 짓 본께 그런 것도 아닌 것 같애."

모두들 와 하고 웃었다.

"쉬잇." 하는 소리가 있었다. 대통령이 계시는 방이 바로 이웃에 있으니 시끄럽게 하지 말라는 주의일 것이다.

"경사가 있는 날은 약간 시끄러워도 괜찮은기라."

이종문은 쉬잇 소리를 한 사람이 누군지 몰랐으나 이렇게 빈정대놓곤

"아이구 답답해 죽겠네. 만세나 실컷 불러버렸으면 좋겠다."

며 가슴을 쿵 쳤다. 모두들 또 와 하고 웃었다. 그때 황 비서가 비집고 들어서서

"이 사장님 들어오시란 각하의 분부십니다."

하는 귀띔을 했다.

"나 온 줄을 우찌 아셨을꼬?"

"아까부터 고함을 지르고 있었으니 각하 귀에 안 들릴 수가 있겠소?"

김 비서가 웃는 얼굴을 들었다.

"그믐날 먹었던 영감의 귀가 설날 아침에 트인다더니."

하고 싱글벙글하며 이종문이 황 비서의 뒤를 따랐다. 그믐날에 영감 귀가 먹는 것은 가난한 친척들이 와서 설을 쇨 수 있도록 양식을 달라는 소릴 듣지 않으려는 것이고, 설날에 귀가 트이는 것은 이제 그럴 걱정은 없어지고 듣기 좋은 인삿말만 있을 것이기 때문이다. 가는귀가 먹은 노대통령이 자기의 말소리를 들었다면 분명 그런 이치일 것이라고 생각하고 한 말이었다.

대통령 거실에 들어선 이종문은 마루에 깔린 카펫 위에 꿇어 엎드려 큰절을 하곤 고개를 들었다.

"아부지, 너무 기뻐 죽을 지경입니다."

"기뻐 죽어서야 쓰나. 이리 와 앉아."

이승만이 건너편 의자를 가리켰다. 그 얼굴엔 화색이 돋아나 있었다.

종문은 순간 백 살 넘겨 살 어른의 얼굴이라고 생각했다. 프란체스카 여사의 얼굴도 화려하게 빛나고 있었다. 이제까진 어색함이 없지 않던 그 파란 눈이 그날 아침엔 어쩌면 그처럼 정다울 수 있는지 종문은 알 수가 없었다.

"종문은 언제나 낙관주의자였지."

이승만은 프란체스카를 돌아보며 웃음을 머금었다. 종문은 낙관주의란 말을 이해할 정도론 유식해 있었다.

"아부지 계시는 곳엔 낙관만 있는깁니다."

프란체스카가 뭐라고 몇 마디 했다.

"이 사람이 자네 말할 줄 안다느먼."

하고 이승만이 통역했다. 종문이 으쓱했다.

"사실 아닙니꺼. 일제가 우리를 압박하고 삼천리강산이 어두웠을 때도 아부지 계시는 곳엔 언제나 낙관만 안 있었습니꺼. 독립이란 낙관 말입니더."

"이 사람 말처럼 종문이 말할 줄 알아."

이승만이 흡족한 표정으로 말했다.

"헌데 맥아더 원수, 너무나 고맙지 않습니까. 인천 어디에 상륙했는지 몰라도 맥아더 원수가 첫발을 디딘 바로 그 자리에 그 사람 동상을 큼지막하게 세워야 할낍니다."

"종문은 항상 이렇게 생각이 빨라. 동상을 세워야지. 어디 동상뿐이겠나."

하더니 이승만은

"종문이."

하고 불렀다.

"예."

"자네 평양에 가본 적이 있나?"

"없습니다."

"평양은 좋은 곳이야. 조금 지나면 단풍이 아름답지. 소년 시절 난 조국에서 한동안을 지냈다."

이승만의 가슴엔 뭉게뭉게 감회가 이는 모양이었다.

"그 평양에 곧 가실 수 있게 되었으니 얼마나 기쁘시겠습니까."

"평양엘 갈 수 있겠지?"

"물론입니다."

"갈 수 있어야지. 많은 희생은 있었지만 통일이 된다는 건 좋은 일이다. 이 기회에 통일을 해야지. 이 기회를 놓치면 가망이 없어. 통일된 나라를 보지 않곤 나는 눈을 감을 수가 없어. 어떻든 이 기회에 통일을 해야지."

이승만은 주위에 있는 사람들을 잊고 자기 생각만을 좇고 있는 것 같았다. 인천상륙과 더불어 승전의 단서가 잡히게 되니 통일에의 갈망이 솟아나고 그 갈망이 그를 불안하게 하고 있는 것이다.

돌연 잠잠해진 이승만을 지켜보다가 종문이 시선을 프란체스카에게로 옮겼다. 일어서도 좋은가 하는 신호를 얻기 위해서였다. 프란체스카의 푸른 눈이 살짝 움직였다.

이종문이 일어서서

"그럼 물러가겠습니다."

하고 절을 했다. 그제야 정신이 돌아온 모양으로 이승만이 종문의 손을 잡았다.

"평양엘 가게 되면 내 자넬 데리고 가지."

"황공하옵니다."
이승만이 황 비서를 돌아보았다.
"자네가 명념해두게. 평양 갈 때 내 이 사람을 데리고 갈 테니까."

외교사절단 대표들이 왔다.
그 접견이 있고 난 후에 신문기자들과의 회견이 있을 것이라고 했다.
이종문이 임시 경무대를 나온 것은 아홉 시가 지나서였다.
인천상륙의 소식은 항도 전부에 돈 모양이었다. 거리를 걷는 사람들의 얼굴이 빗속인데도 활짝 핀 꽃과 같았다. 무겁게 누르고 있던 그 답답한 공기가 삽상하게 느껴지는 건 가을 탓만은 아닐 것이었다.
산에도 바다에도 거리에도 사람들의 잡담에도 안도의 숨결 같은 것이 느껴졌다. 언제 들이닥칠지 모를 적에 대한 공포는 말쑥이 가셨다. 누가 설명한 것이 아닌데도 인천에 상륙했다는 사실만으로 모두들 위난危難은 사라졌다고 느끼고 있었던 것이다.
종문은 갑자기 시장기를 느꼈다. 생각해보니 시장기를 느낄 만했다. 새벽 다섯 시에 일어나 이때까지 설쳐댔으니 말이다. 그는 차를 자갈치 시장으로 돌리게 하고 질퍽질퍽한 부둣가 노점에 걸어들어가서 복어국에 곁들여 막걸리를 한 사발을 마셨다.
'비프스테이크에다 양주보다 이놈이 훨씬 비위에 맞아.' 하고 종문은 복어국을 또 한 그릇, 막걸리를 또 한 사발 했다. 배가 어지간히 불러왔다. 셈을 하려다가 문득
'1, 3, 5, 7, 9인데.' 하는 생각이 들어 막걸리를 한 사발 더 시켰다. 종문의 술 마시는 버릇은 노름꾼 시절 가꾸어졌다. 한 잔 아니면 석 잔, 아니면 다섯 잔, 아니면 일곱 잔, 아니면 아홉 잔, 열 잔 넘어서면 차한

此限에 부재不在, 이런 식인 것이다.

　막걸리라도 세 사발을 해놓으니 얼큰히 취했다. 가슴이 벙벙하기도 했다. 고함을 질러보고 싶은 충동도 있었다. 광복동 한복판에서 한바탕 야료를 부려보았으면 하는 치기도 생겼다. 그러나
　'나는 대회사의 사장이다.' 하는 자각이 그런 치기를 봉쇄해버렸다.
　그는 회사의 사무실에 들어서며
　"만세!"
하고 외쳤다. 사무 보던 사람들이 일제히 그를 보았다. 이종문이 다시 한 번 외쳤다.
　"만세! 따라서 해요. 만세!"
　모두들 뒤늦게나마 '만세'라고 창화했다. 인천상륙을 기뻐하는 것이라고 모두들 짐작한 것이다.
　종문은 자기 자리에 가 앉자 경리부장을 불러 은행에 가서 돈 300만원만 찾아오라고 했다. 그리고 떠들어댔다.
　"직원들에게 돈 한뭉치씩 줘. 그리고 오늘은 실컷 노는기다. 이런 날 안 놀고 운제 놀끼고. 맥아더란 친구 코만 크고 키만 큰 줄 알았더니 역시 물건이라! 인천상륙! 서울탈환! 평양점령! 백두산에 태극기를 꽂아라!"
　막걸리 세 사발이 이종문의 부푼 가슴에 점화를 한 것이다.
　이종문이 한창 흥분하고 있을 무렵, 9월 16일 아침의 인천은 짙은 안개와 초연 속에 싸여 있었다. 그 거리로 피난민들은 돌아왔다.
　상륙 전의 포격이나 폭격이 거주지역을 피해 행해졌고 북괴군이 밤사이 퇴각했기 때문에 시민들의 복귀가 수월했던 것이다.
　초연과 안개가 서려 있는 거리의 건물엔 태극기가 걸렸다. 미국기도

보였다. 영국기도 있었다. 노상엔 행상인이 나타났다.
　제5해병사단은 김포비행장을 목표로 하고, 제1해병연대는 경인가도를 목표로 발진했다.
　이날의 전황은 지극히 평온했다. 인천시내에선 북괴군의 모습을 찾아볼 수 없었다. 인천 동방 5킬로미터의 지점에 소련제 T34 전차 여섯 량이 있는 것을 발견했다는 보고가 있었다.
　그 전차를 발견한 항공모함 시실리 호 소속 코르세아 기 여덟 대가 네이팜 탄 두 발, 500파운드 폭탄 여섯 발을 투하해서 전차 세 량을 격파했다. 그런데 오전 아홉 시 제1해병연대가 현장에 접근하자 파괴되었다고 생각한 전차 세 량은 건재했다. 다른 세 량과 같이 85밀리 주포탑을 선회하여 발포태세를 취했다. 위기일발, 제1해병 연대의 선두를 달리고 있던 M26 전차 여덟 량이 90밀리 주포를 연사하여 적 전차 여섯 량을 격파했다.
　그 후 제5, 제1해병연대는 산발적인 북괴군의 공격을 배제하며 오후 다섯 시 상륙지점에서 10킬로미터 선으로 진출하여 야영하게 되었다. 제1해병사단 스미드 소장은 오후 다섯 시 반 인천에 상륙하여 사단사령부를 설치했다. 상륙 개시 24시간만의 일이다.
　스미드 소장이 사령선 마운트 맥킨레이의 함교에서 맥아더 원수에게 상륙신고를 하자, 맥아더는 소장의 어깨에 손을 얹고 말했다.
　"좋아. 다음엔 일각이라도 빠르게 김포공항에 사령부를 진출시켜야 한다."
　맥아더 원수의 목소리는 낭랑했다.
　결정적이며 궁극적인 승리가 바로 목전에 있는 것처럼 느껴졌던 것이다.

이동식은 전날 밤 인천상륙의 소식을 알고 있었다. 플림프 중위가 재빨리 알려온 것이다. 밤 열 시쯤 되어 이웃집 아이가 주워왔다는 삐라를 보았다.

삐라엔 '유엔군 인천상륙'이라고 제題한 아래 서울인 듯싶은 도시가 폭연에 싸여 있고 인천인 듯싶은 곳에 함선이 집결해 있는 사진이 있는데 다음과 같은 글귀가 있었다.

북조선 장병에게 고한다. 강력한 유엔군 부대가 인천에 상륙하여 전진중이다. 유엔 가맹국 59개국 가운데 53개국이 너희들을 적대하고 있다. 장비·화력·병력 등 모든 점에 있어서 너희들은 열세에 놓여 있다. 항복 아니면 죽음이 있을 뿐이다. 즉시 유엔군에 투항하라! 맛있는 음식과 따뜻한 치료가 너희들을 기다리고 있다.

동식은 로푸심의 편지를 상기하고 있었다. 로푸심이 말한 큰일이란 인천상륙작전을 가리킨 것임이 틀림없었다. 그는 로푸심이 무사하길 충심으로 빌었다. 그와 다시 만나는 날, 바로 그 현장에서의 체험담을 들을 수 있을 것이 아닌가. 영웅이란 말이 로푸심에게 어울리지 않는 바가 아닌 것이다.

그날 밤 동식은 아내 송남희와 다음과 같은 얘기를 주고받았다.

"머잖아 서울의 집으로 돌아갈 수 있을 것 같소."

"지금쯤 뜰에 양국화가 피었을 텐데요. 그러나 전쟁이 끝나야 돌아갈 수 있지 않을까요?"

"북괴군이 아무리 버텨도 소용이 없을 걸. 인천에 상륙한 유엔군이 그 배후를 찌를 테니까 낙동강 전선에선 북괴군이 전멸하는 사태가 나타날 거야."

"소련이 가만있을까요?"

"글쎄."

동식은 생각에 잠겼다. 북괴의 단독의사로서 전쟁을 시작했을 까닭이 없으니 당연히 소련의 조종을 받고 있다고 짐작할 수가 있다. 그런데 그 소련이 북괴군의 궤멸을 보고도 가만있을까. 그럴 리가 없지……. 그렇다면 다시 암담한 나날이 계속되는 것이다. 그러나 그런 문제보다도 로푸심이 마음에 걸렸다.

"지금 로푸심 씬 인천에 있을 텐데."

"무사했으면 좋겠어요."

"백인력白人力을 가진 사람이니까 무사하긴 하겠지만……."

송남희는 십자를 긋고 잠깐 고개를 숙였다. 기도하는 자세였다. 동식도 뭔가에 빌고 싶은 갈증 같은 것을 느꼈다.

'엄청난 일을 당하면 사람은 비는 도리밖에 없다. 모든 계획도, 모든 포부도 결국은 비는 마음의 표현일 뿐이다. 그런데 무엇에 대해 빌어야 한단 말인가. 운명! 너무나 덧없는 얘기다.'

남희가 고개를 들었다.

"로푸심 씨의 생활은 너무나 과격한 것 아녜요?"

"과격한 거로 치면 예수 그리스도의 생활도 과격하지 않았어?"

가을이 느껴지는 밤이 밖에 있었다.

8

인천상륙을 계기로 각 전선에서 북괴군은 그야말로 '문둥이 눈썹 무너지듯' 무너지기 시작했다.

서울 근처의 적이 완강한 저항을 보이기도 했으나 유엔군의 자신을 회복한 공격에 당적할 순 없었다.

드디어 9월 28일, 수도 서울은 유엔군에 의해 탈환되었다.

수도 완전 탈환

대형 활자를 마구 사용한 호외가 항도 부산의 거리에 낙화처럼 뿌려졌다. 라디오는 서울 탈환을 알리는 동시에 '유엔군 만세, 국군 만세'를 외쳐댔다. 전 시가가 환희에 들떠 광란의 도가니가 되었다.

이승만 대통령이 역전 광장에 나타났다. 시민들의 흥분은 최고조에 이르렀다.

"대한민국 만세!"

"이승만 대통령 만세!"

"유엔군 만세!"

"국군 만세!"

"우리 대통령 만세."

급조한 연단 위에 대통령이 서자 시민들은 남녀노소 할 것 없이 목이 터져라 하고 만세를 부르고 또 불렀다.

"여러분."

하곤 이승만은 목이 메었다.

"동포 여러분!"

하고 되풀이했으나 다음이 이어지질 않았다. 노안老眼에 눈물이 폭포를 이루며 쏟아졌다. 누구도 그 이상의 말을 들으려고도 안했다. 노대통령의 모습을 보는 것만으로도 족했다. 외치고 얼싸안고 춤춰야 할 장면이지 차분히 얘기를 듣고 있을 정황이 아니었던 것이다.

"여러분이 이처럼 기뻐하는 것을 보니 내 기쁨도 한량이 없습네다. 우리는 수도를 탈환했다고 해서 만족할 순 없습네다. 통일이 이룩될 때까지 힘과 마음을 합쳐 싸워야 합네다."

이렇게 말하기가 고작이었다. 너무나 거센 환호성 때문에 말을 더 계속할 수가 없었다. 그러나 이승만은 다음과 같이 덧붙이지 않을 수 없었다.

"우리 국군 용사에게 감사를 드려야 합네다. 미국을 비롯한 유엔군 용사들에게 감사해야 합네다. 우리의 지극한 친구, 우리에게 승리를 안겨준 친구, 그리고 앞으로도 우리를 위해 일해주실 유엔군 총사령관 더글라스 맥아더에게 최대의 경의와 감사를 표하는 바입네다. 동시에 미국의 대통령 트루먼 씨에게도 감사를 보냅네다……."

이승만은 관저로 돌아와 각의를 열었다. 신성모 국무총리 겸 국방장관 · 임병직 외부장관 · 조병옥 내무장관 · 최순주 재무장관 · 이우익 법무장관 · 백낙준 문교장관 · 김훈 상공장관 · 김석관 교통장관 · 장기영 체신장관 · 이윤영 사회장관 · 구영숙 보건장관 · 윤영선 농림장관 등 12명이 모였다.

일동은 노대통령을 향해 일제히 박수를 쳤다. 회의라고 했지만 특별한 안건이 있는 것도 아니었다. 전승을 축하하는 말을 나름대로 표명하는 그런 모임이었다.

이승만은 한동안 생각에 잠긴 듯하더니

"여러분."

하고 얼굴을 들었다. 모두들 긴장했다.

"이건 당분간 극비에 붙여두길 바랍네다만……. 우리 전원 내일 서울로 가야 합네다. 여러분은 내일 오전 여덟 시까지 비행장에 나와야 합네다. 가족에게도 비밀로 해둬야 합네다."

각료들은 침묵한 채 있었다. 서울을 탈환했다고는 하나 서울의 남쪽과 북쪽엔 아직 적이 적잖은 병력을 가지고 버티고 있었기 때문이다.

"아직 잔적 소탕이 완전하다고 할 수 없는데 내일 서울로 간다는 것은 위험하지 않겠습니까, 각하."

체신장관 장기영이 신중한 발언을 했다.

"아닙네다. 걱정 없을 겁네다. 내일 아침 맥아더 원수가 비행기를 보내옵네다. 그걸 타고 같이 가는 겁네다."

이곳저곳에서 안심한 듯한 속삭임이 일었다.

"혹시 질문은 없습네까?"

각료들이 서로의 눈치를 살폈다.

조병옥 내무장관이 손을 들었다.

"말하세요."

"각하, 비서는 어떻게 합니까?"

"이왕이면 가정부도 데리고 가지."

하고 이승만은 웃었다. 오후가 되자 미 대사관 일등서기관 노벨이 찾아와서 정식으로 서울 귀환을 요청했다. 그리고 수영비행장에 맥아더 원수가 보낸 승용기 바탄 호와 C54 수송기 한 대가 도착해 있다는 것을 알렸다.

9월 29일 금요일.

환도식이 있던 날이었다.

파괴된 한강 인도교 옆엔 선교船橋가 가설되었다. 그 선교를 통해 맥아더와 이승만이 중앙청으로 가게 되어 있었다. 도중의 경비는 미 제1해병연대 제3대대와 제5해병연대 일부가 담당하기로 했다. 태극기를 손에 든 시민들이 연도를 메웠다.

오전 열 시. 맥아더 원수가 김포공항에 도착했다. 그리고 출영나온 제8군사령관 워커 중장을 비롯한 그 밖의 육해군 간부들과 함께 서울을 향했다.

조금 지나 이승만 대통령 부처와 각료, 미국대사 무초를 비롯한 외교단 대표를 태운 바탄 호와 C54기가 김포에 도착했다.

이날 하늘은 맑았으나 바람이 강했다. 대통령 일행이 비행기를 나왔을 때 전방에 사진砂塵이 보였다. 맥아더 일행이 일으킨 먼지였다.

대통령 일행은 선교를 지나 마포지구로부터 서대문을 거쳐 중앙청으로 향했다. 연도에선 시민들이 태극기를 흔들어 울부짖으며 대통령을 환영했다.

환영하는 군중들의 얼굴은 하나같이 굶주림과 피로에 지쳐 있었다. 사방은 폭격에 파괴된 폐허였다. 대통령과 각료들은 석 달 전 그들에게 한마디 말도 없이 서울을 떠난, 이를테면 비겁자나 다를 바가 없었다. 그런데도 시민들은 그 비겁자들을 그처럼 환영해주었던 것이다.

자동차의 창밖으로 보이는 거리는 타고 남은 잔해殘骸의 거리였다. 그을린 전주에 대롱대롱 달린 전선은 뱀의 시체처럼 흉스러웠고 길가엔 파괴된 전차, 대포, 북괴병의 시체들이 누누이 쌓여 있었다.

"이건 너무하다. 기왕의 도쿄와 요코하마보다도 심하다."

고 노벨이 중얼거렸다. 그는 1945년 가을, 2차대전 직후의 동경과 요코하마를 본적이 있었던 것이다.

"하여간 북괴군은 모든 건물을 토치카로 이용했어요. 그러니 빌딩이란 빌딩은 파괴하지 않을 수 없었죠."

노벨과 동승한 어느 해병대 장교의 말이었다.

중앙청 일대의 경계는 한국군 제17연대와 제5해병연대 일부가 맡아 있었다. 중앙청 일부는 파괴되었으나 외형은 그런 대로 유지되어 있었다.

홀에 의자를 늘어놓고 한국정부의 각료, 외교단, 제8군과 제10군단의 지휘관들이 착석하고 단상엔 워커 중장을 비롯한 육해군의 간부들이 앉았다.

정오에 맥아더 원수와 이 대통령 부처가 단상에 올랐다.

맥아더의 웅변은 전제도 없이 시작됐다.

"자비로운 신의 가호에 의해 인류 최대의 희망과 열망의 상징인 우리 국제연합군은 여기에 한국의 오랜 수도를 해방했다……."

이어 그는 언성을 높였다.

"이 대통령 각하. 나는 귀하에게, 귀하가 영도하는 정부에게 이 자리를 돌려드리게 된 것을 충심으로 기뻐하는 바입니다……."

그의 독특한 영탄적 성조가 클라이맥스에 이르렀다. 이때 그는 참석자들을 기립시키고 신에 대한 감사의 기도를 올렸다.

"전지전능, 무소불위한 하나님이시여! 하나님은 지금 여기에서 또 한 번 그 거룩한 기적을 행하셨나이다. 하나님, 하나님의 은총에 다만 감사, 감사가 있을 뿐입니다……."

맥아더는 이렇게 연설을 끝내고 이승만을 연단으로 이끌었다.

74세의 대통령 이승만은 70세 맥아더의 부축을 받으며 연단에 나타나 참석자들의 박수를 받았다.

이승만은 한동안 말을 못하고 눈물 어린 눈으로 참석자와 참석자들 너머 폭격의 흔적이 역력한 벽을 바라보고 서 있었다. 이윽고 입을 연 그는

"나와 나의 국민은 이 감사의 심정을 어떻게 말해야 할지 알 수가 없습네다……. 오늘의 이 성전을 베풀 수 있게 노력한 맥아더 원수, 귀하는 진정 우리 민족의, 우리 조국의 은인입네다. 그리고 먼저 미국을 비롯한 유엔군의 용사들, 우리 국군의 용사들에게 깊이 감사를 드립네다……."

이승만의 답사가 있은 후, 유엔 한국위원단 단장과 주한 미국대사 무초의 짤막한 축사가 있었다.

식전은 12시 35분에 끝났다. 오후 1시 35분 맥아더는 승용기 스캡(SCAP, 연합군 최고사령관)을 타고 동경으로 돌아가고, 이승만은 시내를 한바퀴 돌아본 뒤 경무대로 돌아갔다.

이 무렵 송남수는 청평과 가평의 중간지점인 산속을 헤매고 있었다. 바로 생사의 기로에서의 방황이었다.

피난민의 말에 의하면 서울은 불바다가 되어 있다는 것이고 북쪽으론 도저히 갈 수 없는 실정이고 보니 유탄에 맞아 죽기를 바라며 산속을 헤매고 있는 거나 다를 바가 없었다.

괴뢰군을 만나는 건 물론 위험한 일이지만 떳떳이 국군을 만날 처지도 못 되었다. 괴뢰군에 협력한 사람들도 피해야 했고, 괴뢰군에 의해 학대를 받은 사람도 피해야 했다.

송남수는 이틀째 산속에 있었다. 밤이면 음력 8월 15일, 이른바 중추의 명월이 솟아오르는 것인데, 그는 그 달을 증인으로 해서 자결할 마음조차 가져보았다.

그는 추위에 떨면서도 중추의 명월을 바라보며 자기가 살고 있는 의미를 다져보는 마음이 되었다. 그러나 그는 그 생각을 철저하게 진전시키지 못했다.

'내가 왜 여기에 있고 거기 있지 않느냐.'는 생각이 문득문득 가슴을 쳤기 때문이다. 거기 있지 않느냐는 것은 곧 김규식 씨 옆에 있지 않느냐는 뜻이다.

송남수는 바로 며칠 전 아슬아슬한 고비를 넘겼는데 넘겼다고 생각하고 있는 그 상황이, 아니 그 마음이 잘된 것인지 그 고비를 넘기지 말아야 했던 것이 옳았는지 갈피를 잡지 못하는 심정인 것이었다.

9월 23일, 그러니 엿새 전의 일이다. 송남수는 원서동에 김규식 씨와 같이 있었다. 인천상륙의 정보는 이미 알고 있었다. 그래서 국군이 서울에 들어왔을 때, 아니 이승만이 서울에 돌아왔을 때 김규식이 어떤 태도를 취해야 하나 하는 문제를 두고 열심히 토론하고 있었다. 그때 대문 앞에 자동차가 정거하는 소리가 났다. 송남수의 육감은 불길한 냄새를 맡았다.

'아차 이렇게 하고 있을 것이 아니었구나.' 하는 후회가 뒤따랐다.

그러나 때는 이미 늦었다. 낯선 사나이 둘이 들어오더니 김규식 씨를 찾았다. 그러고는

"선생님, 잠깐 우리들과 같이 가야 하겠습니다."

하고 대뜸 재촉했다.

"우리집 선생님은 몸이 성칠 않아요. 그런데 어딜 가시자는 거요?"

부인인 김 여사가 말했다.

"몸이 성하시지 않으면 그런 대로 모실 테니 걱정하지 마십시오. 자, 같이 갑시다."

말이 거칠어져가는 과정이 역력하게 느껴졌다. 거부하다가는 무슨 창피를 당할지 알 수 없는 그런 분위기였다.

그래도 김규식 씨가 움직이는 기색을 보이지 않으니까, 사나이는 냅다 고함을 질렀다.

"빨리 나와요. 잠깐이면 돼요. 물어볼 말이 있어서 같이 가자는 건데 그것마저 협력을 못하겠다, 이거유?"

그 이상 버텼다간 끌어낼 형세가 될 것이었다.

"젊은 사람들, 그러질 말아요. 내가 갈 테니까."

김규식 씨는 일어섰다. 그러고는

"내 잠깐 변소에 갔다 오리다."

하고 변소 있는 곳으로 방향을 돌렸다. 그러자 사나이 하나가 날쌔게 변소까지 따라갔다.

송남수는 불안감에 사로잡혔지만 막상 그 불안의 정체를 알 수가 없었다. 변소에서 나온 김규식 씨는 부인을 보고 말했다.

"내 두루막을 내주슈."

두루마기를 입히고 옷고름을 매주고 있는 부인을 내려다보고 있는 김규식 씨의 눈엔 만감이 서려 있었다. 자신의 운명을 이미 아는 것처럼 그 얼굴빛은 곧 체관의 평온한 빛깔로 변했다.

"내 갔다오리다."

축담에 내려서며 김규식이 한 말이었다.

송남수가 부축해서 대문을 나섰다. 부인이 뒤따랐다.

자동차엔 운전사 말고도 한 사람이 더 있었다. 사나이들 가운데 하나가 먼저 타고 다음에 김규식 씨를 태웠다. 그리곤 송남수더러 같이 타라고 했다. 머뭇거리고 있는데
"빨리 타요."
하는 거친 독촉이 있었다. 송남수는 차 안으로 기어들어갔다.
그때였다. 김규식 씨의 부인 김 여사가 질겁을 하며 소리쳤다.
"어른께서 가신다면 권군이 같이 가야 부축을 해드리지 송 선생으로는 안 돼요. 보행이 어려우신 어른을 도우려면 힘이 센 젊은 권군이라야 해요."
사실 김규식은 보행이 어려웠다. 그래 언제나 수행비서 권군이 그를 부축해주는 역할을 맡고 있었던 것이다. 사나이들은 난처하다는 표정으로 서로 눈치를 교환하더니 송남수에게 내리라고 하고 대신 권군을 태웠다. 그리고 다음과 같은 말을 남겼다.
"김 선생님을 모셔다놓고 곧 돌아올 테니 여게 기다리고 있으시오. 시국에 관한 대책을 토론하는데 동무도 있어야 하니까요."
생각하면 자동차에 좌석이 없었던 것이 송남수를 구했다. 자동차가 골목을 돌아 사라지자 부인이 황급하게 말했다.
"송 선생, 빨리 피하세요. 아무래도 놈들의 거동이 이상해."
"선생님이 가셨는데요."
송남수는 석연치 못한 기분이었다.
"선생님이야 노체인데다 보행도 부자유하시니 그들이 어떻게 하겠소? 곧 돌아올 거요. 그러나 송 선생이 가면 그렇겐 안 될 것 같애. 우물쭈물 말고 빨리 피해요."
송남수는 뒷덜미를 끌리는 기분으로 그 자리를 떠나 산 쪽으로 걸었다.

어느 곳에선가 시가전이 치열한 모양으로 콩을 볶는 듯한 총격 소리에 끼어 대포 소리가 울려오기도 했다.

송남수가 걷고 있는 그 지대는 죽은 듯 고요했다. 사람이 있는지 없는지조차 알 수 없는 집들의 나열은 말 그대로 공포의 거리였다.

산속으로 들어선 송남수는 언제나 와서 명상에 잠기곤 하던 나무 그늘 아래 자리를 잡았다. 일단 거기서 해가 지길 기다릴 참이었다.

김규식 씨를 비롯한 지명인사들이 납치되어 북쪽으로 압송되었다는 소식을 들은 것은 그로부터 이틀 후의 일이다. 조소앙 씨를 위시해서 성남 호텔에 볼모가 되어 있던 전원이 같은 운명의 길을 밟은 것이다. 엄항섭도 물론 예외는 아니었다.

송남수는 갑자기 위험을 느꼈다. 아무리 생각해도 서울 안엔 몸 붙일 곳이 없었다. 철저하게 저항을 각오하고 있는 것 같은 북괴군은 드디어 서울을 초토로 화하게 할지 몰랐다.

그런데 남쪽으로 방향을 돌릴 수는 도저히 없었다. 그 일대에 전투가 벌어지고 있었기 때문이다. 송남수는 부득이 가평의 어느 곳을 겨냥하고 길을 떠났다. 그 시골에 아는 사람이 있었다. 그러나 마을 가까이에 이르렀을 때 이런 정세 속에 마을로 들어간다는 것은 위험하기 짝이 없다는 것을 느꼈다. 그러니 도리 없이 산속을 방황하고 있을 수밖에 없었던 것이다. 그러는 동안 그는 평생 잊을 수 없는 장면을 목격하게 되었다.

갑자기 산 아래의 길이 괴뢰군의 패잔병으로 가득 찼다. 길 빽빽이 허둥지둥 달려가고 있는 그들을 보아 추격군의 속도를 짐작할 수가 있었다. 비행기 소리가 들리면 길 가득한 패잔병들은 개미새끼처럼 부근의 산에 쫙 깔려 숨었다가 비행기가 가고 나면 다시 길을 메우며 북쪽으로 도망하고 있었던 것이다.

패잔병은 길로만 가고 있는 것이 아니었다. 송남수가 앉아 있는 산허리를 타고 가는 놈들도 있었다. 이곳저곳의 나무 그늘에서 지친 몰골을 한 괴뢰군의 무리들이 나타났다. 송남수는 가슴이 철렁하는 고비를 몇 번이나 겪었다. 그러나 도망하기에 급급한 그들의 눈은 그 근처에 사람이 앉아 있는 것을 보질 못했다. 보고도 모르는 척 지나가버린 것인지도 모른다.

불과 석 달 전, 기고만장한 자세로 서울을 유린한 그들이 오늘 패잔한 오합지졸이 되어 미친 것처럼 도망치고 있는 것을 볼 때, 송남수는 무모한 전쟁을 일으켜 나라를 도탄에 빠뜨린 김일성에게 새삼스러운 미움을 느꼈다.

해가 서산에 걸릴 무렵의 일이다. 옆에 뭔가가 쿵 하고 뒹구는 소리에 송남수는 소스라치게 놀랐다.

북괴병 하나가 뒹군 채 일어나지도 못하는 자세로, 그러나 따발총을 송남수에게 겨누고 있었다. 흙과 땀에 범벅이 된 얼굴은 이미 사람의 형상이 아니었다. 그런데 그 눈은 흉악하다기보다는 빈사지경에 있는 동물의 눈을 방불케 했다. 공포의 경직된 순간이었다. 그러나 송남수는 자기의 가슴을 겨눈 그 총구를 대담하게 응시할 수가 있었다. 이렇게도 저렇게도 할 수 없는 지금의 형편에 뜻밖에 수월한 해결방법을 제시해 줄지도 모른다는 생각이 든 것이다. 그러한 마음의 움직임이 송남수의 표정을 부드럽게 했는지 모른다.

"나를 업어."

북괴병의 입에서 목쉰 소리가 나왔다.

송남수는 말뜻을 몰라 그를 물끄러미 보았다.

"나를 업고 우군이 있는 데까지 데려다 달란 말이다."

그것은 신음 소리처럼 들렸다. 송남수가 물었다.

"어딜 부상했소?"

"쓸데없는 소리 말구 나를 업어. 시키는 대로 안 하면 쏜다."

하고 그는 따발총을 고쳐 들었다. 배 위에 총을 얹어놓았기에 망정이지 총을 쥐고 있을 기력도 없는 것처럼 보였다.

"빨리 나를 업어!."

그는 다시 한 번 신음했다.

"업어다주고 싶지만 난 지금 힘이 없다. 이틀을 꼬박 굶었는데 무슨 힘이 있겠나."

송남수는 조용히 타이르듯 말했다.

"그렇다면 난 너를 쏘아야 하겠다. 죽기 싫거든 나를 업어."

"당신이 나를 쏘아봤자 아무 소용없다. 혹시 살아날지도 모르는 기회를 당신이 없애버리는 게 고작이다."

"나는 있으면 죽는다. 그러니 빨리 우군 있는 델 가서 치료를 받아야 한다. 나를 업어라, 빨리."

"나는 이대로 내 혼자도 지금 걸을 수가 없다. 그래서 이렇게 퍼져 앉아 있다. 그런 사람이 어떻게 당신을 업고 가겠나."

"쏜다, 그럼."

"마음대로 해라. 당신에게 총 맞아 죽는 게 되려 편할지 모르겠다."

산 그림자가 어느덧 주위를 덮고 있었다. 부엉이 우는 소리가 들렸다. 그때 바로 앞 솔밭 길로 서너 명의 패잔병이 지나가는 것이 보였다. 송남수는 자신의 위험을 무릅쓰고 불렀다.

"여보세요."

그 가운데 하나가 이편으로 고개를 돌렸다.

"당신들의 동지가 여기 부상을 당해 누워 있소. 데리고 가시오."

그러나 송남수의 말을 끝까지 듣지도 않았다. 그들은 뒤도 돌아보지 않고 들길로 들어서더니 건너편 산속으로 사라져버렸다.

포성이 가까이 들리는 것 같았다.

"꼭 나를 업어다주지 못하겠소?"

괴뢰군 병사의 말은 이미 애원이었다.

"사정이 그렇다지 않소."

송남수는 진정 미안해했다.

"그럼 나는 당신을 쏘겠다."

그러나 그에겐 배 위에 총을 걸쳐놓고 손을 대고 있을 뿐이지 그 총을 일으켜 세워 방아쇠를 당길 힘도 이미 없어진 모양이었다.

그는 아픔을 참을 양으로 얼굴을 찌푸리고 몸을 뒤척여 총이 굴러떨어졌다. 그러고는 신음하는 소리로 애원했다.

"나를 업어다주지 못할 형편이면 이 총으로 나를 쏘아주시오. 나를 쏘란 말이다. 나를……. 아파서 견딜 수가 없어."

총이 굴러떨어져 있는 것을 보고 송남수는

"먼저 상처나 좀 봅시다."

하고 병사 가까이 갔다.

오른쪽의 바지가 반쯤 찢어져 있는데 피에 흥건히 젖어 있었다. 눈가늠으로 오른쪽 허벅다리에 총탄을 맞아 뼈가 부서진 것이 아닌가했다. 병사의 몸을 일으키려고 했을 때 다리가 남았다. 이제 아픔도 잊은 모양이었다.

"물이나 실컷 마셨으면 좋겠다."는 말이 가느다랗게 새어나왔다.

이미 주변이 어둑어둑해진 터라 주위를 걱정할 필요도 없다. 송남수는 그에게 개울물을 떠다줄 생각을 하고 일어섰다. 그러자 병사가 남수의 바지 자락을 잡았다. 깜짝 놀랄 만한 힘이었다. 그러나 말소리는 약했다.

"나를 두고 떠나려거든 저 총으로 나를 쏘아 죽이고 가요. 이대론 못 가요."

"아니, 물 뜨러 가는 참이오. 물을 떠갖고 올게."

"참말이오?"

"참말이지 않구."

그때 송남수도 심한 갈증을 느끼고 있었던 것이다.

비탈길을 내려가는데 다리가 후들후들 떨렸다. 가까스로 개울가에 닿자 그는 엎드려 물을 마셨다. 차가운 물이 식도를 통해 위장으로 흘러 들어가는 것이 안타깝도록 상쾌한 기분이었다. 물이라도 배불리 먹고 나니 정신이 돌아왔다.

그런데 물을 떠가지고 가려고 하니 그릇이 없었다. 궁리한 끝에 신을 벗었다. 신 속을 모래로 씻었다. 물이 새지 않게 하기 위해선 신을 물에 불려둘 필요도 있었다.

한참만에야 양쪽 신발에 물을 가득 채워 들고 비탈길을 올랐다. 음력 8월 17일의 달이 휘황한 빛을 깔고 있어서 발을 헛디딜 염려는 없었다. 그 병사가 죽지 않고 있기를 바라는 마음이 간절하게 솟았다.

괴뢰군 병사는 그 자리에 그냥 있었다. 신음 소리도 없었다. 혹시 죽은 것이 아닌가 하고 남수는 섬뜩했다.

가슴에 귀를 대어보았다. 가냘프나마 고동이 느껴졌다. 남수는 병사의 어깨를 가볍게 흔들었다.

"자, 물 마셔."

스르르 뜬 병사의 눈에 달빛이 아름답게 고였다. 그 아름다움이 곧 고맙다는 표시인 것 같았다.

남수는 고개를 일으켜 자기의 무릎을 베게 하고 물이 담긴 구두를 그의 입에 갖다댔다.

병사는 꿀꺽꿀꺽 물을 다 마시곤 휴 하고 한숨을 쉬었다. 그리고 말했다.

"난 당신이 가버린 줄 알았지."

그 처량한 말투에 남수는 뭐라고 답할 수가 없었다.

"달이 좋구먼."

병사의 그 말엔 약간 생동감이 있었다. 물을 마신 탓인지 몰랐다.

"바로 엊그제가 추석이었으니까."

송남수는 여전히 자기 무릎을 병사의 베개로 해놓은 자세로 자신의 감정을 겹쳐 말했다.

"추석, 추석달은 부산에 가서 볼 거라고 하더니."

그 말엔 반감이 묻어 있었다.

달빛은 영롱하게 공기를 물들이고 있는데 벌레 소리가 합창으로 일었다.

"형씨는 전쟁이 끝나면 북쪽으로 갈 수 있겠지?"

병사가 물었다.

"글쎄."

"내 고향은 넝변의 새재라는 곳이오. 내 이름은 진봉헌, 아버지 이름은 진남석이라고 하우다. 언젠가 그곳을 찾는 일이 있거든 당신 아들 봉헌이 이 산속에서 죽었다고 전해주오."

과연 그럴 날이 있을까 했지만 송남수는 그렇게 하겠다고 순순히 답했다.

"헌데 당신 나이는 몇이오?"

이번엔 송남수가 물었다.

"열여덟 살."

"어머니가 보고 싶을 나이군."

"아아, 어머니."

하고 괴뢰군의 병사는 울기 시작했다. 그러나 그 울음엔 힘이 빠져 있었다.

"당신은 당신을 전쟁터로 몰아낸 사람들을 원망하지 않나?"

"원망한들 무슨 소용이 있갔소. 내 혼자 죽는 것도 아닌데."

그 말에 송남수의 가슴이 뭉클했다. 스무 살이 되기에도 아직 2년이나 남은 이 소년이 어떻게 이처럼 체관을 배울 수 있었을까 하고.

그 소년 병사는 그날 자정을 넘기지 못하고 숨을 거두었다. 그 직전 그는

"고마운 형씨의 이름이나 알아놓읍시다래."

했다.

"송남수."라고 했더니 그는 꺼져가는 영혼속에 새겨넣기라도 하려는 듯 '송남수, 송남수' 하고 두세 번 되뇌었다. 그리고 마지막엔 "어마니." 하며 외마디 불러보고 영원의 품속으로 돌아갔다.

9

10월 들어 유엔군은 38선을 넘어 일제히 북진하기 시작했다. 이종문

의 기세는 전황에 따라 높아만 갔다.

화천을 점령했다는 소식을 듣고 이종문은 요릿집에서 큰 잔치를 벌였다. 금천을 점령했다고 들었을 때도 잔치를 했다.

누구나 마시고 싶으면 어디를 점령했다는 소식만 갖고 이종문을 찾아가면 되었다.

"해주를 점령했다꼬? 그거 신난다. 오늘밤 한잔 하세." 하는 식으로 기분을 내는 것이다.

그리고 이종문은 아이들이 설날을 기다리듯 평양 가길 기다렸다. 앉은 자리마다 자랑을 했다.

"우리 아부지가 날 보고 평양 같이 가자 안쿠나. 대통령 모시고 평양에 척 들어서면 기분 좋을끼라. 안 그래? 나 좋아 죽겄다. 미치겄구마."

그러다가

"평양 가서 일등미인을 하나 골라잡아야지. 평양미인 유명하다쿤께. 제에미 사내로 태어나서 평양미인 한번 안아봐야지."
하고 너털웃음을 웃었다. 이동식을 보곤

"우때, 이 교수. 남북통일이 되몬 말이다. 서울에다 큰집을 뒤두고 평양엔 소실, 부산에도 소실, 척 이렇게 거느리고 살면 기분 좋겠재."
하고 거드름을 피우기도 했다.

부산의 업체가 부쩍 커져 있는 바람에 몸을 뺄 수 없었던 이종문이 수복 후 처음으로 서울에 나타난 것은 10월 10일이다.

종문은 비행장에서 곧바로 수송동으로 달렸다. 문창곡, 성철주의 소식과 함께 양근환 씨의 동정을 알기 위해서였다.

그런데 수송동 합숙소는 온데 간데가 없고 타다 남은 나무토막만이 드러난 주춧돌 근처에 앙상하게 남아 있을 뿐이었다. 수소문을 해보니 양근환 선생은 공산당에 납치를 당했다고 하고, 문창곡과 성철주의 소식은 알 길이 없었다.

그처럼 공산당을 미워하던 양근환 선생이 놈들에게 납치되었으면 십중팔구 살아오지 못할 것이었다. 종문의 가슴이 찡하고 아팠다.

종문은 그 길로 자기가 경영하고 있었던 여관으로 가봤다. 역시 불타고 없었다. 초동의 사무소는 불타진 않았으나 직격탄을 맞은 모양으로 천장이 훤히 뚫려 있어 해골만 남은 느낌이었다.

그러나 종문은 그런 것에 마음의 동요를 느끼진 않았다. 무사한 문창곡과 성철주를 만날 수가 있다면 그보다 더한 손해를 보아도 좋다는 심정이었다.

전쟁이 지나간 살벌한 흔적. 종문은 자기가 용케 전쟁을 피해 부산으로 갈 수 있었다는 사실에 새삼스럽게 고마움을 느꼈다.

자동차를 청운동 이동식의 집으로 돌렸다. 첩첩 문을 닫고 이동식의 집은 침묵하고 있었으나 기왓장 하나 부서진 것 같지 않았다.

'상팔자로 태어난 사람은 이래야 되는기라.'

종문은 흐뭇하게 웃었다.

이동식의 집이 무사하다는 걸 확인하고 돌아섰을 때 종문의 염두에 차진희의 모습이 스쳤다.

'하룻밤을 자도 만리장성을 쌓는다고 안쿠는가배.'

종문은 운전사더러 한강을 건너 흑석동으로 가자고 했다. 아까 들어올 땐 마음이 바빠 예사로 지나쳤지만 인도교 옆에 만들어놓은 선교를 건너면서 무참히도 끊어진 인도교의 처참한 몰골을 보고 뭉클한 기분이 되었다.

'이 다리에서 그 얼마나 많은 사람이 죽었단 말인가.'

실로 아찔하고 소름이 끼쳤다. 종문 자신도 그런 꼴이 될 운명에 있었던 것인데 머리칼만한 우연의 덕택으로 이렇게 살아남아 있는 것이니 말이다.

이종문은 지난달, 그 한강을 폭파했다는 죄목으로 총살형을 받은 최창식이란 공병대령에 마음이 미쳤다. 종문이 부산에서 듣기론 최 대령은 채병덕 참모총장의 명령에 의해 한강 인도교를 폭파한 것이라고 했다. 그런데 명령을 내린 채병덕이 죽고 없는 마당에 최 대령 혼자 그 책임을 지고 형장의 이슬로 사라진 것이다. 한강에 빠져 죽은 사람도 억울하거니와 최창식 대령도 억울한 사람이다. 그 억울한 사람의 몸을 죽였다고 해서 한강에 원혼이 된 사람들이 도로 살아날 수 있을까…….

이러한 감회에 따른 차분한 심정으로 이종문은 차진희의 집 앞에 섰다. 폭격을 받은 흔적은 없지만 어쩐지 황폐한 느낌을 집 전체가 풍기고 있었다. 대문은 굳게 닫혀 사람이 있는 것 같진 않았지만 종문이 문은 두드려보았다. 두세 차례 사이를 두고 두드렸다. 아무런 반응이 없었다.

그래 돌아서려는데

"누구세요."

하고 풀이 죽은 목소리가 집 안으로부터 들렸다. 분명히 차진희의 목소리였다.

"나요."

종문이 나직이 말했다.

소리없이 쪽문이 열리더니 차진희가 나왔다. 수수한 차림, 수척한 얼굴이었다. 차진희는 부신 듯한 눈초리로 종문을 바라봤다.

"무사해서 반갑소. 그동안 고생이 많았겠지."

종문이 어물어물 말을 더듬었다.

"이 사장도 무사하니 다행이군요."

차진희는 시선을 엉뚱한 곳으로 보냈다.

"내야 뭐 부산에서 수월하게 지냈으니까."

"그래 서울로 돌아왔어요?"

"아냐. 부산으로 돌아가야 해. 거게서 또 사업을 채렸거든 전쟁이 완전히 끝나기 전엔 안 올라올 작정이구만."

"잘 생각하셨네요."

"당신도 어지간하면 부산에 가서 삽시다. 당분간 서울에선 살기가 힘들 것 같애."

"고단한 사람은 어디서 살아도 마찬가지겠죠, 뭐."

이종문은 차진희가 너무나 매정스럽다고 생각했다. 아무리 비위가 틀렸기로서니 생사의 골짜기를 넘어 오랜만에 만난 처지가 아닌가. 그런데도 집에 들어와 잠깐 앉았다 가란 말도 없으니……. 그러나 종문은 그런 태도를 탓하는 마음은 아니었다.

호주머니를 뒤져 잡히는 대로 돈을 꺼내 불쑥 내밀었다. 차진희는 한 발 뒤로 물러섰다.

"앗다, 받아두소. 돈에 이종문이 명함 찍어놨나, 사진 박아놨나. 돈 갚아라 소리 안 할낀께."

하고 종문이 차진희의 앞섶에 돈다발을 쑤셔넣었다. 그리고 횡하게 돌아서며

"내 요 며칠 후 대통령 영감 따라 평양 갈지 모르겠구마. 가기 전에 한번 들를께. 미운 놈 지랄한다고 할지 모르지만 난세에 사람 사는기

그런기 아니거마."

하고 걸쩍하게 웃었다. 차진희는 종문의 뒷모습을 넋을 잃고 한동안 바라보고 서 있었다.

이종문은 자기 집터가 가까운 다동여관에 사관을 정해놓고 경무대에 전화를 걸었다. 평양 갈 때 잊지 말라는 당부였다.

10월 27일엔 환도와 평양탈환을 경축하는 대회가 있었다. 이종문이 목이 터져라 하고 기세를 올린 것은 두말할 나위 없다.

그 이튿날 아침 경무대로부터 전화가 왔다. 내일, 29일 대통령께서 평양으로 가게 돼 있으니 아침 여덟 시까지 경무대로 오라는 전갈이었다. 물론 그 전화는 황 비서와 미리 짜놓은 암호로 교환한 것이기 때문에 도청당할 염려는 없었다.

오전 중으로 대강의 일을 보아놓고 이종문이 흑석동으로 차진희를 찾아갔다. 평양 가게 되면 오겠노라고 말해둔 것은 차진희가 혹시 이북에 있는 사람의 안부를 알고자 하는 일이 있을까봐 친절을 베풀 생각에서였다. 차진희가 원한다면 사리원까지도 갈 작정이었던 것이다. 차진희는 이종문을 보자 잠깐 기다리라고 해놓고 옷을 갈아입고 나왔다.

"이 사장을 꼭 만나고 싶어하는 분이 있어요. 바쁘시지 않으면 같이 가주었으면 하는데요."

종문이 좋다고 했다.

자동차를 탈 때 종문은 운전사 옆자리에 타고 차진희는 뒷좌석에 앉혔다. 내가 이렇게 친절을 베푸는 것은 옛날의 인연 때문이지 달리 야심이 없다는 것을 알리는 의사표시였다.

차 안에서 차진희가 말했다.

"피난을 갔다가 알게 된 사람인데 평양에서 오신 노인이에요. 지금 한 70세 됐을까요. 지금은 병 중에 있을 뿐만 아니라 여러 가지 딱한 사정에 있지만 일제 때엔 중추원 참의까지 한 사람이었대요. 며칠 전 문병을 가서 이 사장이 대통령을 모시고 평양 간다는 얘기를 했더니 한번만 만나보게 해달라는 간청이었어요. 아마 무슨 긴한 부탁이 있는가봐요."

"아들 딸이 거게 남아 있는가?"

"아들은 없고 딸만 있는데 딸은 사위와 함께 전라도 광주에 가서 살고 있는 모양이에요. 부인과 단 두 식구 살고 있어요. 전쟁 전엔 딸이 간혹 와서 뒷바라지를 했던 모양이지만 전쟁통엔 아무도 돌봐주는 사람이 없어서 비참하기 짝이 없었죠."

영감이 살고 있는 집은 신당동 너머의 옥수동에 있었다. 조그마한 대문이 달려 있었으나 들어가보니 판잣집이나 다를 바가 없었다.

영감은 이종문이 찾아준 것이 고마워 어쩔 줄을 몰랐다. 노부인의 외양은 말이 아니었으나 그 초췌한 가운데도 잘살았던 옛날의 흔적이 바위에 끼인 이끼처럼 남아 있었다.

"나는 윤기원이라고 하오. 이렇게 누추하게 살고 있소."

하고 이종문의 수인사를 받자 물었다.

"평양에 가게 됩니까?"

"수일 내로 가게 돼 있습니다."

이종문은 정확한 날짜와 시간을 밝힐 수는 없었다. 황 비서와의 약속이 그랬기 때문이다.

윤기원은 한참 동안 이종문을 요모조모 따져보는 눈치더니 끓어오르는 담痰을 가까스로 가라앉히고 자기 부인과 차진희더러 자리를 잠시 비워달라고 간곡히 부탁했다.

그러고도 얼만가를 있더니 윤기원 노인은 혼잣말처럼 중얼거렸다.
"당신을 믿을 수 있을까 몰라."
이종문의 밸이 상했다.
"믿을 수 없으면 말하지 마이소."
노인은 금방 표정을 바꾸었다.
"아니오. 하두 많이 속아놔서 내 자격지심으로 하는 말이오."
하고 그의 머리맡에 놓인 책력冊曆에서 두 장의 도면을 꺼냈다. 그리고 그 가운데 한 장을 폈다.
"이게 옛날 내가 살던 집을 찾아가는 길순이오. 주소는 서문동 98번지. 지금은 어떻게 돼 있을지 모르겠소만. 여기가 평양역이고 여기가 대동강, 모란봉이 여기, 그 한가운데쯤이니 찾긴 쉬울 거요. 듣기론 놈들의 우두머리쯤 되는 놈이 살고 있답디다. 지금도 그 근처에 가서 윤참의 집을 찾으면 나이 많은 사람은 알꺼로구먼."
종문은 시무룩하게 듣고만 있었다. 윤기원은 또 하나의 도면을 폈다.
"이게 우리집 구조도요. 기역자 형으로 두 동의 집이 어울려 있는데 여기가 내실이오. 이곳이 내실의 대청마루. 여게 표를 해놨지요? 바로 이 밑에 마루 밑으로 기어들어갈 수가 있습니다만, 바로 여기에……"
하고 윤기원은 말을 뚝 끊었다.
"여기에 뭣이 있단 말씀입니까?"
이종문이 물었다.
"여기를 한 두어 자 파면 큼직한 항아리가 나올 것이오. 그 안에 금괴가 있습니다. 열 관은 훨씬 넘을 것이오. 그 밖에 보석류도 꽤 많이 들어있을 겁니다."
"무엇 때문에 거게 묻었소?"

"빨갱이들이 설쳐대니 도리가 있습니까? 헌데 그 금괴나 보석은 내 것만이 아닙니다. 해방 당시의 일본인 상공회의소 회두, 운산금산雲山金山의 사장, 또 몇몇 실업가, 평안남도 도지사, 이런 사람들이 사정이 다 급해지자 내게 갖다 맡긴 거죠. 어떤 수단으로도 빨갱이의 눈을 피해 그것을 가지고갈 순 없다고 생각한 거죠. 그들은 내 집이 제일 안전할 거라고 믿었던 거지. 자기들이 도로 찾지 못해도 좋으니 조선의 건국을 위해 써달라고 합디다. 무슨 일이 있어도 빨갱이 손엔 넘어가지 않도록 하라는 부탁도 있었구요."

"38선을 넘으실 때 가져왔으면 좋았을 걸."

"천만에요. 거게다 그것을 묻어놓은 지 3일 만엔가 우리는 그 집에서 쫓겨나고 말았지요. 손을 써볼 여가도 없었소."

윤기원은 길게 한숨을 쉬었다.

"그래 그걸 나더러 찾아다달라 이겁니까?"

윤기원은 한동안 멍청해 있더니 뚜벅 말했다.

"내게 찾아다달라는 게 아니오. 찾아다가 나라에 쓰시도록 해달라는 겁니다."

막상 진정이 아닌 것 같진 않았다. 이종문이 자세를 고쳐 앉았다.

"이제 하신 말씀 진정이라면 내가 가서 찾아오겠습니다."

"그렇게만 해주신다면……."

윤기원의 눈엔 눈물이 괴었다.

"찾아와서 당신에게 주지 않아도 이의가 없지요?"

"이의가 없습니다."

"그것을 찾았대서 나도 그걸 사사롭게 쓸 작정은 아닙니더."

"물론이겠죠."

"평양을 탈환했다고는 하나 아직 적지이니 군의 힘을 빌리지 않고 파내는 작업이나 운반하는 작업을 할 수 있겠습니꺼. 그러자면 자연 명분이 서야 하지 않겠습니꺼?"

"그렇고말고. 여부가 있겠습니까?"

이종문은 그 두 장의 도면을 호주머니에 집어넣고 밖으로 나왔다. 차진희는 그곳에 남아 있을 요량인 것 같아서 혼자만 차를 타고 시내로 돌아왔다.

여관에 돌아와 저고리를 벗어던지고서야 그는 하핫 하고 웃기 시작했다.

'장땅 운수를 가진 놈은 미끄러져도 금밭에 뒹구는긴가?'

평양에 도착하자마자 이종문은 경무대 경찰서장 김장흥에게 스리쿼터 한 대를 마련해달라고 졸랐다.

"스리쿼터는 뭣 하실 겁니까?"

김장흥이 불쾌한 투로 물었다.

"뭣을 하든 아주 긴하게 쓸깁니다. 빨리 한 대 마련해주이소."

"지금 때가 어느 때라고 이러시오. 그러구 스리쿼터는 무겁니다. 무기를 함부루 어떻게 하겠다는 거요?"

김장흥이 신경질을 냈다. 경무대 직원 가운데서 이종문을 가장 싫어하는 사람이 김장흥이었다. 어느 때 이종문이 대통령에게

"일제 때 일본 경찰의 간부를 한 놈을 중용하는 것은 아부지의 위신에 관계된다는 말을 하는 사람이 있습니다." 하고 조병옥으로부터 들은 얘기를 그대로 고해바친 일이 있었다. 그때 이 대통령의 답은 이랬다.

"경찰이란 기술자다. 정치가도 아니고 교육자도 아니다. 치안을 유지

하고 경비를 잘하는 기술자다. 기술자니까 일제에 고용될 수도 있고 내게 고용될 수도 있다. 지금 나라엔 기술자가 소중하다."

그런데 그런 얘기가 오갔다는 사실을 김장홍이 알고 있었던 것이다.

이종문 또한 김장홍이 그 일을 알고 있다는 것을 알고 있었다. 그래서 종문이 배짱을 부렸다.

"그런 소소한 일까지 대통령 아부지에게 말하란 말입니꺼. 내가 운제 대통령 아부지에게 득이 안 될 일을 한 적이 있었습니꺼?"

하고 대들었다. 그러나 김장홍은 버텼다.

"이 사장, 내가 가지고 있는 걸 주지 않으려는 거요? 스리쿼터는 군에서 빌려야 하오. 그린데 국군엔 수송수단이 크게 모자란단 말이오."

이와 같은 응수를 지켜보고 있던 헌병의 간부가 이종문에게 스리쿼터를 마련해주겠다고 나섰다. 그 헌병간부는 이종문이 대통령의 총애를 받고 있는 사람임을 알아차렸던 것이다. 이만저만 총애하는 사람이 아니고선 민간인을 군용기에 태워 평양에까지 데리고 오겠는가 말이다.

그 헌병장교의 알선으로 실팍한 운전병이 붙어 있는 스리쿼터 한 대와 경호헌병 둘 그리고 괭이, 삽 같은 기구를 준비할 수 있었다. 포대는 이종문이 서울에서 준비해왔었다.

이종문은 도면이 가리키는 대로 자동차를 몰았다. 윤기원의 옛 집은 며칠 전 살고 있던 사람이 도망간 모양으로 이곳저곳 가구가 산재해있었다. 종문은 밤이 되길 기다렸다. 그동안 인근에서 나이가 지긋한 일꾼 대여섯 사람을 모아놓았다. 그리고 낮에 내실의 마루, 도면에 표를 한 부분을 뜯어놓았다. 작업하기 수월하게 하기 위해서였다.

해가 졌을 무렵 이종문은 헌병 둘을 문간에 입소시켜놓고 작업을 지휘했다. 윤기원의 말은 사실이었다.

두어 자 파헤치자 큼직한 항아리가 나타났다. 항아리가 나타났을 때, 항아리를 파내지 못하게 하고 그 속의 내용물만 꺼내게 했다. 이미 잘 포장이 되어 있어서 인부들은 그것이 뭔지를 알 수가 없었다. 종문은 들어내는 대로 준비해온 부대 속에 집어넣었다.

그 작업을 마치는 데 세 시간도 채 걸리지 않았다. 이종문은 일꾼에게 후한 삯을 주고 포대를 스리쿼터에 실었다.

헌병 하나가 물었다.

"이게 뭡니까?"

"대통령 각하가 소싯적 살던 집이랍니다. 그때 가전의 보물을 거게 숨겼다고 하시며 파보라고 하시지 않습니꺼. 아니나 다를까 파보니 나오네요."

"어떤 보물일까요?"

다른 하나가 물었다.

"글쎄올시다. 벼루·맷돌·자귀·도끼, 그런 것 같애요. 옛날 쓰던 물건이니 보물이라고 하는가 보지요."

순진한 헌병들은 이종문의 말을 곧이곧대로 믿은 모양으로

"모처럼 평양을 탈환하셨으니까 어릴 때 묻어두었던 물건을 찾아보실 만하지."하고 고개를 끄덕였다. 숙소로 돌아간 이종문은 스리쿼터째 창고를 빌려넣고 그날 밤 대통령을 찾았다.

"아부지, 귀중한 물건을 서울까지 수송해야 하는데 아부지의 사인이 있어야 하겠습니다."

이승만은 귀중한 게 무어냐고 물어보지도 않고 흰 종이에 큼지막하게 만晩 자를 써서 종문에게 주었다. 그 사인 하나로 종문은 운전병과 경비헌병과 함께 스리쿼터를 서울에까지 무사히 가지고올 수 있었다.

허상과 실상 287

오는 도중 종문의 입엔 연신 웃음이 담겨 있었다.

'가만 본께 이 전쟁은 이종문을 부자 맹글아줄라꼬 일어난 전쟁인 기라.'

이런 생각을 하고 있었던 판이니 그의 입 언저리에서 웃음이 떠날 겨를이 없는 것은 당연했다.

동시에 그는 차진희와의 이상한 인연에 숙연하지 않을 수 없었다. 생각하면 해방 후 종문의 운명은 차진희와의 인연으로 전개되었던 것이다.

그래서 차진희가 끝끝내 이혼하려고 하고 결국 그렇게 되었을 때 종문은 자기로부터 행운이 떠나지 않을까 하는 두려움을 가졌었다. 그런데 차진희는 떠나도 차진희가 몰고온 운은 떠나지 않았다. 폐허가 된 서울의 정경에 충격을 받아 감상적인 기분으로 되어 차진희를 찾아간 것이 또 엉뚱한 횡재를 종문에게 안겨주는 계기가 된 것이 아닌가.

종문은 차진희의 태도가 어떻든 알게 모르게 차진희를 평생 동안 지켜나가야겠다고 마음을 먹었다.

10

수억數億, 아니 수십억 원이 될지 모르는 횡재를 했다는 사실은 이종문을 으쓱하게 했다.

'가만 본께 이 전쟁은 이종문을 부자 맹글아줄라꼬 일어난 전쟁인 기라.'

거듭거듭 이런 생각을 하지 않을 수 없을 만큼 그는 신이 나 있었다.

그러나 금괴를 서울까지 옮겨오고 보니 걱정이 생겼다. 군용트럭을 언제까지나 사용할 수 없을 뿐 아니라 물건을 트럭에 실은 채 둘 수도 없는 것이다.

　마포에 있는 창고엘 가봤더니 창고의 이쪽저쪽 벽이 무너져 있어 귀중한 물건을 간수해둘 형편이 아니었다. 청량리 창고도 마찬가지였다. 경무대로 가져가서 맡겨놓으면 안심이 될 테지만 그럴 순 없었다.

　그 길로 부산으로 실고갈 수 있으면 했지만, 평양에서 서울까진 전쟁의 긴장속이라 병정들이 그 트럭에 무엇이 실려 있든 아랑곳없겠지만, 서울에서 부산까지가 그렇게 만만치는 않을 것이었다. 더구나 산속엔 북괴군의 게릴라들이 숨어 있다는 얘기가 아닌가. 그렇다면 서울서 부산까지의 교통로는 비행기뿐인데 비행기에 금괴를 실을 순 없는 형편이었다.

　'돌은 내가 들어놨는데 가재는 엉뚱한 놈이 잡는 수도 있을낀께.'
　종문은 횡재를 했대서 덮어놓고 좋아만 할 게 아니란 생각을 했다.

　차진희의 집에 갖다놓을까도 했지만 그 비탈길을 사람의 등으로 져올려야 하는 것이니 중간에 무슨 일이 생길지 몰랐다. 어떤 일이 있어도 트럭에 실려 있는 물건이 금괴라는 사실을 누구도 알아선 안 되는 것이다.

　첫째 그것을 여기까지 가지고 온 운전수도 모르고 있었다. 이종문 자신도 그것이 금괴이려니 했지 확실히 알고 있는 터는 아니었다. 한개한 개 쇠가죽으로 싸고 그것을 또 마포대로 싸놓았으니 맨손으론 내용물을 알아볼 수가 없게 되어 있었다.

　이종문은 하는 수 없이 초동 사무소로 갔다. 초동 사무소는 폭격에 의해 날아가버렸지만 그 밑에 지하창고가 있었던 것인데 그것을 어떻게 이용해볼 생각을 한 것이다.

　초동 사무소에 가서 인근의 인부들을 모았다. 노임 5,000원씩을 줄

허상과 실상　289

테니까 오라고 일렀다. 노임 5,000원이면 반 달치 생활비는 될 무렵이었다. 사람들이 벌 떼처럼 모여들었다. 토건업을 하고 있으니 종문이 일 시키는 요령은 알고 있었다. 먼저 지저분한 파편을 말쑥이 치웠다. 지하창고까지의 계단도 치웠다. 그러고는 창고의 내부를 챙겨보았다. 말짱했다. 입구를 제외하고는 통풍구는 물론이고 쥐구멍도 없다는 것을 확인했다. 트럭의 물건을 풀어 지하창고로 옮겼다. 마대로 묶어놓은 것이 올망졸망 열일곱 개였다.

"이게 뭡니까?"

하고 묻는 인부가 있었다.

"무슨 골동품인 것 같은데."

하고 아는 척하는 사람도 있었다.

"전쟁 중엔 골동품은 썩은 개값밖에 안 되는기라. 그렇다고 해서 버릴 수도 없고……."

종문이 넌지시 이렇게 중얼중얼하며 인부들의 호기심을 막았다.

물건을 챙겨넣곤 다음엔 아까 치웠던 벽부스러기 돌부스러기로 남은 공간을 꽉 채워버렸다. 그리고 입구에 시멘트를 비벼 막아버리고 1층으로 이어져 있는 계단도 시멘트 콘크리트로 채워버렸다. 그렇게 하는데 꼬박 세 시간이 걸렸다. 종문의 요령으론 그렇게 해두면 다이너마이트 가지고 폭파하지 않는 한 튼튼할 것이었다.

그래도 안심이 안 되어 종문은 그곳에 가건축을 하기로 했다. 사람이 살도록만 집을 만들어놓고 신실한 사람을 찾아 맡겨놓는 것이 공터로 그냥 두는 것보다 안심이 될 것 같아서였다.

목수들을 불러 건축을 시켜놓고 가끔 그 진행과정을 돌아보는 일을 제외하곤 이종문이 서울에서 할 일은 없었다.

우선 문창곡과 성철주의 행방을 찾기로 했는데 합숙소가 타버린 때문에 한 사람도 그 근처에 얼씬하지 않아 아무런 단서도 잡을 수가 없었다. 하는 수 없이 종문은 타다 남은 합숙소의 문지방에 다음과 같은 글을 써붙였다.

양근환·문창곡·성철주, 그 밖에 이 집에 살고 있던 사람의 소식을 아는 사람은 다동여관 9호실 이종문에게 알려주소.

그런데 종문은 가끔 자기가 횡재한 사실을 잊고 우울할 때가 있었다. 그 화려하던 서울이 일조에 폐허가 되어 거지꼴이 된 사람들만이 우왕좌왕하고 있는 꼬락서니를 보고 있으니 자연 우울한 기분에 빠져들지 않을 수 없었던 것이다.

그동안 종문은 몇 차례 차진희의 집을 찾았다. 차진희는 집에 없었다. 이웃에서 물어보니 먼 곳으로 떠난 모양이라고 했다. 이종문의 뇌리에 송남수의 얼굴이 어른거렸다.

'송남수와 같이 어디로 숨어버린 것이 아닐까.' 하는 생각도 들었다.

'복을 차버린 여자! 아니 내가 복을 찬 사내인가.'

이종문은 차진희를 생각할 때마다 씁쓸한 심정으로 되었다.

종문은 유지숙과 결혼하여 같이 살고는 있지만 어쩐지 딸을 데리고 사는 것 같은 죄의식이 마음 한구석에 있었다. 도무지 아기자기한 기분이 안 되었다. 만사에 손이 아팠다. 마음의 탓인지 유지숙이 종문에게 남편으로서의 정을 느끼지 않는 것 같기도 했다. 여비서가 사장에게 대하는 예의를 넘어서지 않았다. 지금도 지숙은 종문을 '사장님'이라고 부른다.

종문은 초동 사무실 터에 집 짓는 공사를 감독하고 있다가 저도 모르게 일어서선 휑하니 어느 곳으론가 간다. 문창곡과 옛날 같이 술 마시던 집을 생각해내곤 그곳으로 가보는 것이다. 혹시 거길 가면 소식을 알 수가 있지 않을까 하고.

그렇게 해서 청진동 일대의 술집, 관철동, 종로2·3·4가, 사직동까지 헤맸지만 문창곡, 성철주의 행방은 알 수가 없었다.

'무사히 피난했을지도 모르지. 혹시 대구쯤에 있는 것일까.' 하고 스스로 위로도 해보는 것이지만 날이 갈수록 불안은 더해갔다. 종문은 어느덧 문창곡과 성철주에게 정이 들어 있었던 것이다. 특히 창곡에겐 더 그랬다.

성철주와 장기를 두면 백 번 두어 백 번을 지게 된다. 그 까닭은 성철주는 자기가 이길 수 있을 때까지 두 수 세 수를 거슬러 물리기 때문이다. 내기장기를 두면서도 문창곡은 상대방이 물려달라고 하면 두세 수뿐만이 아니라 상대방이 만족할 때까지 다섯 수 여섯 수까질 거슬러 올라 물려주곤 했었다. 그렇게 하니 백 번 두어 백 번 질 수밖에 없는 것인데도 성철주가 장기를 두자고 하면 언제든 기꺼이 응한다.

'세상에 어디 그런 사람이 다시 있을까!'

다신 만날 수 없을지 모른다고 생각하니 종문은 슬펐다. 새삼스럽게 그 인물의 훌륭함과 정다움이 뼈에 저리도록 느껴졌다.

'문창곡 없이 횡재를 하면 뭣 해. 그 돈 갖고 같이 쓰는 재미가 있어야 횡재한 보람이 있는긴디……'

이런 기분이 불쑥 솟기도 했다.

종문의 창곡에 관한 회상은 갖가지다. 어느 날 종문이 로푸심에게 강박당해 돈을 만들어야 할 형편에 있었는데, 문창곡은 자기가 가지고 있는 돈을 전부 내놓은 적이 있었다.

그 뒤 종문은 창곡에게 돈이 필요하면 말하라고 했지만

"그 어른에게 쌀이나 한 가마 팔아 보내슈." 하며 옛날 같이 독립운동을 한 사람의 이름을 들먹이긴 해도 그 자신 필요한 돈을 말한 적은 없었다.

"술은 이 사장이 사는데 무슨 돈이 필요 있겠소." 하는 것이 문창곡의 말버릇이었다. 생명을 걸고 나라를 위해 일을 하는 자신을 위해선 아무것도 바라지 않는 사람! 종문의 눈으로 보면 그야말로 딴 세상의 사람이었다.

언젠가 종문이

"문형은 전연 욕심이 없는 것 같은데 우찌된 일이오?"

하고 물은 적이 있다.

"왜 욕심이 없을까? 내게도 욕심은 있소."

하는 창곡의 말이어서

"무슨 욕심이오?"

하고 다시 물었다.

"좋은 나라가 되는 게 내 욕심이오."

"그건 문형 개인의 욕심은 아니지 않소?"

"내 개인의 욕심이오. 좋은 나라가 되기만 하면 나도 고향의 가족을 만나게 될 수 있을 것 아뇨."

그러한 문창곡이 가족도 만나지 못하고 죽었다면 이 얼마나 서러운 일인가. 이에 비하면 성철주는 조금 달랐다. 지길 싫어하고, 욕심도 많고, 경우를 따져 싸움도 잘했다. 그러나 명분을 지키는 덴 문창곡과 마찬가지였다.

경찰서장을 하라는 권유가 있었다. 그때 성철주는 일언지하에 거절했는데 이유는 이랬다.

"일제 때 경찰관을 한 놈하곤 같은 자리에 설 수 없소."

이종문이 언젠가 만주에 있을 때의 성철주의 군사경력을 알곤

"성 동지, 국군에 들어가소. 그래갖고 장차 장군이 되몬 좋을 것 아닙니까. 성 장군, 하고 부르면 신이 날낀디."

하고 권한 적이 있다. 그때 성철주는

"일본놈 군대에서 장교하던 놈이 우쭐대고 있는 군대에 나더러 들어가라는 거요?"

하며 버럭 화를 낸 적이 있다.

'그러자면 이 나라에 어떻게 살껀가. 길은 일본놈이 걸었던 길이고 기차도 일본놈이 탔던 기찰낀디.' 하는 마음이 있었지만 종문은 성철주의 서슬이 너무나 시퍼래서 말을 거둬버리고 말았다.

그러나저러나 추억으로 되고 보니 이 모든 것이 그리웠다. 종문은 타다 남은 집 한 모서리를 포장으로 가리고 장사하고 있는 목로주점 한구석에 앉아 혼자 소주를 마시며 눈물을 흘릴 때도 있었다.

부산에 많은 일을 두고 있었지만 종문은 서울을 떠날 수가 없었다. 평양에서 가지고 온 금괴를 지키고 있어야겠다는 생각도 물론 있었지만 문창곡, 성철주의 행방을 알아야 하겠다는 초조감이 있었던 것이다.

10월 말 초동 사무실, 불탄 터에 가건물이긴 하지만 당시로선 깔끔하다고 할 수 있는 집이 완성되었다. 전엔 2층 건물이었지만 가건물은 1층이었다. 열 평 가량의 사무실과 변소, 지하창고의 상부가 되는 부분엔 온돌방 두 개를 놓았다. 지하창고로 내려가는 계단 부분은 먼저 시멘트 콘크리트를 채워놓았기 때문에 그 윗부분을 다져 복도로 만들어버렸다.

그리고 영등포 송원방적공장을 지키고 있던 노인 부부를 데리고 와서 그 집을 맡겼다. 송원공장의 방적기계는 어느 틈엔가 북괴군이 뜯어내어 북쪽으로 옮겨간 후라서 지킬 게 없었던 것이다.

이쯤 해두었으면 안심할 수 있다고 생각한 이종문은 부산으로 돌아갈 차비를 차렸다. 부산으로 가려면 군용비행기에 편승해야만 했다.

내일쯤 부산으로 가야겠다고 생각하고 있는데 그날 밤 다동여관으로 이종문을 찾아온 노인이 있었다.

송가라고 자기를 소개한 그 노인은 전에 수송동 합숙소에서 양근환 선생의 시중을 들던 송치호의 아버지였다. 송치호는 해방 이후 줄곧 양근환 선생 곁에 있다가 대한민국정부가 수립된 시기를 전후해서 수송동 합숙소를 나간 청년이어서 이종문은 그를 잘 알고 있었다.

"그래 송치호는 지금 어디에 있습니까?"

이종문이 반가움에 겨워 물었다.

"지금 그놈은 경찰서 유치장에 붙들려 있습죠."

하고 노인은 눈물을 닦았다.

"왜요?"

종문이 다급하게 물었다.

"부역했다는 죄루 붙들려갔시요."

"부역이 또 뭡니까?"

"인민군에게 협조한 것을 부역이라고 해요."

"인민군에 협조하다니 송치호가 그런 짓을 했소?"

"죽일려고 하니까 마지못해 놈들의 심부름을 한 건데……."

노인은 목이 메어 끝까지 말을 잇지 못했다. 종문은 여관의 종업원을 시켜 근처의 술집에서 따끈한 찌개와 술을 가지고 오라고 일렀다.

술을 마시면서 종문이 들은 얘기는 다음과 같았다.

송치호는 수송동 합숙소에서 나간 후 아버지가 하고 있는 쌀가게 일을 돕고 있었다. 원래 성실한 아이라서 별 탈도 없이 쌀가게 일을 제법 잘 보았다. 그래서 가을엔 장가를 들일 요량으로 준비를 하고 있었다. 북괴군이 서울에 들어왔을 땐 여주에 있는 고모 집으로 피신해 있었다. 그런데 시골에서 피신해 있긴 곤란해서 서울로 돌아왔다. 돌아오자마자 민청인가 뭔가 하는 청년들에게 붙들려 내무서란 데로 끌려갔다. 사흘 밤을 붙들려 있다가 의용군에 나가겠다는 조건으로 풀려나왔다. 아버지가 민청 돈암동지부에 쌀을 대주겠다고 약속하고 치호는 의용군에 나가지 않기로 되었는데, 그러는 대신 매일 민청에 나가 그들 시키는 대로 하지 않을 수가 없었다. 소위 반동분자 집을 색출할 땐 따라가야만 했다.

그러고 있는 동안 국군이 서울을 수복했다. 민청에 있던 놈들은 모조리 어디론가 피해버리고 송치호만 잡혔다. 그냥 뒤두면 총살을 당할 거라고 했다. 송 노인은 수송동 합숙소에 가면 혹시 양근환 선생을 만나지 않을까 해서 가보았는데 집은 타버려 아무도 없었고 타다 남은 문지방에 이종문이 써놓은 쪽지가 있더라는 것이었다.

"아들이라고 해야 그놈 하나뿐입니다요. 그놈 에미는 지금 사경에 있어요."

송 노인은 얘기를 하면서도 눈물을 찔끔거렸다.

"사람을 죽이거나, 물건을 훔치거나 한 일은 없겠지요?"

"천만의 말이오. 그 앤 그런 짓을 할 애가 아닙니다."

종문도 그러리라고 생각했다. 송치호는 영리하면서도 온순한 청년이었다는 인상을 종문은 잊지 않고 있었다.

치호가 수송동에 와 있게 된 까닭은, 송 노인과 양근환 선생이 같이 파주를 고향으로 하고 있었기 때문에 어릴 때부터의 친구여서 해방된 마당엔 양근환이 큰일을 할 것이라고 믿고 송 노인이 치호를 수송동에 보낸 것이라고 했다.

그 이튿날 이종문은 경무대 경찰서로 찾아갔다. 김장흥이 자기를 좋아하지 않는 것을 번연히 알면서도 송치호를 구하기 위해선 달리 도리가 없었던 것이다.

김장흥은 자기 방에 이종문이 쑥 들어서는 것을 보자 이맛살을 찌푸렸다. 눈치 빠른 이종문이 그걸 놓칠 리가 없다.

"아따, 김 서장 우리 좀 잘 지냅시데이."

"잘 지내고 잘 안 지내고가 있소."

김장흥의 말은 시무룩했다.

"내 오늘 부탁이 있어서 왔는디 김 서장이 내 말 듣기 싫다쿠몬 내 바로 아부지헌테로 갈라요."

"말을 해봐야 들어줄지 안 들어줄지 판단을 할 것 아뇨?"

"들어주고 안 들어주고 할 그런 문제가 아닌께. 꼭 들어줘야 하는 긴께."

"세상일을 이 사장 멋대로 하시려는 거유?"

김장흥이 싸늘하게 웃었다.

"그런 식으로 나온다면 결국 아부지헌테 직접 가야겠구만. 나는 그런 조그만한 일 갖고 아부지 괴롭히기가 안 돼서 이리 온긴디."

하고 이종문이 자리에서 일어서려고 했다.

"일단 얘기는 들읍시다. 내가 해서 될 일이면 힘써보겠소."

"분명히 김 서장이 들으면 되는 일인께." 하고 이종문이 말을 꺼냈다.

"살기 위해서 빨갱이들 심부름해준 청년인디 그런 사람까지 죽일끼야 없지 않겠소."

"정도 문제겠지."

"사람 죽이지 않았고 남의 물건 훔치지 않았으몬 굳이 잡아 가둬놓고 야단할 필요가 없지 않겠소."

"그러니까 취조를 하고 재판을 해봐야 하지 않소."

"내가 말할라쿠는 사람은 송치호라쿠는 청년인디 내 동생, 아니 조카나 다를 바 없는 사람이오. 이 사람이 부역을 했다꼬 지금 종로경찰서에 붙들려 있소. 김 서장이 그쪽 서장한테 말해갖고 그 사람 좀 내보내주이소."

"이름이 뭐라구요?"

김장흥이 연필을 들고 물었다.

"송치호요."

"어디 사는 사람인데?"

"돈암동 쌀가겟집 총각이오."

"경찰서는 종로라고 했죠?"

"야."

김장흥은 메모를 하더니 이종문을 향해

"그럼 가보시오. 내가 한번 알아볼 테니까."

했다.

"알아볼라몬 지금 좀 알아보소. 전화는 치레로 채려놓은기 아닐끼 아니오."

이종문이 시무룩하게 말했다.

김장흥은 뭔가 말하려고 하더니 전화통을 잡고 종로서 서장을 대라고 했다. 상대방이 나온 모양이었다.

"거게 송치호란 부역자가 있을 거요. 무슨 죄를 지었는지 그 내용을 좀 알아놓아두슈."

해놓고 김장흥은 전화를 끊었다.

"이만 하면 됐잖소. 가보시오."

김장흥이 자리에서 섰다.

"알아봐달라는기 아니라, 내달라는깁니다."

하고 이종문은 움직이지 않았다.

김장흥의 얼굴에 신경질이 돋는 듯했으나 억지로 참는 모양이었다.

"이 사장, 알 만한 분이 왜 그러십니까. 알아두라고 했으니 곧 보고가 있을 거요. 죄상을 따져보고 용서할 만하면 빨리 풀어주도록 할 테니 이만 돌아가시오."

"당장 알아보고 사람 죽이지 않았고 도둑질하지 않았으면 지금 내보내주이소."

"모든 일엔 순서가 있는 거요. 더욱이 부역자의 취급은 신중해야 합니다. 기분으로 하는 일이 아닙니다."

김장흥의 말엔 약간 노기가 섞였다.

"제기랄."

하고 이종문이 거친 표정이 되었다.

"시민들 전부 팽개치고 높은 사람만 살짝 도망쳐놓고, 이제 돌아와 못 죽어서 빨갱이 시킨 대로 했다꼬 그 사람들을 부역자니 뭐니 해갖고 법석을 떨 체면이 어디 있단 말이오."

"아니, 이 사장. 지금 때가 어느 때라고 그런 소리 하는 거요? 그럼 부역자를 잡지도 말고 내버려두란 말요?"

"사람을 죽였거나 도둑질을 한 악질은 할 수 없지만 하는 수 없이 빨갱이 시키는 대로 심부름쯤 한 놈은 놓아주라, 이 말이오."

"그것도 조사를 해봐야 알 것 아뇨."

"붙들린 지가 열흘이 넘었답디다. 그동안 조사는 다 됐을끼요."

"조사가 다 됐으면 그 경찰서에서 처리할 것 아니겠소. 이 사장, 왜 이러시는 거요?"

김장흥이 드디어 언성을 높였다.

"그 아이는 내 조카나 다름이 없다고 안캅디까. 그런께 특별히 봐달라꼬 안 합디까. 그 아이에 대해선 내가 책임지겠소. 나쁜 짓을 했으면 내가 대신 징역 갈끼고 앞으로 또 그런 짓을 하면 그때 또 내가 책임지겠소. 지금 당장 그 애가 사람을 죽였거나 도둑질을 했거나 했는가 물어보고 그런 짓은 안 했다쿠몬 내달라는 말입니더. 내 서약서 쓸께요."

"설혹 내줄 형편이 된다고 해도 그렇게 빨린 안 됩니다. 가서 기다리세요. 내 연락할 테니……. 나는 지금 바쁘오."

"바쁘시면 일 하이소. 난 저 밖에 가서 앉아 있을낀께. 하여간 그 사람이 나올 때까진 난 이곳에서 떠나지 않을끼요."

하고 이종문이 서장실에서 나와 부속실에 가 앉았다.

대통령에게 바로 가볼까 했지만 그만한 일로 노인을 괴롭힐 필요가 없다고 생각을 고쳐먹었다.

김장흥의 성깔대로라면 이종문의 멱살을 잡아끌어 밖으로 내쫓았을 것이다. 그러나 그럴 순 없었다. 이승만 대통령의 그에 대한 총애를 알고 있었기 때문이다.

'하늘과 같은 대통령께 단 하나 좋지 않은 점이 있다면, 저 사람 같지도 않은 이종문을 좋아하는 바로 그 사실이다.'

김장홍의 마음이 이와 같았다면 이종문의 마음은 다음과 같았다.

'대통령 아부지의 모든 점이 다 좋은디, 단 하나 좋지 않은 점이 있다면 일제 때 고등계 형사한 놈을 경무대 경찰서장으로 앉혀놓은 바로 그 사실이다.'

30분쯤 지났다. 부속실에서 근무하는 임 경위가 들어오자 김장홍이 물었다.

"그 사람 아직 있어?"

그 사람이란 물론 이종문을 가리킨다.

"예, 아직 있습니다."

임 경위의 답을 듣자 김장홍이 혀를 찼다.

"있을 테면 얼마라도 있어보라지."

하곤 임 경위가 밖으로 나가자 김장홍이 종로서에 전화를 했다. 그런 결과 송치호는 석방해도 무방하다는 정도라는 것을 알았다.

'그렇다면 인심 한번 쓰자.'고 생각했는지 모른다.

"이종문이란 사람이 서장실로 갈 거요. 그러거든 내 말하고 그 송치호란 사람 석방하시오. 보증서? 그 따위 있으나마나 한 것 아니오. 지체 말고 풀어주슈."

이렇게 전화를 해놓고 김장홍은 이종문을 불렀다.

"대통령 각하의 체면을 봐서 이 사장 청을 들어드리겠소. 빨리 종로서로 가서 송치호를 데리고 가시오."

"그래요?" 하고 이종문은 헐레벌떡 서장실을 뛰어나왔다. 행길에 나와 생각하니 고맙다는 말을 잊고 있었다. 그러나 곧

'제기랄, 제놈한테 고맙다 소리 할끼 뭣꼬.' 하며 혀를 찼다.

11

　이종문이 그처럼 서둔 것은 물론 송치호에게 대한 동정 때문이긴 했다. 그러나 그 동정에 앞서 송치호를 만나보면 문창곡과 성철주의 행방을 알 수 있지 않을까 하는 바람이 있었다. 그러나 송치호는 문창곡도 성철주도 본 일이 없고 양근환도 그동안 만난 적이 없다고 했다. 그런데 송치호가 전한 말은 이종문의 모골을 송연하게 했다.
　"누군질 아는 사람은 하나도 없었시요. 아마 수백 명은 넘지 않았을까 해요. 철사줄로 꽁꽁 묶였어요. 그게 9월 19일인가 20일쯤이 아니었는가 하는데요. 미아리 쪽으로 끌고 갔어요. 아마 북쪽으로 끌고간 것이 아닌가 해요. 그렇지 않으면 도중에서 죽였을 거예요. 놈들은 무서워요. 인민재판을 하거든요. 돌로 쳐죽여요. 문 선생님이나 성 선생님이 만일 피난 못하셨다면 그런 운명이 되었을 겁니다."
　이종문은 우익계 인사 수천 명이 납치되어 갔다고 듣긴 했지만 그다지 그런 일을 중대시하지 않았다. 파괴된 서울의 참상에 충격을 받은 심정엔 눈에 보이지 않은 사건쯤은 대수로운 일이 아니었던 것이다.
　'그렇다면 문창곡과 성철주도 그런 꼴을 당했단 말인가.'
　이종문의 눈앞에 철사줄에 묶여 어둠 속을 터덜터덜 걸어가는 문창곡의 얼굴이 나타났다. 송치호는 말을 바꿔 부역자로 몰려 붙들린 수많은 사람들의 얘기도 했다.
　"그 가운덴 물론 악질분자도 있어요. 그러나 대부분은 어쩔 수 없이 놈들이 시키는 대로 한 사람들이에요. 그런데 헌병과 경찰은 그런 사람들을 너무나 심하게 다뤄요."
　하고 송치호는 셔츠의 일부를 벗어 보였다. 심한 상처가 있었다.

"같은 민족끼리 이게 무슨 꼴인지 모르겠어."

송 노인은 비통한 탄식을 했다.

이종문은 이른바 부역자들의 취급이 옳지 못하다고 생각했다. 그리고 그것은 이승만 대통령의 진심에 어긋나는 일이라고 생각했다. 이종문은 무슨 이치를 따져서가 아니라 본능적인 감각으로 그것을 알았다.

서울에 남아 있던 시민들이 아무리 나쁜 짓을 했기로서니, 사람을 죽였거나 도둑질을 했거나 사람을 잡아주었거나 한 놈들이 아니면 모두 용서해줘야 하는 것이었다.

대통령은

"여러분 미안하게 됐소. 우리가 잘못해서 여러분에게 그런 고통을 주었으니 미안하기 짝이 없소. 죽은 사람들에 대해 죄송하고 끌려간 사람들에 대해 송구하오. 그러나 우린 이처럼 다시 만날 수 있지 않았소? 지난날의 잘잘못을 따질 것이 아니라 그런 건 모두 물에 흘려보냅시다. 어떤 고생도 세월은 모두 휩쓸어가버리지 않소. 우리 앞으로 잘 지낼 궁리나 합시다. 다신 그런 일이 없도록 힘을 합칩시다……." 하고 고생한 사람들의 머리를 어루만져주어야 하는 것이다. 대해와 같은 도량으로 용서해주어야 하는 것이다.

그러지 못하면 용케 비를 피한 사람이, 비를 피하지 못하고 젖은 사람들을 나무라는 꼴이 된다. 도둑을 지킬 사람이 도둑을 불러놓곤 도망쳐버리고 뒤에 돌아와서 도둑맞은 물건을 남아 있는 사람들에게 내놓으라고 조르는 꼴과 다름이 없다. 지금 부역자 운운하고 설쳐댄다면 북쪽에서 몰려와 우익이니 반동이니 하여 잡아 가두고 쳐죽이고 끌고간 빨갱이들과 뭐 다를 게 있는가 말이다.

이종문은 이 모든 얘기를 이승만 대통령께 말하리라고 마음속에 다졌다. '아부지가 이런 일을 알면 가만있지 않겠지.' 하는 신념이 이종문에겐 있었던 것이다. 이종문은 북괴의 만행에 대해선 이를 갈았다. 그것은 문창곡에 대한 애착을 핵으로 하여 뭉쳐진 증오심이었다. 이 시기를 계기로 이종문의 기분적 반공은 의식적인 반공으로 굳어져갔고 아울러 그의 정치의식이 비로소 싹텄다.

적치赤治 3개월 동안의 서울의 상황을 대강 기록해본다.

그들이 서울을 점령하자 처음 착수한 일은 의용병의 모집과 북괴군 부상병의 간호와 탄약을 수송하기 위한 노무자의 모집을 위한 각종 지원 사업을 돕는 일이었다.

그들은 서울시민이 적극적으로 호응해줄 것으로 알았다. 1개월 전의 국회의원 선거에 서울 전역에 걸쳐 이승만 정권의 지원후보가 낙선했다는 사실을 두고, 북괴는 그것이 곧 자기들을 지지하는 세력이 많은 증거라고 엉뚱하게도 오인하고 있었던 것이다.

그들은 7월 3일 인민위원회의 이름으로 남산에 이른바 '미제구축 궐기대회'를 강작强作하고 7만여 명의 시민을 강제동원했다. 당시 북괴의 신문은

대회는 먼저 진정한 인민정권인 인민위원회를 절대지지하고 이를 강화하자는 긴급동의를 우뢰와 같은 박수로써 환영하고, 이어

1. 매국 악질 반동분자의 잔당을 소탕하자
2. 우리의 손으로 치안을 유지하자
3. 우리의 아들 딸로써 의용군을 조직하고 인민군과 협력하여 괴뢰군을 무찌르자

하는 등을 만장 일치로 결의했다.

고 보도하고 있는데 이 대회야말로 그들의 상투적인 조작극이었다는 것은 두말할 나위가 없다. 물론 시민들에게 알리지 않고, 도망친 정부에 대한 반감으로 또는 호기심으로 얼마의 사람들은 자발적으로 그 대회에 참가했을 것이지만, 대부분은 그들의 협박과 회유에 의해 모여든 것이다. 그러니 그 만장일치라는 것도 알아볼 만하다.

그 가운데 적극적인 분자는, 북괴군에 의해 감옥에서 석방된 자, 또는 시내에 잠복하고 있던 용공분자들이었을 뿐, 다수의 시민은 설혹 반이승만적이기는 했을지 모르나 용공적은 아니었다. 그러니 그들의 이른바 지원활동은 그들의 기대에 완전히 어긋나는 것이었다.

자발적 호응의 기대가 무너지자 북괴 당국은 7월 9일 '18세 이상 32세까지의 전국민'을 대상으로 한 전시동원령을 공포하여 강제수단으로 나왔다. 거리마다에 민청원, 여맹원이 배치되어 젊은 사람을 보면 불문곡직하고 강제연행하여 의용군훈련소에 잡아넣었다.

이런 증언이 남아 있다.

훈련소엔 내가 갔을 당시 약 2,000명이 있었는데 충청북도 진천에서 데리고 온 약 500명의 핫바지 농민들도 섞여 있었다. 공습경보가 연달아 있었기 때문에 훈련할 겨를도 없어 군가연습만 했다. 첫날부터 대졸·중졸·국졸·문맹, 네 종류로 갈라 수용되었는데, 밤이 되면 북괴군의 장교가 와 대졸자부터 한 사람 한 사람씩 데리고 갔다. 군복도 없이 모두 맨손이었다. 나는 국졸이라고 속여 며칠 동안 그곳에 있다가 용하게 어느 날 밤 탈출했다. 뒤에 들은 얘긴데 그때 수용되어 있던 대부분은 인천에 상륙한 유엔군과 싸우기 위해 경인지구에 투입되었다고 한다. 물론 대부분이 죽든지 부상당하든지 했다.

이와 같은 강제수단 때문에 서울의 인심은 완전히 그들을 외면했다.

이와 함께 시민들이 그들에 대한 이반을 결정적으로 하게 한 것은 이른바 인민재판이다. 이것은 공포심을 통한 지배라는 그들의 전략에서 비롯된 것인데 북괴군 가는 곳마다에 인민재판이 있었다. 그들이 적이라고 생각하는 사람들을 대중들 앞에 끌어내어 그 죄상을 과장선전하곤 당이나 민청의 선동을 받은 군중들로 하여금 '죽여라!' 하고 고함을 지르게 하고 미리 짜인 일당이 소리를 합하여 '죽여라' 하고 외친다. 그러면 그 자리에서 돌로 쳐죽이든지 몽둥이를 휘둘러 죽인다.

그런데 그들도 그런 소위가 널리 알려지면 좋지 못하다고 생각했던지 남한에서 한 인민재판 수천 건 가운데 인천시에서 있었던 한 건만을 그들의 신문이 보도했을 뿐이다. 인천경찰서장이 피난을 못하고 도피하고 있다가 놈들에 의해 처참하게 맞아 죽은 사건이다.

이 밖에 유명한 사건으론 작가 김팔봉 씨에 대한 집단폭행이다. 김팔봉 씨는 당시 조그마한 인쇄공장을 하고 있었는데 이로 인해 착취계급이란 죄명을 쓰게 되었다. 김팔봉 씨의 증언을 다음에 수록한다.

동아일보사에서 서울 시청 앞까지 세 번을 끌어 돌리더니 시민회관의 현관에 나를 세웠다. 그리고 인민재판이란 플래카드를 서울신문사 건물을 향해 세웠다. 그리고 인민재판의 사회자가 계단 옆 높은 곳에 올라서더니 지금부터 인민재판을 시작한다고 외치곤 검사를 소개했다. 검사가 뭐라고 하자 총살하기엔 탄환이 아까우니 때려 죽여라 하는 소리가 있었던 모양이지만 나는 듣질 못했다. 그 고함 소리와 거의 동시에 어느 사나이가 철쇄鐵鎖를 감은 몽둥이로 내 후두부를 쳤던 것 같다. 순간 피가 분수처럼 솟았다고 했다…….

이때 실신한 김씨를 그들은 남대문 쪽으로 1,500미터 가량 끌고가다가 완전히 죽었다고 판단, 길가에 팽개쳐버렸다. 그런데 출혈이 치사량을 넘을 직전 북괴에 징발되어 일하던 의사가 지나가다가 김씨를 발견하고 수혈을 하는 등 응급치료를 해서 요행히 김팔봉 씨를 살렸다.

이러한 예는 수없이 있는데 그 가운데서도 가장 악랄한 짓은 그들이 패주敗走할 무렵의 대량학살이다. 대전에서만도 북괴는 경찰관과 그 가족을 한꺼번에 300명 학살했는데 목격자는 다음과 같이 말했다.

북괴군은 탄환이 아깝다는 이유에선지 어린아이까지 돌로 쳐서 죽였다. 형무소 뜰에 있는 두 개의 샘엔 무우장아찌를 담그듯 시체를 차곡차곡 쌓아놓았다. 파헤쳐보니 사람을 생매장을 하곤 그 위에 카바이트의 층을 만들고 그 위에 또 사람을 생매장해선 카바이트의 층을 만들어 그렇게 몇 층으로 사람을 묻은 것이다…….

공산주의가 나라를 장악하면 폭력적 방법과 함께 꼭 채용하는 정책은 세뇌공작 또는 사상개조작업이다.

북괴는 서울에 들어오자마자 혼란이 일단락되자 먼저 소련문화소개란 형태로 이른바 사회주의교육을 시작했다. 그 방법의 하나가 가장 쉽게 대중을 동원할 수 있는 영화의 상영이었다. 1950년 7월 11일자 해방일보엔 다음과 같은 기사가 있다.

해방된 서울에선 지난 4일부터 각 극장에서 우수한 소련영화를 상영하여 시민들의 갈채를 받고 있다. 「엘베의 만남」「석화」石火「청년근위대」「민족의 축전」「민청대회」「용장 빠료멘코」 등

사상교육을 하기 위해 서울에 국영서점을 만들어놓고 수십만 권의 소련서적을 팔기도 했다. 이와 같은 그들의 소련 숭배열은 미술계에까지 미쳐 북괴점령 후 조직된 미술동맹의 맹원들에게 스탈린의 초상을 그리게 했다.

이런 정책과 병행해서 서울시민을 협력자와 비협력자로 구별해놓고 비협력자의 적발을 위해서 협력자의 밀고를 장려했다. 북괴는 다음과 같은 고시를 걸었다.

아직 자수하지 않은 자들의 임시연락장소는 서울시 다동에 있는 전 성남 그릴이다. 연락하기 위해 내왕하는 자의 신분은 보장한다. 연락 일시는 오는 20일까지의 매일 오전 10시부터 오후 5시. 본인이 올 수 없을 때는 대리인의 연락도 무방하다.

그러나 가장 심각한 것은 일제 이래의 항일투사이며 한국인 사이에 민족적 영웅으로 존경을 받고 있던 정치 지도자의 일부를 강제적으로 세뇌하여 억지로 협력자로 만들어선 이른바 '참회방송'을 시킨 일이었다. 이것은 한국민 사이에 적잖은 사상적 혼란을 야기시켰다. 비협력적인 서울시민들은 그들의 방송을 듣고 크게 동요했다.

그 하나의 예가 조소앙 씨의 경우이다. 그는 다음과 같은 내용의 방송을 했다.

"……오늘 나는 조국에 대한 미제국주의의 야만적인 무력침공이 일층 노골화된 마당에 있어서 미제국주의자와 그 주구 이승만에 대해서 억누를 수 없는 증오와 분격으로 이 마이크 앞에 섰습니다. ……나는 남북 연석회의의 결정을 실현하는 데 있어서 용감하지 못했던 사람 가운데 한 사람이며 이것을 내 생의 최대의 치욕으로 생각하고 있는 사람입니다. ……그러나 조국과 민족 앞에 범한 죄는 후회와 통탄만으로 보상되는 것이 아니고 자조와 참회로써 회복되는 것도 아니라는 것을 잘 알고 있습니다. 남조선 국회의원 여러분! 맹성하고 자각하십시오. 단연 궐기하십시오…….”

조소앙은 당시 사회당 당수이며 기왕 상해임시정부의 요직에 있던 반일투사의 한 사람이다. 그는 진보파 인물로서 알려지기도 했는데 바로 두 달 전 총선거에선 적수 조병옥보다 세 배나 넘는 득표수로써 당선된 사람이기도 하다. 그런데 그의 진보성이 화근이었다. 그는 '이승만에 반대한 나의 말이면 북괴군도 들어줄 것'이란 엉뚱한 믿음을 갖고 서울에 잔류하고 있었다는 것인데, 북괴군은 그를 연금하고 그 인기를 이용하기 위해 억지 방송을 시킨 것이라고 한다.

조소앙처럼 이용당한 사람은 상당히 많다. 전 내무장관 김효석은 7월 5일에 방송했고, 군정 시대의 입법원 부의장 윤기섭은 7월 7일에 방송했고, 군정 시대의 민정장관 안재홍은 7월 14일에 방송을 했다.

유명인의 경우가 이러했으니 일반시민의 고초는 짐작하고도 남음이 있다. 부단히 행하여진 공습의 뒤처리를 해야 하는 것도 일반시민이었고 탄약을 운반해야 하는 것도 일반시민이었고 부상병의 들것을 들어야 하는 것도 일반시민이었다.

젊은 사람은 의용군으로, 나이 든 사람은 노무자로 동원되어 정신을 차릴 수 없는데 밀고가 난무하여 언제 반동분자로 몰려 죽을지 모르니 적치 3개월 동안의 서울은 문자 그대로 지옥이었다. 이 지옥의 양상을 더욱 처참하게 한 것은 24시간 동안의 공습이며 식량난이었다. 북괴는 서울을 점령한 직후인 7월 2일 다음과 같은 포고를 했다.

고시 7호. 이승만 역도들은 서울 시민들을 아사상황으로 몰아넣기 위해 서울이 해방되기 직전 배급용 비축미의 대부분을 지방으로 반출했다. 이러한 사태하에서 서울시 임시인민위원회는 시민들의 혼란된 식량 문제를 해결하기 위한 긴급조치로서 이하와 같은 각 기관 및 공사장의 노무자, 기술자, 사무원(정무원 포함)과 그 부양가족에 한하여 양곡배급을 실시한다. 따라서 다음에 해당하는 각 기관은 요수배자要受配者의 정확한 인원을 오는 7월 10일까지 각 구역 인민위원회에 보고할 것.

기

배급대상기관=국가기관, 교통·운수·보건치료 기관, 국영상점, 생산기업 및 전 복구공사장.

만일 소정의 기일내에 보고가 없을 경우엔 배급대상에서 제외한다.

이것은 당원, 북괴군 병사와 그 관계자 이외의 일반시민에겐 양곡배급을 하지 않겠다는 뜻인 것이다.

양곡 전부를 그들이 장악하고 있으면서 배급을 주지 않는다면 일반시민은 어떻게 해야 했을까. 서울시민의 3분의 2가 기아선상을 헤매는 난민의 몰골이었던 것이다.

이승만과 각료들이 서울시에 들어왔을 때 시민들이 만세를 부르며 열광적으로 환영한 것은 괴뢰군 치하의 지옥을 겪었기 때문이었다. 좋든 나쁘든 우리 편이 왔다는 소박한 감동, 다신 북괴군놈들을 보지 않게 되었다는 단순한 안도감이 그처럼 목메게 만세를 부르게 했다. 그러나 그 감격의 바탕엔 불만도 있었고 불평도 있었다.

"우리들은 이 시민들을 피난시키지 못한 죄인들이다." 싶어 시민들

앞에 얼굴을 들 수가 없었다는 것은 당시 외무장관 임병직 씨의 말이지만 정부는 마땅히 죄책감을 느끼고 그 죄책감을 바탕으로 수복지구민을 대해야 할 것이었음에도 불구하고 시체의 냄새가 가시지 않은 약탈과 초토의 흔적이 역력한 서울에 들어서선 그 많은 할 일을 제쳐놓고 부역자를 색출하겠다고 나섰다.

아직도 전쟁상태이니 전투적 의미에 있어서의 적을 색출하는 군사행동은 물론 필요하다. 게릴라가 없는가, 적과 내통하는 놈은 없는가 하는 군사적 작전적 의미에 있어서의 적의 색출은 물론 필요한 일이었다.

그러나 군사적 의미를 넘은 형사적 책임추궁은 뒷날로 미루어도 늦지 않을 것이었다. 이를테면 적대하는 놈은 엄벌에 처한다, 적과 내통하는 놈은 엄벌에 처한다는, 현재를 기점으로 하여 처리하고 현행범의 테두리를 넘는 문제나 인간에 대해선 시일을 두고 대책을 강구하는 것이 옳았다.

정부의 부역자 적발은 자연히 시민 사이에 상호불신의 풍조를 조장했다. 이른바 도강파渡江派와 잔류파殘留派의 대립을 격화시킨 것이다.

도강파는 서울을 탈출했다가 돌아온 사람들이며, 잔류파는 서울을 벗어나지 못하고 적치 3개월을 겪은 사람들을 말한다.

도강파는 자기들은 공산주의에 항거하여 남하해서 유엔군과 더불어 공산군을 격파하는 데 힘을 보탠 사람이라는 의식을 가졌다.

한편 잔류파는 그러한 도강파를 운수가 좋고 꾀를 부려 비겁하게도 자기들만 도망친 패들이 아니냐, 우리는 정부의 발표를 정직하게 그대로 믿고 있다가 한강교가 끊기는 바람에 퇴로를 잃고 하는 수 없이 적치 3개월이란 수모를 겪은 사람들 아니냐, 그러한 우리에게 어떤 잘못이 있단 말인가, 하는 의식을 가졌다.

이러한 대립은 부역자의 적발과 그 처벌에 관한 포고가 발표됨과 동시에 격화됐다.

이러한 일화가 있다. 정희택이란 검사는 한강교의 폭파로 인해 서울을 탈출하지 못한 이른바 잔류파의 한 사람이었는데 적치 아래선 서울 교외의 동굴 속에 숨어 살았다.

정부가 환도한 후 그는 법무장관 이우익에게 불려갔다. 정희택은 오랜 동안의 동굴생활 때문에 발이 마비가 되어 있어 지팡이를 짚고 출두했다.

이우익은 정 검사에게 잔류파 가운데의 부역자를 처리하기 위해 군·검·경의 합동수사본부를 개설해야 하는데 그 합동수사본부의 심사실장이 되어달라고 요청했다.

그러자 정 검사는 짚고 있던 지팡이로 이 장관의 책상을 쾅 쳤다.

"한강을 건너 도망친 사람들이 어떤 자격으로 우리를 심판할 거요?"

정 검사는 고이고 고였던 불만과 노여움을 한꺼번에 폭발시켜 거짓말을 하고 도망친 정부엔 잔류파 시민을 재판할 권리가 없다고 주장했다.

"정부의 책임자는 한강을 넘어올 때 먼저 서울시민에게 사죄하고 그 허락을 맡은 연후에 거리로 들어왔어야 할 것이오. 그렇지 않습니까?"

말하고 있는 동안 정 검사의 손이 떨리고 눈에선 눈물이 흘러내렸다.

정 검사는 결국 부역자 수사본부의 심사실장 취임을 승낙했다.

잔류파 가운덴 적극적인 공산분자가 있었던 것도 사실이고 현재 시내에서 게릴라활동을 하고 있는 자도 있었다. 부역자를 처벌하지 않을 수 없으니 잔류파의 심사는 불가피한 일이었다. 그 수사를 도강파에게만 맡겨두었다간 반드시 공정치 못한 처단이 있을 것으로 짐작했기 때문이었다.

하여간 정 검사처럼 동굴 속에 숨어 북괴에 비협력적임이 명백한 시민은 극히 그 수가 적었다. 잔류파의 대부분은 살기 위해 북괴에 협력하는 척이라도 해야만 했다. 그러한 사람들을 어떻게 적극적 부역자 또는 소극적 부역자로 판별할 수 있을 것이냐 말이다.

"결과적으로 오해와 편견으로 인한 처벌이 있을지도 모릅니다. 물질적 전화에 정신적인 전화까지 겹쳐 정부와 국민, 국민 상호간의 신뢰와 단결에 커다란 화근이 될지도 모릅니다. 파괴된 집은 다시 지을 수가 있지만 상처를 이 이상 넓혔다간 그 마음의 상처는 쉽사리 아물 수가 없을 겁니다."

정 검사는 이 말을 남겨놓고 법무부 장관실을 나왔다.

이러한 사정을 전부 알았던 것도 아니고 확실한 이치를 따라 비판할 줄 안 것도 아니지만 이종문은 부역자를 처리하는 방안만은 옳지 않다고 느끼고 그 시정을 위해서 응분의 노력을 해야겠다고 마음을 먹었다.

이종문이 문창곡과 성철주의 행방을 찾아 동분서주하고 있을 무렵 마산에 있는 이동식은 S. T.라고만 서명이 된 한 통의 편지를 받았다. 그것은 이동식이 로푸심에 관해 문의한 것에 대한 미군 정보부대로부터의 회신이었다.

아무런 기명도 없는 편지였는데 하얀 종이에 깨끗한 타이프라이팅으로 일곱 줄이 씌어져 있었다.

귀하가 문의한 로푸심 씨에 관해서 아래와 같이 회신한다.

로푸심 씨는 지난 9월 15일 코리아의 인천 월미도에서 전사한 것을 확인했다. 상상컨대 장렬한 전사였을 것이다. 인천상륙작전이란 역사적 사건, 그 승리를 위해 등장한 많은 영웅 가운데서 로푸심은 특히 빛나는 영웅이었다. 미 합중국의 이름으로 아울러 유엔의 이름으로 그의 공적을 높이 평가하고 그의 영혼에 신의 가호가 있기를 빈다.
-×월 ×일 S.T.

한길사의 신간들

로마인 이야기 14 그리스도의 승리
마침내 기독교가 로마제국을 삼켜버렸다

4세기 말, 로마제국의 나아갈 방향을 크게 변화시킨 것은 황제가 아니라 한 사람의 주교였다. 정·교가 분리되지 않은 국가가 초래하게 된 위기를 참으로 냉정하게 그렸다.

시오노 나나미 지음 | 김석희 옮김
신국판 | 반양장 | 404쪽 | 값 12,000원

권력규칙 1·2
권력, 그 냉혹한 인간세상의 규칙과 원리를 밝힌다

권력을 도모할 때는 수많은 위험과 희생을 감수하고, 권력을 쥘 때는 상황에 맞는 책략으로 온힘을 다해 실행하며, 권력을 견고히 할 때는 살얼음을 밟듯 조심한다.

쩌우지멍 지음 | 김재영 정광훈 옮김
신국판 | 반양장 | 475쪽 내외 | 각권 값 16,000원

메가트렌드 코리아
21세기, 우리 앞의 20가지 메가트렌드와 79가지 미래변화

항상 역사의 반환점에서 미래를 준비하지 못한 국가는 발전의 대열에서 뒤떨어진다. 우리의 메가트렌드 작업은 바로 미래를 대비하기 위한 시금석이다.

강홍렬 외 지음
신국판 | 양장본 | 408쪽 | 값 22,000원

2020 미래한국
창조적 상상으로 그려내는 내일의 모습!

꿈속의 희망이 오늘의 나를 움직인다. 꿈이야말로 미래를 준비하는 자세다. 각 분야 명망가들이 바라보는 다양한 미래상! 그들의 꿈을 통해 미래를 상상한다.

이주헌 외 지음
신국판 | 반양장 | 400쪽 | 값 15,000원

트랜스크리틱 칸트와 마르크스 넘어서기
가라타니 고진의 10년에 걸친 야심작

초월론적인 비판은 횡단적 또는 전위적인 이동 없이는 존재할 수 없다. 그래서 나는 칸트나 마르크스의 초월론적 또는 전위적인 비판을 '트랜스크리틱' 이라 부르기로 했다.

가라타니 고진 지음 | 송태욱 옮김
46판 | 양장본 | 528쪽 | 값 22,000원

춘추좌전 1~3
춘추전국시대 역사 이해의 필수 텍스트

중국 사상의 연원은 공자를 포함한 춘추전국시대의 제자백가다. 제자백가에 대한 이해의 출발점이 바로 당시의 인물 및 사건을 정확히 기록해놓은 '춘추좌전' 인 것이다.

좌구명 지음 | 신동준 옮김
신국판 | 양장본 | 448~628쪽 | 값 20,000~30,000원

인간의 유래 1·2
'종의 기원' 과 함께 다윈의 또 하나의 위대한 저서

이 책은 세상에 나온 지 130년 이상이 지났지만 오늘날 생물학자, 심리학자, 인류학자, 사회학자 그리고 철학자 들의 마음속에 자리 잡고 있는 많은 문제를 다뤘다.

찰스 다윈 지음 | 김관선 옮김
신국판 | 양장본 | 344, 592쪽 | 각권 값 25,000원, 30,000원

의식의 기원
인간 의식의 문제를 폭넓게 다룬 20세기 기념비적인 저서

거울 속에 보이는 그 어떤 것보다 더 본질적인 '나' 라는 내적 세계, 만질 수 없는 기억과 보여줄 수 없는 추억의 보이지 않는 모든 세계의 본성과 기원에 대한 것이었다.

줄리언 제인스 지음 | 김득룡 박주용 옮김
신국판 | 양장본 | 512쪽 | 값 30,000원

지중해의 역사
물의 역사공간, 무한한 매력이 넘치는 지중해 연구

수많은 현상이 이 '액체 공간' 에서 일어나고 있으며, 모든 움직임이 이 바다에 존재한다. 지중해에서는 바로 지금도 인간과 세계의 역사가 전개되고 있다.

장 카르팡티에 외 엮음 | 강민정 나선희 옮김
신국판 | 양장본 | 736쪽 | 값 35,000원

에로틱한 가슴
에로틱의 절정, 여성 가슴의 문화사

시대와 지역, 문명에 따라 때로는 적나라하게 때로는 은밀하게 노출되고 감춰져왔던 여성의 가슴. 그것은 수치스러운 것인가, 에로틱한 것인가, 영예로운 것인가.

한스 페터 뒤르 지음 | 박계수 옮김
46판 | 양장본 | 704쪽 | 값 24,000원